Touch of Pain

Linda Mignani

TOUCH OF PAIN

Erotischer Roman

Plaisir d'Amour Verlag

Linda Mignani
TOUCH OF PAIN
Erotischer Roman

Plaisir d'Amour Verlag
Postfach 11 68
D-64684 Lautertal
www.plaisirdamourbooks.com
info@plaisirdamourbooks.com
Umschlaggestaltung: Andrea Gunschera (www.magi-digitalis.de)
Coverfoto: © Sabine Schönberger (www.sabine-schoenberger.de)
ISBN Taschenbuch: 978-3-86495-049-0
ISBN eBook: 978-3-86495-050-6

Prolog

Richard verfolgte die Sklavin langsam, um die Jagd hinauszuziehen und das berauschende Gefühl auszukosten. Er wusste, es war nur eine Frage der Zeit, bis er es schaffte, seine Hände auf die verführerische Beute zu legen, um den verlockenden Rundungen seine gesamte Aufmerksamkeit zu zollen. Er konnte es kaum erwarten, erregende Angst in ihren Augen zu sehen. Schnell würde sie atmen, während ihr Leib von seinen Bemühungen erhitzte und sie bebend ertragen musste, was er ihr antat. Es dürstete ihn nach ihren Tränen und ihrer Hingabe. Richard hörte sie vor sich – sie war zu panisch, um darauf zu achten, leise zu sein. Zweige knackten unter ihren Schuhen, Blätter raschelten bei jedem ihrer weit ausholenden Schritte. Es war leicht, sie im Wald zu jagen. Die Master, die neben ihm liefen, fühlten sich ihrer Sache ebenso sicher wie Richard. Alec, ein Meister im Umgang mit störrischen Sklavinnen, hatte Richard eine Menge beigebracht. Er würde ihm helfen, Carolina angemessen für ihr Vergehen zu bestrafen, genau wie sie es verdiente.

Richard merkte, dass ein sadistisches Lächeln um seine Lippen spielte, sobald er daran dachte, was er ihr antun würde. Ihre Reaktionen und Emotionen auf sein Handeln würden unverfälscht und ehrlich sein, dazu war er bestens ausgebildet. Selbst wenn sie versuchte, ihm eine Scharade vorzuspielen, es würde ihr nicht gelingen. Ihre Schreie, ob vor Lust oder Schmerz, stellten sein Ziel dar.

Alec deutete ihm an, dass sie sich trennen würden, um ihr Opfer einzukreisen. Carolina rannte langsamer, denn sie hatte eine zweite Sklavin im Schlepptau. Die süße Rachel war unfähig, das mörderische Tempo zu halten. Carolina wollte sie nicht zurücklassen. Das wusste er genauso wie Liam, der ihm das Zeichen gab, zu beschleunigen. Richard grinste breit, jetzt war es Zeit, die Jagd zu beenden.

Richard erhaschte einen Blick auf die grüne Bekleidung der Sklavinnen. Carolina hielt Rachels Handgelenk und zerrte sie hinter sich her. Die kleine Blondine stolperte und ging beinahe zu Boden.

„Carolina, lass mich, ich kann nicht mehr.“ Rachel entriss Carolina die Hand, schlug einen Bogen, der sie geradewegs ins Verderben stürzte. Sie kreischte, als Liam sie in seine Gewalt brachte und David wie ein Waldgeist aus dem Dickicht auftauchte.

Carolinas dunkler Zopf wippte um ihren Kopf, als sie sich umdrehte. Ein fataler Fehler, der ihr in dem Augenblick bewusst wurde, als sie Richard direkt in die Augen sah und unter dem Effekt seines Blickes erstarrte. Ihre

Wangen leuchteten rot vor Anstrengung. Sie wusste, sie war ihm ausgeliefert, dass er plante, ihr schlimme Dinge anzutun. Sie schrie auf, es durchbrach ihre Lähmung, sodass sie erneut versuchte, zu entkommen. Aber es war zu spät. Er hatte sie, und die Erkenntnis stand ihr klar ins Gesicht geschrieben.

Richard streckte sich. Nach ein paar Metern bekam er ihr T-Shirt zu fassen. Er zog an dem Stoff und packte sie zusätzlich an der Schulter. Er presste sie zu Boden, setzte sich auf ihre Oberschenkel, um ihr die Shorts herunterzuzerren. Für einen Moment spielte er mit dem Gedanken, sie sofort zu nehmen. Die Hitze ihres Körpers sickerte in seinen Schritt. Das freche Biest war klatschnass, und er fasste um sie herum, schob das T-Shirt nach oben, um die Fülle ihrer Brüste in den Händen zu wiegen. Sie keuchte empört, doch ihre Nippel lagen geschwollen zwischen seinen Fingern. Sie wand sich unter ihm, in dem halbherzigen Versuch, ihn abzuwerfen.

„Soll ich sie für dich festhalten, Master Richard?"

Master Alec umfasste mit einer Hand ihre schmalen Handgelenke, und sie drehten Carolina auf den Rücken.

Sie kicherte, schenkte ihnen ein süßes Lächeln, ehe sie versuchte, Alec zu beißen und Richard zu treten. Gut, wenn sie es so haben wollte! Richard zog ihr die Shorts über die strampelnden Beine, warf den Stoff ins Gebüsch, spreizte ihre Schenkel und zog sich die Hose ein Stück runter. Mit einem Stoß vergrub er sich in ihr. Sie war so heiß, so nass, und Richard ahnte, es würde ein schnelles Vergnügen werden, aber für mehr war später ausreichend Zeit. Schließlich gehörte sie ihm, mit jeder Emotion, zu der sie imstande war. Wie er sich darauf freute, ihren entzückenden Hintern mit dem Rohrstock zu züchtigen, ihr die Nippelklemmen anzubringen, bis sie ihr Vergehen bereute.

Er stahl ihr einen Kuss, den sie leidenschaftlich erwiderte, ehe sie sich an ihre Rolle erinnerte und seine Unterlippe mit ihren Zähnen zwickte.

Alec seufzte tief, beugte sich vor und kniff in ihre Nippel. Carolina bäumte sich auf und hob ihr Becken an.

Richard war genauso verloren wie sie. Sie drehte den Kopf zur Seite, suchte Halt bei Alec, während sie ihrer Lust freien Lauf ließ. Gierig keuchte sie, als er sie fickte, sich aneignete, was so verführerisch, obendrein hilflos, vor ihm lag. Der Hauch einer Erinnerung schlich sich in sein Bewusstsein – wie Carolina vor fast drei Wochen unter ihm gelegen hatte, steif wie ein Brett. Es machte die Erfüllung, die sie ihm schenkte, umso süßer.

Kapitel 1

Drei Wochen zuvor

Carolina hob die Hüften an, versuchte, das fiese Gefühl zu unterdrücken, gleich eines Nebels, der sich langsam über sie senkte, um Besitz von ihr zu ergreifen. Hilflos musste sie es ertragen, denn den Kampf gegen sich selbst hatte sie vor langer Zeit verloren. Zurück blieb die Empfindung, dass Richard sie misshandelte. Sie verachtete sich für den Widerwillen, der durch ihre Adern lief und ihr Herz vergiftete. Richard und sie liebten sich, dessen ungeachtet spürte sie im Augenblick nur Abscheu.

Sie presste die Lippen zusammen und schloss ihre Augen. Richard sollte nicht sehen, dass sie ihn in diesem Moment fast hasste für das, was er ihr antat. Das verdiente er nicht. Jedoch intensivierte der geraubte Sinn das unangenehme Gefühl; die fehlende Feuchtigkeit in ihrer Vagina, wie sehr sie sich verkrampfte, dass ihr Puls viel zu schnell schlug aus Angst, Richard würde bemerken, was sie erlitt. Er tat ihr unbeabsichtigt weh mit seiner liebevollen Art, die sie kalt ließ. Das schlechte Gewissen fraß sie auf, doch sie kam nicht gegen ihr Innerstes an.

Richard liebte sie zärtlich, und sie verspürte weder ein Prickeln noch die leiseste Erregung. Warum konnte er ihr nicht fest ins Haar packen oder ganz hart an ihren Nippeln saugen? Wenigstens deutete seine Atmung an, dass er kurz vor seinem Orgasmus stand. Stöhnend spannte sie die Unterleibmuskeln an. Richard reagierte wie erhofft, er bekam seinen Höhepunkt. Nur mühsam unterdrückte sie ein erleichtertes Seufzen. Einerseits bekämpfte sie das Verlangen, ihn von sich zu stoßen, andererseits fühlte sie sich so leer und verlassen, dass sie ihn am liebsten an sich gedrückt hätte, bis sie zueinanderfanden. Wieso vermochte sie nicht, Richards Zuneigung in sich aufzunehmen und die Leidenschaft zu empfinden, die er verdiente?

Was würde er tun, wenn sie ihm in den knackigen Po kniff, ihm in die Schulter biss? Würde er ihr wahres Ich bemerken, sie ansehen und feststellen, dass sie unendlich weit entfernt von ihm lebte? Sie von etwas ganz anderem träumte? Carolina wollte, dass Richard sie überwältigte und zum Schreien brachte, indem er sie übers Knie legte und ihr ordentlich den Arsch versohlte.

Sie erinnerte sich kaum daran, wie es sich anfühlte, sich vor Lust zu winden, alles um sich herum zu vergessen, während ihr Ehemann sie nahm. Vielleicht war dieser Zustand nach fünfzehn Jahren Beziehung normal. Richard löste sich von ihr, fragte sie nicht, ob es ihr gefallen hatte und ging in das angrenzende Bad. Ihr blieb nicht verborgen, dass er nicht ihren Blick gesucht hatte. Es zerriss sie, dass Richard ahnte, was sie empfand. Sie war teilweise erleichtert, dass er stumm verharrte, doch der andere Teil von ihr krümmte sich unter der Erkenntnis zusammen, dass sie in einer Sackgasse steckte, in die sie sich manövriert hatte. Es war eine Lüge, sie war nicht froh, dass er sie ignorierte. Ihr Zusammensein schmerzte sie, innerlich und äußerlich, jedoch war sie zu frustriert, um ihn zur Rede zu stellen.

Sie war eine feige, blöde Kuh, die einen Mann wie Richard nicht verdiente! Carolina betrog den Menschen, der sie am meisten liebte, mit einem Gebilde aus Lug und Betrug.

Carolina schluckte die Tränen hinunter, spielte mit dem Gedanken, sich Erlösung zu verschaffen, während er duschte. Das war in den letzten Monaten die einzige Art, wie sie Erfüllung fand. Doch sogar dazu fehlte ihr jetzt der Antrieb.

Wo war die Leidenschaft hin? Sie fühlte sich gleich einer Gummipuppe, die Richard benutzte, wann ihm der Sinn danach stand. Zu ihrer Erleichterung ließ bei Richard die Libido nach oder er erfüllte sein Vergnügen woanders. Sie könnte es ihm nicht verdenken, und vielleicht verbrachte er bei einer Geliebten seine vielen Überstunden. Das Verlangen überkam sie, sich selbst wehzutun. Sie verdiente es, weil sie nach Ausflüchten suchte, um Richard die Schuld zuzuweisen. Dabei trug sie die Bürde allein. Richard würde sie auf keinen Fall betrügen. Er verabscheute Ehebrecher. Tief in ihrem Herzen wusste sie es.

Ihr Verhalten erschreckte sie, genauso wie die verborgenen Sehnsüchte, die abartig waren. Sie verbarg ihre Bedürfnisse vor sich und der Welt, brachte die Fantasien sogar in ihrer Vorstellung niemals zu Ende. Was versteckt in ihr brodelte, war falsch.

Denn manchmal wünschte sie sich, Richard würde sie ficken, anstatt sie zu lieben, sie über das Bett beugen, sie zum Höhepunkt zwingen, sie somit zurück in den eigenen Körper katapultieren, sodass sie ganz war. Offensichtlich sehnte sie herbei, dass er sie tatsächlich vergewaltigte.

Sie war nicht nur blöd, sondern auch pervers!

Carolina drehte sich auf die Seite, bemerkte, dass sie allen Versuchen zum Trotz weinte. Schnell wischte sie die Tränen fort, auf eine Diskussion mit Richard verspürte sie keinerlei Lust. Überhaupt fehlte ihr jegliche Energie, sich mit ihm auseinanderzusetzen. Sie war harmoniesüchtig. Immer wählte sie den einfachen Weg. Aber sie wusste nicht, was sie genau brauchte. Es war eine Ahnung, ein Sehnen, das durch ihre Adern lief und sie schier verrückt machte, weil sie es nicht zu erfüllen vermochte. Vielleicht hatten ihre Eltern sie mehr geschädigt, als sie zugeben wollte. Schon als Kind hatte sie die beiden nicht als Vater und Mutter angesehen, sondern als Bob und Eve. Ständig stritten sie, waren so mit sich beschäftigt, dass für ihre Tochter keine Liebe übrig blieb. Bis sie Richard traf, bestand ihr Dasein aus Einsamkeit. Sie war so ausgehungert nach Zärtlichkeit gewesen, dass sie jedes Mal geweint hatte, wenn er sie abends in das grauenvolle triste Elternhaus brachte.

Die Erinnerung an ihre Kindheit brach über sie herein, überwand einfach den Wall, den sie um diese schreckliche Zeit errichtet hatte. Wie hatte sie ihre Freundinnen beneidet! Um jeden Kuss, jede Umarmung, jedes Lächeln, das sie von ihren Eltern erhielten.

Am Anfang hatte sie die Berührungen von Richard aufgesogen wie ein ausgetrockneter See, auf den eine Sintflut niederprasselte. Sie war schlichtweg mit Sinneseindrücken überschwemmt worden, ehe sie sich in der Lage sah, die Zärtlichkeiten zu speichern. Es war ihr egal gewesen, dass sie selten einen Orgasmus erreichte, die Liebkosungen hatten ihr früher genügt. Die Mühe, die Richard sich beim Liebesspiel gab, nahm von Jahr zu Jahr ab. Die Gewissheit, dass sie es zu verantworten hatte, verursachte Übelkeit in Carolina. Richard hatte es gespürt, und sein Gespür wandelte sich in Erkenntnis. Zuerst versuchte sie dagegenzusteuern, verführte ihn, auch wenn sie unbefriedigt blieb. Sie liebte es, ihn oral zu verwöhnen, doch die wenigen Male, die Richard es bei ihr probiert hatte, konnte sie sich nicht entspannen.

Gott, verdammt.

Es widerstrebte ihm, aus einem Glas mit ihr zu trinken. Die Vorstellung, was ihm durch den Kopf ging, während er sie *dort* leckte, zerstörte die Hingabe.

Er hatte ihr ein paarmal leicht auf den Po geschlagen, nie zu fest, obwohl es sie anmachte und sie sich innerlich danach verzehrte, dass er sie ans Bett fesselte, sie auf den Hintern schlug, bis sie nur noch spürte. Das würde die grauenvolle Leere in ihrem Herzen und ihrer Seele vertreiben.

Richard war ihre große Liebe, und die Verbundenheit erstreckte sich tief. Sie wusste nicht, ob es für die Zukunft reichte. Wollte sie den Rest ihres Daseins auf diese Weise verbringen? Es war ernüchternd, dass sie trotz der Zuneigung dieses grauenvolle Gefühl der Isolation einfach nicht loswurde. Sie vermochte sich kein Leben ohne Richard vorzustellen. Äußerlich fand sie ihn genauso attraktiv wie das erste Mal, als er sie vor all den Jahren ansprach. Sie hatte auf einer Decke im Park gelegen, vertieft in einen Highlander-Liebesroman. Ein Schatten war über sie gefallen, und seine dunkle Stimme jagte ihr einen angenehmen Schauder den Rücken entlang, bevor sie ihn angesehen hatte.

„Ich finde, ich gleiche dem Kerl auf dem Cover, jedoch fehlt mir der dümmliche Ausdruck." Er hatte die Pose des lüsternen Schotten auf dem Titel eingenommen, die Beine gespreizt, die Hände in die Hüften gestemmt und den Kopf nach hinten geworfen, mit leicht geöffneten Lippen.

Sie war rot angelaufen und in Lachen ausgebrochen. Das Titelbild prangte grässlich kitschig auf dem Buch, der Roman war herrlich schnulzig, und sie verschlang zu der Zeit einen nach dem anderen.

Sie hatte sich auf der Stelle verliebt in den dunkelhaarigen Typ mit den blauen Augen. Daran hatte sich bis zum heutigen Tag wenig geändert.

Ungefragt hatte er sich neben sie gesetzt und sie bewundernd angesehen. Sie erinnerte sich noch genau, dass sie ein rot getupftes Bikinioberteil trug, kombiniert mit roten Shorts. Mit reinem Hunger starrte er auf ihre Brüste, ein Verlangen, das sie ewig nicht auf seinem Gesicht gesehen hatte. Er hatte ihr ein paar Haare aus der Stirn gestrichen, und sie war erstarrt unter der Liebkosung, die ihr dermaßen guttat. Ihr Herz schlug wie eine Trommel, zudem lief ihr ein Prickeln über den Körper, als ob Richard elektrische Impulse ausstrahlte. Ganz zart küsste er sie später, während er sie an sich drückte. Er musste gespürt haben, wie einsam sie gewesen war. Auch er verliebte sich auf der Stelle in sie.

Doch die Begierde verblasste im Laufe der Jahre zur Routine, und sie wusste nicht, wie sie es ändern konnte.

Richard drehte das Wasser der Dusche auf und betrachte Carolina durch den Türspalt, erwartete, dass sie sich selbst Erlösung verschaffte. Doch sie legte sich auf die Seite. Die Tränen blieben nicht unbemerkt von ihm.

Verdammt!

Er wusste nicht, was er noch tun sollte. Sie verkrampfte sich jedes Mal beim Sex. Manchmal fühlte er sich, als würde er sie vergewaltigen. Sie zuckte zusammen, sobald er sie berührte, verschloss sich nicht nur physisch vor ihm, sondern vor allem mental. Er musste diese Mauer einreißen, die ihn aussperrte. Seine Versuche, mit ihr über diese Situation zu reden, hatte sie abgeblockt. Carolina ließ ihn nicht an sich heran, als sei sie von Angst erfüllt, er würde das Wissen missbrauchen, um ihr zu schaden, so wie ihre Eltern es getan hatten. Vielleicht sah sie keinen Sinn darin, sich ihm anzuvertrauen. Er könnte vor Zorn gegen die Wand treten, wenn er daran dachte, was diese kalten Kreaturen ihr angetan hatten. Sie hatten ihre Tochter wie einen Gegenstand behandelt, sie weder geliebt noch umsorgt, ihre Schwächen gnadenlos zur Schau gestellt. Er hatte es in Carolinas Augen gesehen, als er das erste Mal in ihrem Blick versank. Eine Einsamkeit und Traurigkeit, die eine junge Frau nicht kennen sollte. Er erinnerte sich genau an den Moment, als er sie berührt hatte; eine harmlose Geste war es gewesen. Ein paar dunkle Haarsträhnen hatten sich aus ihrem Zopf gelöst, und er wollte sie ihr aus der Stirn streichen. Sobald seine Hand ihre Haut erreichte, erstarrte sie, sah ihn mit einer Sehnsucht an, dass es augenblicklich um ihn geschehen war. Carolina war ausgehungert nach Zärtlichkeit gewesen, aber mit den Jahren verschloss sie sich vor ihm. Zuerst hatte er nicht bemerkt, dass sie die meisten Orgasmen vortäuschte. Er war nicht gerade ein erfahrener Liebhaber gewesen. Doch irgendwann blieb es ihm nicht mehr verborgen.

Richard liebte seine Frau sogar nach all der Zeit noch dermaßen stark, dass es schmerzte. Auf diese Weise durfte es nicht zu Ende gehen. Er mochte ihren kurvigen Körper, an dem sie ständig herummäkelte. Sobald sie den Arsch rausstreckte, übermannte ihn das Verlangen, sie zu züchtigen, sie zu vögeln und in Besitz zu nehmen.

Er traute sich nicht, die Wunschvorstellungen umzusetzen, ihre Verachtung wäre ihm gewiss. Es gab keine schlimmere Vorstellung als einen Kerl, der seine Frau schlug. Der Anblick seines Vaters, der seine Mutter verprügelte, als Richard zu klein gewesen war, um ihr zu helfen, hatte sich auf immer in sein Gedächtnis eingebrannt.

Hilfloser Zorn kochte in ihm hoch wie ein heißer Schwall aus Lava. Er wusste nicht, ob er mehr auf sich wütend war oder auf Carolina. Wer trug Schuld an der Situation, in der sie jetzt steckten?

Wollte er den Rest seiner Tage mit unerfüllter Sexualität verleben? Zuerst hatte er gedacht, sie hätte einen Liebhaber, setzte sogar einen Detektiv auf sie an, jedoch war Carolina zu ehrlich, um ihn zu betrügen, außer mit vorgetäuschten Orgasmen. Richard empfand diese Heuchelei fast schlimmer als die Vorstellung eines Lovers.

Und ihr Wesen faszinierte ihn. Er wünschte sich, er könnte sie hassen. Aber da gab es nichts, selbst als er gezielt suchte, sie passte perfekt zu ihm. Sie unterdrückten offensichtlich die eigenen Wünsche, die tief in ihnen schlummerten, und beide trauten sich nicht, den ersten, verdammt schweren Schritt zu gehen.

Es reichte ihm, er hatte genug von diesem schlechten Schauspiel. Es war Zeit, dass er die Regie übernahm. Er hatte Carolina zu lange gewähren lassen, und er kam nicht mehr an sie heran. Richard musste seine Vorgehensweise drastisch ändern, die Gewissheit verknotete seinen Magen. Er zog die Tür leise ins Schloss und drückte auf die Kurzwahltaste seines Mobiltelefons. Er lächelte zynisch, weil er es vorhin im Bad deponiert hatte, obwohl es ihm zu dem Zeitpunkt nicht bewusst gewesen war, dass er seine Entscheidung bereits getroffen hatte. Sein Chef und Freund David meldete sich nach dem zweiten Klingeln.

Richard schluckte den Klumpen in seiner Kehle hinunter. Er setzte einen Plan in Gang, der unumkehrbar war, wenn er mit Carol bei David eintraf. Sie würde ihn nicht nur verachten, sondern hassen, während ihre gewohnte Welt um sie herum zerbrach, bis sie von selbst aus den Trümmern stieg. Es war ein riskantes Unterfangen, doch diese Kälte konnte er nicht mehr ertragen, sonst würde er noch etwas Unüberlegtes tun.

„Richard, alles in Ordnung?"

David verfügte über ein unglaubliches Einfühlungsvermögen. Richard hatte ihn sofort gemocht, als er vor zwei Jahren in seinem Architekturbüro angefangen hatte. David war entschlossen, hatte ein Gespür für Menschen und war ein Master, der eine ganz besondere *Insel* sein Eigentum nannte. Er hatte von Anfang an behauptet, dass in Richard ein Master steckte, und dass das den Grund darstellte, weshalb Carolina von der ersten Sekunde an unwiderstehlich auf Richard gewirkt hatte. Dominante Männer besaßen angeblich einen starken Beschützerinstinkt, wurden von Demut und Verletzlichkeit angezogen und waren ihren Instinkten ausgeliefert. Richard erachtete die Aussage zuerst als widersprüchlich, doch umso länger er darüber nachdachte, desto logischer erschien sie ihm. Er hatte begonnen, das eigene Verhalten zu analysieren, entdeckte weitere Hinweise in sich, dass David mit seiner Einschätzung verflucht richtig lag. Richard mochte schüchterne Frauen, die nicht gern im Mittelpunkt standen. Es erfreute ihn, wenn eine Frau die Lider niederschlug, weil sie von seinem Blick verunsichert war. Carolina wandte sich ihm instinktiv zu, sobald sie sich unsicher fühlte. Sie blieb auf Partys am liebsten an seiner Seite.

Er hatte den *Domblick* an seiner neuen Assistentin ausprobiert, und die Kleine hatte gewirkt, als wollte sie sich ihm vor die Füße werfen. Mit der Zeit fand Richard heraus, dass David ausschließlich dominante Kerle und devote Ladys einstellte. Richard jedoch weigerte sich, die Veranlagung auszuleben – bis jetzt. Hitze jagte ihm ins Geschlecht bei der Fantasie, Carolina über seinen Schoß zu drapieren und ihr so lange den Arsch zu versohlen, bis er glühend unter seiner Handfläche lag und er sie zum Orgasmus zwang. Eigentlich sollte ihm bei der Vorstellung übel werden, stattdessen bekämpfte er seine Erektion.

Jetzt war der Moment gekommen, endlich zu seinen Neigungen zu stehen und auch Carolinas an die Oberfläche zu zerren.

„Ich möchte auf dein Angebot zurückgreifen."

David verblieb eine Weile stumm, während Richards Herz raste.

„Komm mit Carolina morgen Abend zu mir. Ich will ihr in die Augen sehen und mich restlos davon überzeugen, dass ich mit meiner Einschätzung richtig liege. Dann bringe ich sie auf die *Insel,* und es gibt für euch beide kein Zurück."

„Du hast mir die Bedingungen erläutert, mein Freund. Es bedeutet unsere finale Chance. Wenn wir noch länger auf diese grauenvolle Weise zusammenleben, zerbrechen wir.“

„Melde sie für vier Wochen bei ihrer Arbeit ab.“

Das stellte kein Problem dar. Als sie nach Pasadena gezogen waren, hatte sie ihren Job als Verkaufsleiterin aufgegeben. Die Tätigkeit befriedigte sie nicht mehr, und sie war das ewige Mobbing in der Firma leid. Inzwischen arbeitete sie freiberuflich als Übersetzerin. Ihren letzten Auftrag hatte sie erledigt und gönnte sich eine Pause. Ein besseres Timing gab es nicht. Carolina war lieber allein oder verbrachte ihre Zeit mit Richard, anstatt einen Freundeskreis zu pflegen. Sie fühlte sich immer unwohl zwischen Fremden. Richard hatte es auf ihre Kindheit zurückgeschoben. Laut David ging es vielen Devoten so. Falls sie Freunde hatten, dann nur wenige. Sie vertrauten anderen Menschen nur schwer, doch verdiente man sich ihr Vertrauen, war ihre Hingabe grenzenlos. Missbrauchte man es, war der Bruch meistens endgültig.

Carolina war anfangs eine ausgeglichene zufriedene Frau gewesen, die ihn aus ganzem Herzen geliebt hatte und ausgehungert nach Liebe war. Die Veränderungen traten leise in ihr Leben, wie eine heimtückische Krankheit, die sich ihrer im Verborgenen bemächtigte, um dann zuzuschlagen, wenn es fast zu spät war. Zuerst lief es nur im Bett nicht, und allmählich griff dieser Zustand auf das restliche Zusammensein über. Sein Herz krampfte sich zusammen bei dem Gedanken, wie nah er daran war, sie zu verlieren. Ein großer Teil von ihr hatte sich bereits von ihm fortbewegt.

„Richard, mach dir keine Sorgen. Ich versichere dir, dass meine Entscheidung die richtige sein wird. Vertrau mir.“

Als David ihm das erste Mal von der *Insel* erzählt hatte, hatte Richard ihn für verrückt erklärt. David weihte ihn theoretisch in die Geheimnisse von Dominanz und Unterwerfung ein, nachdem Richard sich ihm eines Abends hinsichtlich Carolinas anvertraut hatte. Das Gespräch lag gut ein Jahr zurück. Seitdem hatten sie viele Diskussionen über dieses Thema geführt.

„Bis morgen, David.“ Richard unterbrach die Verbindung. Der tief greifende Entschluss, den er gerade in Gang gesetzt hatte, schlummerte seit Monaten in ihm. Er hatte nur gezögert, ihn endlich auszuführen. Es war nicht unüberlegt, was er in die Tat umsetzte, dennoch wirkte es im Moment auf ihn wie eine Verzweiflungstat. Konnte er Carolina das wirklich antun? Doch die Erinnerung an ihr *Liebesspiel* verjagte die Bedenken. Sie hatte unter ihm gelegen wie eine Puppe, hatte seine Hände weggeschoben, als er sie stimulieren wollte. Sie hatte die Lider geschlossen, damit er nicht zu erkunden vermochte, was in ihr vorging. Als ob er dazu in ihre wunderschönen grünbraunen Augen sehen müsste. Ihr ganzer Körper spiegelte ihre Verfassung wider. Ihre Seele weinte, während ihr Leib hasste, dass er in ihr war. Er hätte diesen unerträglichen Zustand vor Monaten beenden sollen. Richard war erleichtert, dass er sich endlich traute.

Er duschte ausgiebig, wünschte sich, sie käme zu ihm und sie würden sich gegenseitig waschen, wie sie es früher getan hatten. Dann könnte er sie streicheln, bis sie zuckend kam.

Richard unterdrückte den Wunsch, sie in seine Arme zu ziehen, als er sich neben sie legte. Vorhin hatte sie ihm zum letzten Mal einen Orgasmus vorgespielt. Wenn sie das jemals wieder versuchte, würde er ihr den Arsch versohlen, bis sie eine Woche lang nicht mehr sitzen konnte. David würde dafür sorgen, dass er dazu imstande war.

Der verführerische Duft von Kaffee, der durchs Haus zog, weckte Carolina auf. Sie mochte Samstage, denn sie beide brauchten nicht zu arbeiten. Schnell wusch sie sich und zog einen azurblauen Morgenmantel über, der ein Geschenk von Richard war. Sie kuschelte sich in das weiche Material. Richard erwartete sie in der Küche mit einem Lächeln, das ihr Tränen in die Augen trieb. Sie liebte ihn, warum nur fühlte sie sich dermaßen einsam?

Für eine Sekunde spielte sie mit dem Gedanken, ihm zu gestehen, was sie empfand. Doch es würde die friedliche Atmosphäre zerstören, und womöglich stritten sie dann den restlichen Tag. David wirkte müde und benötigte die Ruhe. Er zog sie in die Arme. Sie lehnte den Kopf an seinen Brustkorb, atmete seinen Duft ein, von dem Wunsch erfüllt, alles wäre wie früher. Er roch gut; nach Sonne und Richard.

Sie zuckte zusammen, als die Brotscheiben fast aus dem Toaster sprangen und den innigen Moment zerstörten. Es war sowieso nur eine Fassade. Richard hatte sich viel Mühe mit dem Frühstück gemacht: Erdbeeren, Weintrauben, die heiß geliebte Himbeermarmelade und der schaumige Milchkaffee; nichts fehlte.

Carolina fühlte sich schlecht, wie eine Betrügerin, die eine Scharade spielte, aus der es kein Entkommen gab. Richard rückte ihr den Stuhl zurecht und lächelte sie unergründlich an, als er sich gegenüber von ihr an den Lacktisch setzte. Sie hatten die Küche erst letztes Jahr neu eingerichtet. Die burgunderroten Polsterungen sowie zwei Bilder mit verträumten Cottages in warmen Farben unterbrachen das Weiß der glänzenden Oberflächen. Eine Wand strahlte in Weinrot. Wenn sie nur überall so gut harmonieren würden wie bei der Auswahl des Stils der Einrichtung. Sie beide mochten es modern, aber auch gemütlich. Vielleicht waren sie nie füreinander bestimmt gewesen und hatten es nicht bemerkt, weil sie zu jung zueinanderfanden. Carolina stellte sich oft vor, in einem der Gemälde zu verschwinden, in einen Ort der perfekten Harmonie einzutauchen, um endlich glücklich zu sein.

Was war sie nur für ein schrecklicher Mensch! Sie besaß doch alles, was sie sich erträumt hatte.

Carolina steckte sich eine Erdbeere in den Mund. Der Geschmack nach Sommer traf ihre Zunge, und sie schloss für einen Moment die Lider. Die Fantasie, wie Richard ihr Sahnetupfer auf die Brustwarzen strich, die Köstlichkeit ableckte und ihr in die Nippel biss, jagte einen Schauder über ihren Körper.

„David hat uns heute Abend zum Essen eingeladen."

Sie verspürte keine Lust, irgendwo hinzugehen. Es fiel ihr immer schwerer, vor anderen das Lügengespinst aufrechtzuerhalten. Richard sah sie direkt an, und sie erkannte eine Entschlossenheit in seinem Blick, die ihr klar aufzeigte, dass er eine Absage nicht duldete.

Diesmal nicht.

Sie kannte David nicht persönlich, wusste aber, dass Richard äußerst angetan von seinem Boss war und sie ein freundschaftliches Verhältnis hegten. David war Ende vierzig, zudem ein sehr erfolgreicher Architekt. Richard verdiente so viel wie noch nie. Sie wohnten in Pasadena, mit endloser Natur vor der Nase. Carolina liebte das zweistöckige pastellgelbe Haus mit den weißen Fensterläden und dem kleinen Pool im Garten. Vor fünf Jahren hatte sie gehofft, dass es ihrer Ehe guttun würde, endlich von New York wegzukommen. Sie hasste diese laute Stadt und war froh, auch dem ungeliebten stressigen Job den Rücken zuzukehren. Das Big Business hatte sie beinahe verschlungen. Sie hatte es nicht für eine Sekunde bereut, dass sie keiner Karriere mehr hinterherhechelte. Sprachen fielen ihr leicht. Die Tätigkeit als Übersetzerin war perfekt für sie. Sie musste nicht an Besprechungen teilnehmen, brauchte sich nicht den Klatsch über andere anzuhören und litt nicht unter dem Getuschel, das hinter ihrem Rücken stattfand, weil sie sich nicht an den Lästereien beteiligte. Richard hatte sie bei allem unterstützt.

Sie war eine grauenvolle Ehefrau. Carolina schluckte die Erdbeere mühselig hinunter, denn die Tatsache trommelte auf sie ein, dass ihre Ehe jahrelang brachlag, gleich einer Oase, die jeglichen Bemühungen zum Trotz beharrlich austrocknete.

„Wann?"

„Gegen sechs Uhr sollen wir da sein. Die Fahrt dauert neunzig Minuten. Sei um vier bereit." Er fasste nach ihrer Hand und drückte sie. „Ziehst du das schwarze Jerseykleid an?"

Sie wusste, welches er meinte, es schmeichelte ihren Kurven und betonte ihren Busen. Am Oberteil lag es eng an und wurde weiter zum Saum hin. Carolina bevorzugte Hosen, doch sie nickte, froh, Richard einen Wunsch zu erfüllen.

Richard beobachtete sie intensiv. Irgendwas war anders an ihm, als ob er eine lang vor sich hergeschobene Aufgabe in Angriff nahm, die ihm endlich die Last von den Schultern entfernte. Vielleicht hatte er einen neuen Auftrag an Land gezogen.

Nach dem Frühstück schlüpfte sie in bequeme Shorts und ein Top, ging in den Garten und betrachtete die Zitronenbäume. Sie mochte den Duft ihrer Blüten. Letztes Jahr hatte sie Limoncello hergestellt. Sie beschloss, eine Flasche als Gastgeschenk mitzunehmen und nachher Zitronenkekse zu backen.

Der Himmel leuchtete blau; ein typischer Tag in Kalifornien. Sie begann sich auf den Abend zu freuen, an dem sie Richards geheimnisvollen Boss kennenlernen würde. Bis jetzt war sie einem Treffen mit ihm immer ausgewichen. Richard hatte es respektiert, er wusste, wie ungern sie unter Fremden war. Das Verhalten resultierte aus ihrer Kindheit, und sie vermochte nicht, es abzuschütteln. Richard liebte sie, wie sie war. Warum nur konnte sie sich beim Sex nicht entspannen und sich ihm hingeben?

Carolina schnappte sich den Rasenmäher. Sie hatte Richard verboten, einen Gärtner einzustellen, weil sie es liebte, im Garten zu arbeiten. Diesmal fühlte sie Zorn in sich aufsteigen, und sie kämpfte mit dem Reiz, ihn an dem Grundstück auszulassen. Am liebsten hätte sie die Lupinen geköpft, obendrein den Rasen mit den Händen rausgerissen.

Sie sah zur Terrasse und bemerkte Richard, der sie nicht nur beobachtete, sondern intensiv betrachtete. Was war nur los mit ihm? Dermaßen viel Aufmerksamkeit hatte er ihr seit Ewigkeiten nicht mehr geschenkt.

Er deutete ihr an, sich auf eine der beiden Sonnenliegen zu setzen, die im Schatten auf der Veranda standen, und reichte ihr ein Glas Zitronenlimonade. Sie trank mit großen Schlucken. Dies war ihr Lieblingsplatz. Rankgitter mit Oleander und Wisteria, Pflanzgefäße und ein Sprudelbrunnen verwandelten ihn in ihren Garten Eden.

„Du bist ganz rot, ruh dich aus. Es wird ein anstrengender Abend, und du brauchst Kraft.“

Eine seltsame Wortwahl. Plante er, erst sehr spät zurückzufahren? Sie sah ihn fragend an, doch er lächelte sie herausfordernd an und verblieb stumm.

In der Nacht hatte sie kaum geschlafen, und erschöpft legte sie sich zurück. Er zeigte grinsend auf den Tisch, auf dem zwei Bücher sowie eine schwarze Schachtel lagen.

Wenn es irgendwie möglich war, fühlte Carolina sich noch schlechter. Er gab sich solche Mühe, und sie hatte Angst, dass er Sex von ihr wollte. Sie griff nach dem Karton. Zum Vorschein kamen ein bordeauxfarbener BH mit passendem Panty aus feiner Spitze.

„Ich möchte, dass du es nachher trägst."

Es hörte sich beinahe wie ein Befehl an, dem sie zu gerne nachkam. Das weiche Material lag angenehm auf ihrem Handrücken, das Höschen besaß den richtigen Schnitt, und der BH würde ihren Busen perfekt zur Geltung bringen. Sie streichelte den zarten Stoff, sprang auf und umarmte Richard.

„Danke."

Er schob die Hände in ihre Shorts und umfasste ihren Po. Unbewusst verkrampfte sie sich. Sie spürte es deutlich: Noch ein Erlebnis wie gestern würde sie nicht verkraften. Richard ignorierte ihr Verhalten, küsste sie auf die Nasenspitze, während er ziemlich entschlossen aussah. Er wirkte, als verfolgte er einen Plan.

„Ruh dich aus, und lies ein wenig. Ich muss eine Präsentation für Montag vorbereiten."

Eigenartig, dass er heute arbeitete.

Erleichtert atmete sie auf, sobald er im Haus verschwand.

Was war nur los mit ihr? Jede andere Frau hätte sich gewünscht, dass ihr Mann sie auf die Liege presste, sie verführte und sie den Samstagnachmittag mit Sex verbrachten. Doch alles in ihr verabscheute den Gedanken an den Frust.

Richard hatte ihr niemals zuvor Bücher gekauft. Sie runzelte die Stirn, denn sie handelten von BDSM, das zeigten Cover und Titel eindeutig. Welcher Teufel hatte ihn geritten? Sie las die Klappentexte und vertiefte sich in den ersten Roman.

Als der Held die Heldin übers Knie legte und ihr den Arsch versohlte, bis sie heulte, spürte sie, dass ihr Höschen nass an ihrer Scham klebte.

Wenn das nicht armselig wirkte. Aber allein die Vorstellung, dass Richard sie so behandeln würde, jagte Impulse durch ihren Körper, die sie belebten. Doch das waren Wunschvorstellungen und Fantasien, die genauso abwegig erschienen wie die romantische Idee eines Vampirs. Echte Paare lebten nicht auf diese Weise. Echte Paare gingen respektvoll miteinander um, nicht mit Zwang und Schmerz. Die Wahrheit, dass sie Richard belog, respektlos behandelte mit den vorgespielten Orgasmen, der glücklichen Fassade, die sie ihm vorgaukelte, wog schwer. Sie packte sie ganz tief in ihr Inneres.

Sie musste sich beeilen, falls sie noch Kekse backen wollte. Die Stunden waren bei der scharfen Lektüre wie im Flug vergangen.

In der Terrassentür prallte sie mit Richard zusammen. Er umfasste ihre Oberarme mit mehr Kraft, als nötig gewesen wäre. Sie konnte es ihm nicht verdenken, wahrscheinlich brodelte eine stille Wut in ihm, an der sie die Schuld trug, und die ein Ventil brauchte.

„Alles in Ordnung, Carol?"

Sie wusste nicht, was er dachte, wünschte sich, er würde sie packen, sie auf den Küchentisch werfen und genau das mit ihr anstellen, was in dem Roman passiert war. Er sollte sie bestrafen für ihr Vergehen. Es war ein sinnloser Wunsch. Richard würde so etwas niemals tun, und sie brachte es nicht über die Lippen, ihn darum zu bitten, obwohl sie ziemlich erregt war.

„Ich brauche eine Dusche."

Eine eiskalte.

Er sah sie an, mit einer unergründlichen Mimik, trat näher und drängte sie gegen die Arbeitsplatte.

Ihre Hoffnung, dass er sich nach den Büchern erkundigte, erfüllte sich nicht, stattdessen strich er ihr eine Haarsträhne aus dem Gesicht, die sich aus dem Gummi gelöst hatte. Richard mochte ihr schulterlanges dunkles Haar und wickelte sich eine Strähne um den Zeigefinger. Wieso packte er ihr nicht ins Haar und riss ihren Kopf in den Nacken?

„Ich gehe für eine Stunde aufs Laufband." Er umspannte mit einer Hand ihren Hinterkopf und küsste sie fest auf den Mund. Er verschwand und ließ sie atemlos zurück.

Die Geschichte der entführten Sklavin übte einen aufwühlenden Effekt auf sie aus, den sie noch immer spürte.

War es normal, auf diese Weise zu fühlen?

Sie holte die Zutaten aus den Schränken, und das Backen beruhigte ihre aufgebrachten Nerven. Vielleicht besaß sie später genug Mut ihn zu fragen, warum er ihr diese Bücher geschenkt hatte.

Kapitel 2

Carolina genoss die Dusche, die den Schweiß und die konfusen Gefühle in den Abguss spülte. Sie duftete nach Zitronen, und sie schmunzelte, weil Richard sie oft neckte wegen ihrer Besessenheit für Geschmack und Geruch. *Citronella*, so nannte er sie manchmal liebevoll.

Sie legte ein leichtes Make-up auf, froh, dass ihre Haut eine zarte nahtlose Bräune besaß, dank ihres uneinsehbaren Grundstücks. Roter Lipgloss vervollständigte den Look. Sie steckte die Haare hoch und wählte eine goldene Kette mit einem Stein, der in der Farbe zu den verführerischen Dessous passte. David würde nicht wissen, wieso sie diesen Schmuck gewählt hatte. Ob Richard es bemerken würde, es ihn erregte?

Richard wartete im Wohnzimmer auf sie. Er saß auf seinem dunkelroten Lieblingssessel, wirkte nachdenklich, als ob er mit sich haderte. Seine Mimik änderte sich bei ihrem Eintreten. Stahlharte Entschlossenheit blickte ihr entgegen. War es wirklich ein Dinner? Vielleicht gab es Ärger in der Firma. Richard erzählte wenig über seine Arbeit. Er gehörte nicht zu den Männern, die sich durch ihren Job identifizierten. Sie hatten ewig nicht richtig geredet. Sogar das teilten sie nicht mehr. Carolina realisierte, dass sie nicht wusste, wie Richard sich fühlte. Dass sie keine Ahnung hatte, ob Sorgen ihn plagten oder er glücklich war.

Sic war cinc Egoistin, dic sich ausschließlich für sich selbst interessierte. Kein Wunder, dass Bob und Eve sie niemals geliebt hatten. Carolina verdiente Zuneigung nicht, denn sie verschwendete sie und trampelte alles in den Staub. Sie war eine herzlose Person, schlimmer als ihre Eltern.

Richard trug eine schwarze Anzughose, kombiniert mit einem fliederfarbenen Hemd, das seinen dunklen Teint und die blauen Augen betonte. Ihr Ehemann könnte mühelos eine neue Frau finden, die ihn zu schätzen wüsste, die ihn liebte und sich ihm hingab, genau wie es ihm zustand.

„Du siehst bezaubernd aus, Carol." Er sagte ihren Namen so zärtlich, dass der Kloß in ihrer Kehle anschwoll.

Impulsiv warf sie ihm die Arme um den Hals. Richard drückte sie an sich, und sie fühlte, dass er angespannt war. Er umfasste ihre Schultern und führte sie zu seinem schwarzen Geländewagen. Auf der Fahrt hing sie ihren Gedanken nach, erleichtert, dass Richard genauso schweigsam war wie sie. Sie musste sich zusammenreißen und einen guten Eindruck bei David hinterlassen. Was würde Richards Boss von ihr denken, wenn sie mit roten Augen in seinem Haus auftauchte, womöglich Richard mit offener Verzweiflung ansah? Nicht einmal das schaffte sie; ihre Emotionen standen immer wie Leuchtreklamen auf ihrer Stirn. Sie lauschte den Klängen der Popsongs aus den Achtzigern, die nie an Popularität verloren. Erneut überfiel sie diese grauenvolle Isolation, die sich auf sie legte wie eine klebrige Schicht, die sie langsam erstickte.

Sie wusste nicht viel Privates von David, nur, dass er unverheiratet war. Richard hatte ihr erzählt, dass seine Frau vor ein paar Jahren gestorben war. Er war gerecht zu seinen Angestellten, verlangte im Gegenzug eine Menge, doch ließ ihnen auch Freiraum. David wohnte einsam gelegen hinter den Randbezirken von Pasadena. Sie hielten vor einem schmiedeeisernen Tor. Die Torflügel schwangen wie von Geisterhand auf. Orangenbäume zierten die Einfahrt und lockten ihr ein Lächeln auf das Gesicht.

Richard stoppte vor dem zweistöckigen weißen Haus im italienischen Stil. Die Fensterrahmen waren sonnengelb, genau wie die Fensterläden aus Holz. Was für ein romantischer Anblick! Sie hatte eher mit einem kühlen Anwesen gerechnet, viel Glas und Beton. Ob David ebenso eine Überraschung darstellte? In ihrer Vorstellung war er von mittlerer Statur, hatte Geheimratsecken, trug eine dunkle Hornbrille und war so sexy wie ein Laib Brot. Ein Hüne öffnete die Tür, der so gar keine Ähnlichkeit mit einem Hausangestellten besaß.

War der Kahlköpfige etwa David? Nein, das war unmöglich.

„Alexander, darf ich dir meine Frau Carolina vorstellen?“

Merkwürdig, dass Richard sie nicht mit Carol vorstellte, wie er es sonst tat.

„Das ist Alexander, der persönliche … Assistent von David.“

Alexander musterte sie mit unbeweglicher Miene. Sie spürte, dass ihr Herzschlag beschleunigte. Da war etwas an ihm, das ihr Angst einjagte. Nein, nicht Angst, sondern er weckte einen Instinkt in ihr, den sie nicht näher zu definieren vermochte.

Er trug eine Hose und ein langärmliges T-Shirt, das seine Kraft betonte; beides in Schwarz. Alexander beugte sich vor und küsste sie leicht auf die Wange. Seine Augen waren grau, intensiv, und sie hätte sich am liebsten hinter Richard versteckt. Alexander traf ihren Blick, hielt ihn, bis sie sich fast mit Gewalt davon losriss.

„Es ist mir eine Freude. Master David erwartet euch.“

Master David?

Seine Mundwinkel zuckten belustigt, es stahl ihm jedoch nichts von dieser unglaublich gefährlichen Ausstrahlung. Er nahm Richard die Tüte mit den Keksen und dem Limoncello ab, und die Tür fiel mit einem Geräusch der Endgültigkeit ins Schloss. Ohne sie um Erlaubnis zu fragen, entwand er ihr die Handtasche, verschwand, ehe sie es schaffte zu protestieren. Carolina spürte, dass Nervosität Besitz von ihr ergriff, von der sie keine Ahnung hatte, wo sie herkam.

David war nur der Boss von Richard und nicht *Don Corleone*. Sie unterdrückte mühsam ein Kichern. Was würde David von ihr denken, falls sie die Nerven verlor, einen Lachanfall bekam, sodass die lang aufgestauten Emotionen wie ein Vulkanausbruch an die Oberfläche schossen? Wenn sie sich mit Richard während des Essens stritt? Wann hatten sie das letzte Mal gestritten?

Richard erfasste ihre Hand, als befürchtete er, sie plane eine Flucht. Er hielt sie nicht schmerzhaft, aber nachdrücklich. Aus dem Griff könnte sie sich nur mit Anstrengung befreien.

Was für unsinnige Gedanken sie verfolgte! Richard kannte sich in dem Haus aus, lief zielsicher auf eine Flügeltür zu ihrer Linken zu. Die Absätze ihrer Sandalen klickten auf den Bruchsteinfliesen.

David stand an einem bodentiefen Fenster des Esszimmers und drehte sich bei ihrem Eintreten um. Seine Präsenz packte sie augenblicklich. Das, was sie bei Alexander unbewusst gespürt hatte, war bei ihm stärker ausgeprägt. Sie wäre zurückgewichen, doch Richard verhinderte es mit Leichtigkeit und umfasste ihre Taille. Sie hatte ganz vergessen, wie kräftig Richard war. David kam lächelnd auf sie zu, geschmeidig wie Seide, die einem über die Haut floss. Sie wünschte sich ihre Handtasche zurück, denn dann hätte sie einen Halt besessen, an dem sie sich festklammern könnte.

Er konnte seine spanischen Vorfahren nicht verleugnen. David war gute 1,95 Meter. Richard war ein paar Zentimeter kleiner. Davids dunkle Haare waren etwas länger als Richards. Silber durchzog sie an den Schläfen. Sie war im Heim des Paten gelandet, der ein dunkelrotes Hemd und eine schwarze Hose trug, obendrein eine verdammt sexy Ausstrahlung besaß.

Im Heim des Masters korrigierte sie sich. Der Typ aus dem Roman führte auch den Titel Master. Ehe sie sich zu verhelfen vermochte, sah sie gebannt auf seinen Gürtel, erwartete fast, dort eine zusammengerollte Peitsche vorzufinden oder Handschellen.

Oh Mann, Carolina, reiß dich endlich zusammen.

David umfasste sie an den Schultern, ignorierte ihr Zusammenzucken und küsste sie auf beide Wangen. „Sie ist bezaubernd, Richard." Er nahm die Hände nicht fort, und die Hitze seiner Berührung sickerte durch den Jersey, verunsicherte sie, als ob er plante, ihr das Kleid vom Leib zu zerren.

Da sie zu Boden sah, legte er ihr die Handfläche unter das Kinn und zwang sie, in seine braunen Augen zu sehen. Jetzt wusste sie, was es war, das sie dermaßen verwirrte; es war pure, reine Dominanz.

Er lächelte, als hätte er sich gerade ein Urteil über sie gebildet. David presste sie auf einen der hochlehnigen hell gepolsterten Stühle, die an dem dunklen Esstisch standen. Weiße Vorhänge spielten im Wind und ermöglichten die Sicht auf einen blühenden Garten. Er ließ die Hände einen Augenblick auf ihren Schultern ruhen, beugte sich dann hinunter und atmete tief ein. Überdeutlich spürte sie die Kraft in der simplen Geste. Sie reagierte vollkommen unangemessen, da er einen Instinkt in ihr weckte, der ihr den Körper entlanglief wie ein Strom aus Hitze und Kälte. Ihre Nippel richteten sich auf. Die zarte Spitze und der Jersey verhüllten es nicht. Ihr war, als würde David sie überall berühren, nur so konnte sie die Fieberglut erklären, die ihre Haut erfasste. David verunsicherte sie dermaßen, dass sie keinen Ton hervorbrachte. Der Mann entsprach keinem Laib Brot, sondern gerösteten Croûtons, die eine fade Suppe in ein Fest der Sinne verwandelten, weil sie Chilipulver enthielten.

„Sie riecht genauso gut, wie sie aussieht." David lachte leise. „Kann sie auch sprechen?"

Das brach den Zauber, und sie schmunzelte erleichtert. Wahrscheinlich bildete sie sich alles über David ein, da sie vorhin das Buch gelesen hatte. David war mit Sicherheit kein Master, der sich Sklavinnen im Keller hielt und sie für sein sexuelles Vergnügen abrichtete.

Wenn sie später nach Hause fuhren, könnte sie Richard von ihren unsinnigen Fantasien erzählen, und sie würden gemeinsam darüber lachen. Und sie würde ihren Mut zusammennehmen und ihn nach den Romanen fragen. Vielleicht stellte es einen Einstieg dar, um zu erfahren, was er über das Thema BDSM dachte.

„Richard hat mir nie erzählt, dass sein Freund und Boss ein verdammt gut aussehender Kerl ist, dessen Duft seiner Ausstrahlung in nichts nachsteht." David roch nach Mann. Sie wusste nicht, wieso ihr dieser Vergleich einfiel, aber es entsprach der Wahrheit. Sein Geruch war maskulin und verführerisch.

Es erstaunte sie, dass ihr die Worte so leicht über die Lippen gingen, denn geflirtet hatte sie seit Ewigkeiten nicht mehr. Beide Männer lachten. Zu ihrer Verwunderung setzte sich Richard nicht neben sie an den großen dunklen Holztisch, sondern neben David. Sie griff nach dem Weinglas und war versucht, den Inhalt hinunterzuschütten. Doch sie hatte kaum etwas gegessen und war aufgeregt genug. Sie begnügte sich mit einem kleinen Schluck, packte den dünnen Stiel fester, weil sie das Zittern ihrer Hände nicht zu kontrollieren vermochte.

Entspann dich!

Nur mit Mühe gelang es ihr, den Besenstiel, der sich ihrer Wirbelsäule bemächtigt hatte, zu entfernen. Ihre Muskeln befanden sich in stählernen

Klauen. Sie konzentrierte sich auf ihre Zehen, die sie in den edlen Sandalen hin und her bewegte. Es half, und allmählich lockerte sich der Rest ihres Körpers. Aber ihre dämlichen Nippel weigerten sich, ihren Befehlen zu gehorchen.

David starrte sie an, versuchte erst gar nicht, es subtil aussehen zu lassen. Er analysierte sie. Es missfiel ihr, sich wie ein Versuchsobjekt zu fühlen. Sie traf seinen Blick und spürte die Macht, die dahintersteckte. Verunsichert sah sie zu Richard, jedoch blieb sein Mienenspiel unergründlich. Sie fühlte sich im Stich gelassen. Dieses Abendessen entwickelte sich merkwürdig, irgendwie angsteinflößend. Richard benahm sich nicht wie Richard, sondern er wirkte fremd auf sie. Wie sollte sie diesen Abend überstehen? Am liebsten wäre sie aus dem Gebäude gerannt, hätte sich in den Wagen geflüchtet, um mit Höchstgeschwindigkeit nach Hause zu rasen. Ihre Instinkte warnten sie vor einer Gefahr, von der sie nicht wusste, was sie genau darstellte. Ihre Ängste entlockten Carolina ein Schmunzeln, denn sie waren unbegründet. Richard und sein Boss waren Architekten und keine Menschenhändler. Sie bezweifelte, dass ihr Ehemann über eine geheime Identität verfügte.

Richards Blick rammte in sie wie eine Handvoll Messer, die sich in sie bohrten. David dagegen drang tiefer vor. Sein Ausdruck zerschnitt sie, bis er ihr Inneres freigelegt hatte.

Vielleicht war sie zu viel allein, und ihr Verhalten wurde seltsam. Welche normale Frau hegte solch konfuse Fantasien bei einem Abendessen?

Alexander servierte die Vorspeise, berührte mit seinem Arm ihren, als er den Teller vor sie hinstellte. Nur mit Anstrengung zuckte sie nicht zurück. Es gab eine leichte Basilikumsuppe mit Croûtons. Ein Kichern drohte hochzublubbern. Zum Teufel damit, die Blicke von David und Richard steigerten ihre Nervosität dermaßen, dass sie das Glas leerte und sich beinahe an dem Weißwein verschluckte. David und Richard tranken Wasser. Richards Augen hatten einen Ausdruck angenommen, den sie nur als Begierde bezeichnen konnte. Was war nur los mit ihm? Schwerer wog die Frage, was war los mit ihr? Carolinas Unbehagen nahm zu, und sie wusste nicht wieso. Das Essen schmeckte köstlich, das Ambiente war einladend, und doch fühlte sie sich, als ob sie nackt auf einem Steintisch lag, auf dem sie das Mahl darstellte.

Sie merkte den Alkohol deutlich. Zum Glück brachte Alexander die Hauptspeise; Pasta mit Scampi und Spinat. Diesmal berührten seine Fingerspitzen ihren Nacken. Es ging so schnell, dass sie es als Einbildung abtat. Die Männer unterhielten sich über das laufende Projekt, und Carolina nutzte die Gelegenheit, sie zu betrachten.

Wie David wohl im Bett war? Ihm traute sie zu, sich zu nehmen, wonach ihm der Sinn stand. Sie unterdrückte ein Kichern, schob die verruchten Gedanken auf die Bücher zurück.

„Haben dir die Romane gefallen?“ Die tiefe Stimme von David drang in ihr Bewusstsein.

Sie schluckte die Nudeln hinunter. „Was?“ Dabei wusste sie ganz genau, was er meinte. Sie warf Richard einen vorwurfsvollen Blick zu.

„Ich mag es nicht, wenn man um den heißen Brei herumredet oder mich anlügt.“

Was bildete der Kerl sich ein!

Da war etwas in Davids Tonfall, das sie gerader sitzen ließ. Sie sah ihm direkt in die Augen, obwohl sie lieber ihren Teller betrachtet hätte.

„Ich habe nur reingelesen und kann mir kein Urteil erlauben.“

Außerdem geht dich das einen Scheißdreck an.

Ob er ihr ansah, wie sehr die Texte sie noch immer erregten? Dass sich ihre Gedanken darum drehten, auf diese Weise Lust zu erfahren? Dass Richard sich ruchlos nahm, was sie ihm dermaßen lange vorenthalten hatte.

David lächelte sie an; es war ein gefährliches Lächeln. Auch auf Richards Miene lag ein bedrohlicher, irgendwie sinnlicher Ausdruck, den sie niemals zuvor bei ihm gesehen hatte.

„Du spielst Richard deine Orgasmen vor.“

Ihre Gabel landete klirrend auf dem Teller. Sie war zu perplex, um zu antworten, und sie wollte nur noch eins: nach Hause.

Wo war ihre Tasche?

Sie setzte an, aufzuspringen.

„Sitzen bleiben!“ David brüllte die Worte nicht, sondern es tropfte von seinen Lippen, zeigte ihr deutlich, dass Ungehorsam Konsequenzen nach sich ziehen würde. Als ob ihr jemand die Muskeln geraubt hätte, sank sie zurück. Richard verzog spöttisch die Mundwinkel.

Es reichte ihr endgültig. Sie konnte nicht glauben, dass Richard sich wie ein Idiot benahm und sie so hinterhältig verraten hatte.

„Du verdammter Arsch!“

Richard zuckte zusammen, denn sie fluchte selten. Dann sah sie es in seinem Blick: eine unverfälschte Gier nach ihr. Noch nicht einmal in ihrer Anfangszeit hatte er sie mit diesem Hunger angesehen. Es erregte und verunsicherte sie zugleich. Doch Davids Ausdruck stellte Richards in den Schatten.

Sie musste fort von diesem Ort, sprang so heftig vom Stuhl, dass er umfiel. Carolina drehte sich um und prallte gegen Alexander, der wie aus dem Nichts aufgetaucht war. Sie wäre hingefallen, wenn er nicht ihre

Schultern mit einem harten Griff umfasst hätte, der ebenso stählern war wie seine Augen. Er drückte sie mit dem Bauch nach unten auf den Tisch, umklammerte mit einer Hand ihren Nacken, schob das Kleid hoch, und seine Handfläche klatschte auf ihren Po, mit einer Wucht, die ihr Tränen in die Augen trieb. Das Höschen dämpfte die Qual kaum.

Sie kämpfte gegen seinen Halt an, doch er kontrollierte sie mühelos. Kein vernünftiges Wort kam über ihre Lippen, stattdessen kreischte Carolina vor Schmerz und Schock.

„Das war das letzte Mal, dass du deinen Ehemann und Master auf diese Weise bloßstellst." Bei jeder Silbe landete neue Pein auf ihrem Hintern. Das Ganze war dermaßen schnell und mit einer Effizienz geschehen, dass es ihr schlichtweg die Fähigkeit raubte, einen logischen Gedanken zu fassen. Sie registrierte den Schmerz nicht als einzelnen Reiz, sondern er bildete eine Mischung mit der grotesken Situation, die sie gründlich überforderte.

Carolina wusste nicht, wie sie reagieren sollte. Nichts und niemand hatte sie auf ein derartiges Szenario vorbereitet.

„Richard, in der obersten Schublade des Sideboards findest du Handschellen", sagte David weich.

Das hier geschah nicht wirklich. Sie presste ihre Hände auf die Tischplatte und versuchte, sich hochzudrücken. Alexander nutzte es aus und riss Carolina hoch.

Er lachte, der Dreckskerl.

Sie bekam keine Gelegenheit zur Flucht. Ehe sie Luft holen konnte, um zu schreien, saß sie auf einem Stuhl. Alexander hielt sie fest, und David klickte mit erschreckender Leichtigkeit Handschellen um ihre Gelenke, sodass sie hinter der Lehne miteinander verbunden waren.

„Richard, bist du verrückt geworden?" Sie spürte förmlich, wie ihr das Blut aus dem Gesicht wich, da David in ihre Haare packte und ihren Kopf zur Seite bog.

„Sei still", flüsterte er.

Im Leben nicht.

„Oder was? Richard, das ist nicht lustig."

Davids Augen glichen Eis, das ihr weitere Silben in der Kehle gefrieren ließ. Seine Finger bohrten sich in ihr Kinn und Alexander zwängte einen Knebel zwischen ihre Lippen. Carolina versuchte, David zu treten. Er schob den Jerseystoff hoch und schlug ihr hart auf die Oberschenkel. Diesmal drang die Qual bis in ihr Innerstes vor. Zu schockiert, um zu reagieren, kämpfte sie mit den Tränen, die drohten, wie ein Wasserfall aus ihr zu fließen. Die Schläge klangen in ihren Ohren und brannten auf ihrer

Haut. Jetzt wusste sie, wieso ihr verräterischer Ehemann auf ein Kleid bestanden hatte.

Das miese Schwein!

Hilfe suchend sah sie zu Richard, doch er starrte sie weiterhin mit purer Lust an. Carolina würde ihm auf der Fahrt nach Hause eine Seite von sich zeigen, die er bisher nicht von ihr kannte. Sie war zornig wie nie zuvor in ihrem Leben, und zur selben Zeit verspürte sie eine belebende Angst, die sie ansprang, gleich einem Schatten in einer verlassenen Gasse.

„Erregt dich der Gedanke, dass ich dich über meine Knie lege, dir den Arsch versohle, bis du weinst, dich danach benutze, wie es mir beliebt, dich zu einem schreienden Orgasmus zwinge, vor den Augen deines Gatten?" David beugte sich zu ihr herab und hielt ihre Wangen in einem unerbittlichen Griff. Die Vorstellung reizte sie unglaublich, und er wusste es. „Richard, zieh ihr das Höschen aus."

Das würde er nicht tun. Richard hatte sie vor heute noch niemals zu etwas gezwungen. Sie brach in Tränen aus, schüttelte den Kopf, dennoch zögerte ihr Ehemann nicht und zog ihr den Slip über die Hüften, während Alexander ihre Schultern mit genügend Nachdruck packte, dass sie erstarrt verharrte. Sie traute ihren Augen nicht, denn Richard roch an dem Stück Stoff, ehe er es in die Hosentasche stopfte.

„Ist sie so feucht, wie ich es mir denke?" David grinste sie auf eine Weise an, die ihren Herzschlag beschleunigte.

Richard umfasste ihren Nacken, scheute nicht davor zurück, ihren Blick zu treffen und schob ihr einen Finger in das nasse Geschlecht. „Sie ist klatschnass." Seine Pupillen weiteten sich, und er atmete tief ein, ehe er ihr den Hals entlangleckte und an der Haut saugte.

Oh Gott. Das hatte er ewig nicht getan. Sie vermochte sich einfach nicht zu helfen, es war Richard, der sie stimulierte, und sie reagierte auf ihn, ob sie es wollte oder nicht.

„Reize sie, aber lasse sie nicht kommen." *Master David* hielt fest die Zügel in der Hand, und Richard war nur zu begierig, ihm Folge zu leisten.

Richard verblieb mit dem Finger in ihrer Vagina und begann, mit dem Daumen ihre Klitoris zu reiben, unendlich verführerisch, bis die zarte Perle anschwoll und sich das Gefühl in ihrem Schoß ausbreitete, obwohl sie alles versuchte, um es als grauenvoll zu empfinden. Unerträgliche Begierde entflammte, erfasste ihren Leib wie ein Strohfeuer. Der letzte Orgasmus, den Richard ihr geschenkt hatte, war so lange her, dass sie sich kaum daran erinnerte. Doch ihr Körper erinnerte sich zu gut. Er kannte die Erfüllung, die Richard ihr zu schenken vermochte, verlangte von ihr, nachzugeben, sich zu unterwerfen, erreichte sein Ziel, indem er ihren Verstand ausschaltete und sie alles um sich herum stärker spürte.

„Alexander, kümmere dich um ihre Nippel."

Spätestens jetzt erwartete sie einen Protest von Richard, doch er sagte nichts. Stattdessen stimulierte er sie geschickt, erzwang ihre Bereitschaft, auf die Situation mit Wollust zu reagieren, und die ganze Zeit fixierte er ihre Augen mit seinen. Hilflos spreizte Carolina die Beine, um ihm besseren Zugriff zu ermöglichen.

Wie konnte sie nur!

Richard machte ein maskulines Geräusch, das tief hinten in seiner Kehle entstand. Er führte einen zweiten Finger ein und lächelte überlegen, weil sie wimmernd auf ihn reagierte, ihr Becken anhob, so weit sie es schaffte, sich erhoffte, er würde sie nehmen. Seine Nasenflügel bebten, er beugte sich vor und biss in ihren Hals. Wenn sie gekonnt hätte, hätte sie geschrien, doch das, was aus ihrem geknebelten Mund kam, war ein ursprünglicher, von Sinneslust getriebener Laut.

Alexander lachte, da sie ihren Rücken an die Lehne presste, um ihn daran zu hindern, das Kleid zu öffnen. Er kniff ihr in den Oberarm, hart genug, dass sie zusammenzuckte. „Gehorche, Carolina, oder ich kneife dich so fest, dass du dir wünschst, du hättest mich nicht herausgefordert." Alexander öffnete den Reißverschluss, schob die Träger des BHs zur Seite und hob ihre vollen Brüste aus den Körbchen. Seine Hände waren warm, zärtlich und fordernd. Zwischen Daumen und Zeigefinger rieb er die zarten Knospen, bis sie pulsierten. Erst dann enthakte er den Verschluss des BHs.

Sie wollte nicht vor fremden Männern einen Orgasmus bekommen und versuchte vergeblich, die Reize auszuschalten. Aber sie verteilten sich elektrischen Impulsen gleich durch ihren ganzen Leib.

„Dein Busen ist so schön, wie Richard ihn beschrieben hat", wisperte Alexander in ihr Ohr.

Ein Seufzen kroch ihr über die Lippen, weil Alexander inzwischen schmerzhaft an ihren Nippeln zupfte, so wie sie es sich oft bei Richard gewünscht hatte. Er presste sie hart und verringerte den Druck, tat es im Wechsel, bis sie das Gefühl hatte, ihre Brustwarzen allein könnten sie bis zum Höhepunkt bringen.

David fixierte ihren Blick. Und sie wusste, er würde sie noch heute Nacht besitzen, auf eine Weise, die sie sich nicht vorstellen konnte.

„Äußerst aufgeweckte Nippel. Alexander, erhöhe den Schmerz. Richard, verlangsame deine Stimulation. Sie darf nicht kommen. Du bestimmst, wann sie ihren Orgasmus erreicht. Von jetzt an kommt sie nur, sofern ein Dominanter es ihr befiehlt. Wenn du sie das nächste Mal fickst, wird sie dich anbetteln, dass du ihr Erlösung gewährst. Und sie wird schreiend in deinen Armen liegen, der Verstand ausgeschaltet, getrieben von ursprünglicher Begierde, während ihr hübscher Arsch vor Qual pocht im Gleichklang mit ihrer Klitoris, die geschwollen unter deiner Hand liegt, empfänglich für die leichteste Berührung."

Alexander rollte hart ihre Brustwarzen, und das Gefühl verband sich mit dem, was Richard mit ihrer Pussy anstellte. Sie brauchte die Erfüllung, drängte sich Richard entgegen, so gut sie es schaffte.

„So geil habe ich sie noch nie gesehen."

Falls überhaupt möglich, intensivierten Richards Worte ihre Erregung. Die unverfälschte Lust auf seinem Gesicht machte sie an.

Alexander knetete ihre Brüste, zwirbelte gleichzeitig an ihren Knospen. Richards geschickte Finger trieben sie in den Wahnsinn. Ihr Körper summte mit einer Lebendigkeit, die sie niemals zuvor erlebt hatte. Bedenken und Scham wurden von ihr gespült, bis der Orgasmus beinahe einsetzte.

„Aufhören!"

Die Männer gehorchten David, dessen gut geschnittene Hose nicht seine Erektion verbarg. Auch Richards Schwanz drohte fast, seine Hose zu sprengen. Carolina sackte zusammen, hätte am liebsten vor Verzweiflung geschrien, weil dieses Arschloch ihr die Erfüllung versagte. Sie war verloren. Alexander umfasste ihre Kehle, übte aber keinen Druck aus und streichelte mit den Fingerkuppen über ihre Haut. Schweiß rann ihren Rücken hinab, ihre Haare hatten sich längst gelöst, und Strähnen hingen ihr wirr ins Gesicht.

„Sieh sie dir an, Richard, diese Geilheit in ihren Augen, wie sie sich an dir gerieben hat wie eine kleine Dirne. Das nächste Mal, wenn du sie nimmst, wird sie dich genauso ansehen." David packte grob ihr Kinn, lachte weich, da sie ihn anfunkelte, sich wünschte, er würde tot umfallen. „Es wird mir eine Freude sein, dich zu züchtigen, dich zu vögeln und genau das mit dir zu tun, was du deinem Ehemann versagt hast." David beugte sich vor, bis seine Stirn gegen ihre lehnte. „Dich zu zähmen stellt eine Herausforderung dar, vor allem für dich selbst." Sein Atem streichelte über ihre Wangen. „Wir finden später heraus, ob du mich noch anfunkelst, nachdem ich dich bestraft habe und du weinend in meinen Armen liegst."

Lord Arroganz!

Weinend in seinen Armen liegen! Eher würde sie sich Vogelspinnen als Haustiere halten. Sie nahm sich fest vor, keinen Ton mehr von sich zu geben, bis der Abend vorbei war, sie allein mit ihrem Ehemann war, und dann würde eine Hölle über Richard hereinbrechen, sodass er bereute, was er getan hatte.

Bist du nicht selbst an der Situation schuld?

Carolina ahnte, Davids Worte entstammten nicht aus falscher Selbsteinschätzung, sondern David wusste, wovon er sprach. Er würde sie mühelos dazu bringen, genau das zu tun, was er verlangte.

Irgendwie verstand sie Richard, dass er mehr als angepisst von ihrem Verhalten war. Tief in ihrem Inneren gab sie ihm recht, begriff, wieso er zu dermaßen drastischen Mitteln griff. Dieser Gedanke kam aus dem Nichts und überforderte sie.

Sie flehte ihn mit den Augen an, den Knebel zu entfernen, damit sie es ihm zu sagen vermochte. Zu Hause würden sie gemeinsam einen Weg finden, ihre Probleme zu bewältigen. Sie war imstande, ihm zu verzeihen, dass er sie in diese aberwitzige Situation gebracht hatte. Er könnte sich einen neuen Job suchen, und sie würden alles hinter sich lassen, vielleicht in einen anderen Staat ziehen. Carolina atmete erleichtert aus, weil Richard sich vorbeugte, aber er küsste sie lediglich auf die Nasenspitze, nahm ihr die Halskette ab, drehte sich um und ging aus dem Raum, ohne sich umzusehen. Die Erkenntnis, dass Richard nicht mit ihr nach Hause fahren würde, er sie den Mastern aushändigte, krachte auf sie. Der Kloß in ihrer Kehle schwoll an, und sie befürchtete, sie würde ersticken. Sie bekam nicht ausreichend Luft.

Ihr Ehemann überließ sie den Wölfen. Richard ließ sie zurück, wollte sie nicht mehr. Sie hatte gedacht, sie wäre vorher einsam gewesen, doch es stellte sich als Irrtum heraus. Jetzt war sie nicht nur allein, sie war aufgeschmissen und verloren. Carolina wollte nicht, dass Richard sie verließ. Im Moment würde sie alles tun, nur damit er zurückkehrte und bei ihr blieb.

„Wir lösen den Knebel, doch du sprichst nur, wenn wir es dir erlauben.“ David grinste provozierend. Er war ihr überlegen, und er wusste es.

Richard konnte nicht ernsthaft wollen, dass jemand anders sie vögelte! Das konnte nur bedeuten, dass er genug von ihr hatte, sich für Carolinas Verfehlungen an ihr rächte. David sah sie intensiv an, nickte Alexander zu, der den Knoten des Lederstreifens löste. David hielt ihr ein Glas Wasser an die Lippen, und sie trank, wollte den Augenblick nutzen, um sich zu sammeln. Es misslang ihr gründlich.

„Du gehörst uns für vier Wochen. Richard hat die Nase voll von deinem Benehmen, den Unwahrheiten, den vorgespielten Orgasmen. Wir erziehen dich um, verwandeln dich in eine willige Sklavin, die weiß, wie sie ihrem Mann dienen kann, die einen Schwanz in ihrer Pussy ebenso herbeisehnt wie die Gerte ihres Herrn.“

Ein hysterisches Kichern kroch ihr aus der Kehle. Sie erinnerte sich an den Film *Die Frauen von Stepford.* Richard übergab sie zu einer Umprogrammierung, um sie nach seinem Willen zu formen.

Auch wenn sie nicht glauben wollte, dass David diese Worte gesagt hatte, sie klangen in ihren Ohren, summten über ihre Haut und beschleunigten ihren Puls, bis sie glaubte, ihr Herz müsste zerspringen. Sie erkannte, dass kein Schatten sie angesprungen, sondern dass der Schatten sich von ihr gelöst hatte, sie verletzlich und mit einer vibrierenden Lebendigkeit zurückließ, die zu viel erschien in ihrer Intensität. Sie war allein in der Dunkelheit umhergeirrt, plötzlich traf gleißendes Licht sie, sodass sie sich wie ein Schmetterling fühlte, der gerade aus dem Kokon schlüpfte und endlich empfinden konnte.

David legte beide Hände auf ihre Oberschenkel. Die Handflächen brannten heiß auf ihrer Haut. „Du bist devot, durch und durch, deine unterdrückte Neigung bringt dich um den Verstand, erstickt dich, begräbt dich und Richard unter sich. Es ist Zeit, es zu ändern, weil du es willst und vor allem brauchst. Du bekommst von uns Schmerz und Lust, so intensiv, dass es deine Vorstellungskraft sprengt."

Seine Finger kamen gefährlich nah an ihre Scham, und sie wimmerte. David lehnte sich weiter vor, bedrohlich und verführerisch zugleich.

„Von nun an gehorchst du mir und den Mastern, die sich auf der *Insel* mit dir beschäftigen, dich trainieren, dich züchtigen und vielleicht vögeln. Ungehorsam und Lügen ziehen ausnahmslos Bestrafungen nach sich. Ich gebe dir die Wahl, bei vollem Bewusstsein, allerdings mit verbundenen Augen, deine Reise zu der *Insel* anzutreten, andernfalls betäube ich dich."

David wollte sie an einen Ort verschleppen, an dem sie niemand finden würde. Brachte er sie auf ein Boot oder war es nur ein Name für sein Sklavendomizil und er war ein Menschenhändler oder ein Zuhälter? Aber das konnte Richard doch nicht ernsthaft mit ihr vorhaben. Sie wollte und konnte das nicht glauben. David deutete auf eine Spritze, die auf dem Tisch lag. Ihre Angst vor Nadeln reichte tief. Richard hatte ihnen auch das verraten.

„Wirst du ein braves Mädchen sein?"

Sie hasste ihn, sie hasste Alexander, und vor allem hasste sie Richard. Er hatte sie mitten in eine Situation gebracht, die sie nicht kontrollieren konnte. Ihre Hoffnung, dass Richard nur darauf abzielte, sie zu erschrecken, löste sich auf wie ein Tautropfen in der Morgensonne. David und Alexanders Mienen zeigten ihr dieses deutlich. Die Routine, mit der sie Carolina überwältigt hatten, war ein klares Indiz, dass sie nicht zum ersten Mal eine Frau entführten, obendrein genau wussten, wie sie vorgehen mussten, um ihr Opfer in die Kooperation zu zwingen. Siedende Gewissheit prasselte auf sie, dass es für sie kein Entkommen gab. Richard zwang ihr seinen Willen auf, und er hatte es von langer Hand geplant.

„Sobald wir auf der *Insel* ankommen, hat dieser Blick schmerzhafte Konsequenzen."

Carolina umklammerte den Gedanken, dass David und Alexander es nur geschafft hatten, sie zu erregen, weil Richard dabei gewesen war.

„Sie ist niedlich, findest du nicht auch, Alexander? So unschuldig, und sie zeigt offen, was sie denkt. Verfolge diesen Gedankenstrang, Fiorella, aber du kommst für mich, wenn ich es verlange und so oft ich es verlange. Du wirst dich aktiv beteiligen, mit all deinen Sinnen. Diese leere Hülle, die mit Richard das Bett geteilt hat, gehört der Vergangenheit an."

„Arroganter Bastard!" Sie zappelte auf dem Stuhl herum, versuchte, sich irgendwie zu wehren, doch sie war den Männern hilflos ausgeliefert. „Das ist illegal, damit kommt ihr nicht durch."

Alexander und David verzogen keine Miene. Sie warteten geduldig, bis Carolinas Beschimpfungen in ein Schluchzen übergingen.

David hob die Hände. Sie hielt erschreckt die Luft an, rechnete damit, dass er ihr ins Gesicht schlagen würde, für die unbedachten Äußerungen. Er kniff ihr in die Nippel, schmerzhaft, und ließ nicht los. Carolina wusste, was er wollte, versuchte dagegenzuhalten, so lange sie es vermochte. Schlussendlich überforderte die Pein sie. Carolina senkte den Blick.

„Es tut mir leid, Master David." Sie erstickte fast an den Worten, verabscheute sich für ihre Schwäche.

David ließ ihre Brustwarzen los, beugte sich vor und saugte an den Knospen, beruhigte den Schmerz mit seiner Zunge, bis ihr ein Stöhnen entwich. Es fühlte sich unglaublich gut an.

David führte einen Finger in ihre Scham, und mit dem Daumen stimulierte er ihre Klitoris. Das durfte ihr nicht gefallen. Diese Situation war nicht real, und ihr Körper reagierte allen Gedanken zum Trotz mit purer Lust.

„Du bist höchst erregt, Carolina. Antworte mir. Betäubung oder nicht? Oder sollen wir dich wie ein Paket zusammenschnüren und dich in den Kofferraum werfen?"

„Nein, bitte nicht, bitte, keine Spritze."

„Es heißt: Bitte keine Spritze, Master David."

David kniff in ihren Kitzler, und diesmal verfügte sie nicht über den Willen, dagegenzuhalten. Sie wiederholte das Gewünschte mit tonloser Stimme. David und Alexander lachten leise. David meinte jedes Wort todernst. Sie kam hier nicht mehr raus. Richard hatte sie mit Haut und Haaren verkauft und Pläne mit ihnen ausgeheckt. Der gestrige grauenvolle Sex hatte ihm den Rest gegeben. Und irgendwie beschlich sie das Gefühl, dass sie verdiente, was man ihr antat.

„Richard liebt dich, Carolina. Es wird Zeit, dass du ihm demonstrierst, warum er es tut.“

Inzwischen rieb sie sich fast an seinen Fingern. Sie verschluckte das Wimmern, das ihre offensichtliche Geilheit weiter entblößt hätte. Mit einem Ausdruck purer Überlegenheit entzog er ihr die Reizung.

„Musst du auf die Toilette? Es ist eine lange Fahrt.“

Was, wenn er sie begleitete? Sie konnte nicht einmal vor Richard pinkeln.

„An deinem schamhaften Verhalten werden wir arbeiten. Richard hat mir erzählt, dass du am liebsten im Dunklen mit ihm schläfst, ständig an deinen Kurven herumkritisierst, deine Figur als Vorwand benutzt, um Intimität auszuweichen.“

Der Verrat, den Richard begangen hatte, biss tief in ihr Herz. Und auch, wie sehr sie ihn verletzt hatte. Carolina war sich in diesem Moment bewusst, dass er genauso unter ihrer Beziehung litt wie sie. Dass er Angst verspürte, sie zu verlieren. Er wollte sie nicht loswerden, er kämpfte mit unglaublichen Mitteln um sie. Es musste ihn eine Menge Mut kosten, das organisierte Vorhaben durchzuziehen.

Dennoch, es war nicht richtig.

„Es ist leichter für dich, wenn du akzeptierst, dass Richard eure Liebe retten möchte. Dass alles, was dir geschieht, aus Zuneigung und Respekt zu dir passiert.“

Anscheinend gab es keine Geheimnisse zwischen ihrem Ehemann und den Mastern, die offensichtlich Richard besser kannten als sie selbst.

„Bitte, darf ich auf die Toilette, Master David?“, würgte sie mit einer Stimme hervor, die vor Zorn kochte.

David packte erneut ihre Haare, bis sie vor Schmerz jammerte. „Du legst es drauf an, nicht wahr? Denkst du wirklich, ich habe auch nur die geringste Hemmung, dich zu züchtigen, bis du nicht mehr weißt, wo oben und unten ist? Diesen spöttischen Tonfall gewöhnst du dir sofort ab.“

Alexander löste die Handschellen, zog sie mit der Vorderseite an seinen Körper und hielt sie mühelos in einem eisernen Griff. Sie presste ihre Nase gegen seinen Brustkorb, rechnete damit, dass David sie jetzt bestrafen würde, sehnte es auf eine furchtbare Weise herbei. Doch er streichelte ihren Po mit schrecklich sinnlichen Händen, bis sie erstarrte, weil es falsch war, Begierde zu fühlen.

„Nachher wird er heiß vor Qual sein. Die Anzahl der Schläge hängt von deinem Benehmen ab. Überleg dir gut, ob dein Trotz es wert ist, uns herauszufordern. Ich hege keinerlei Skrupel, dich schreien zu lassen, Fiorella. Deine lang verstauten Tränen sind mein Begehren. Auf der Fahrt hast du Gelegenheit, darüber nachzudenken.“ Er lachte weich. „Aber in Wahrheit, kleine Sub, kannst du es dir nicht ausmalen. Die Realität stellt deine Sehnsüchte weit in den Schatten, degradiert sie zu Komparsen. Du spielst die Hauptrolle, mit Schmerz und Leidenschaft."

Sub! Wie die Frau aus dem Roman! Was bedeutete das? Dass sie Carolina brechen würden, um ans Ziel zu gelangen?

Nur Alexanders Arme hielten sie davon ab, auf den Boden zu sinken. Die Master brachten sie zu einem fensterlosen Badezimmer. David lehnte die Tür von außen an. Sie erledigte das Notwendige mit schamroten Wangen, starrte anschließend auf ihr Spiegelbild, kühlte ihr heißes Gesicht mit Wasser, während ihre Gedanken in ihrem Kopf herumrasten wie ein Orkan, zu konfus, um irgendeinen Nutzen zu bringen. Was sollte sie auch tun? Entkommen war unmöglich, Hilfe unerreichbar. Das Einzige, was sie versuchen konnte, war, zu widerstehen. Nicht auf Pein oder sexuelle Reize zu reagieren. Sie war eine erwachsene unabhängige Frau, es sollte zu schaffen sein. Mit zitternden Händen verschloss sie den BH.

„Es ist Zeit, Carolina."

Sie presste sich in die hinterste Ecke und versuchte, mit dem hellen Fliesenspiegel zu verschmelzen. Verzweifelt suchte sie nach einer Waffe, doch sie fand nichts. Panik überwältigte sie. Wie eine Furie stürzte Carolina nach vorn, als sie kamen, um sie zu holen. Doch Alexander wich zur Seite aus, packte sie und drückte sie geschickt zu Boden. Er presste sein Knie auf ihre Lendenwirbel und drehte ihr den Arm auf den Rücken.

„Lass es raus, Carolina. Zum letzten Mal."

Sie strampelte und schrie aus Leibeskräften, bis ihre Stimme versagte und ihr Widerstand sich auflöste unter der Erschöpfung, die sie übermannte.

„Bitte, bitte, lasst mich gehen."

David hockte sich vor ihren Kopf und umfasste sanft ihre Wangen. „Nein. Dein Protest ist sinnlos. Wenn du nicht sofort mit deinem hysterischen Verhalten aufhörst, betäube ich dich auf der Stelle."

Inzwischen weinte sie still, spürte die nassen Spuren, die unablässig ihre Wangen hinuntertropften. Die restliche Kraft wich aus ihrem Körper, und sie lag erstarrt auf dem Boden.

„So ist es gut, Fiorella. Alexander, du kannst sie jetzt loslassen." David zog sie in seine Arme, und sie ließ es zu, dass er sie tröstete.

Alexander wischte ihr mit einem nassen Tuch über das Gesicht und kühlte ihren Nacken. Sie fühlte sich ein wenig besser und wehrte sich nicht, als David ihr die weiche Binde umlegte. Das Wimmern, das ihr entschlüpfte, riss an ihrer Seele. Es kostete sie eine Menge, die Tränen zurückzudrängen. Die Master fassten sie an den Ellenbogen und führten sie aus dem Haus.

„Entspann dich." David hob sie auf die Arme und trug sie ein paar Stufen hinab. Er war genauso kräftig, wie er aussah. Sie besaß nicht den

Hauch einer Chance, gegen ihn und Alexander zu bestehen, weder körperlich noch mental. Er stellte sie auf die Füße, und sie hörte das Öffnen einer Wagentür. „Vorsicht." Er umfasste ihren Kopf, passte auf, dass sie sich nicht am Türholm stieß. David rutschte neben sie auf die Rücksitzbank, und der Wagen setzte sich in Bewegung. Alexander fuhr.

„Falls du dich wehrst, fessele ich dich. Wird es nötig sein?"

Für einen Augenblick spielte sie mit dem Gedanken, doch es würde ihre Lage nur verschlimmern.

„Nein, Master David." Sie hatte Angst, ihn weiter zu reizen, denn seine Drohungen waren keine. Er würde nicht einen Sekundenbruchteil zögern, den Worten Taten folgen zu lassen. Carolina versuchte, von ihm wegzurücken, doch er lachte nur und zog sie gegen sich.

„Sehr schön. Wir nutzen die Zeit, um dir die Regeln zu erklären." David zog sie noch enger zu sich, hielt sie sicher umschlungen, als wäre er ihr Liebhaber. Obwohl sie sich einredete, dass sie seine Berührung nur erduldete, weil er es von ihr verlangte, wusste sie, dass es nicht der Wahrheit entsprach. Sein Halt beruhigte sie, bis sie entspannter atmete, die Wärme seines harten Körpers in ihre Haut floss. Dabei sollte sie ihn verabscheuen.

„Die *Insel* bildet Devote aus. Dein Gehorsam den Mastern gegenüber wird vorausgesetzt und auch mit Zwang durchgesetzt, falls erforderlich."

Diese Männer waren keinen Dilettanten. Bedeutete es, dass jeder Kerl, der sich dort befand, sich an ihr vergreifen durfte? Auf einmal war zu wenig Sauerstoff vorhanden. Panik drohte erneut, sie zu übermannen. David streichelte ihr über den Rücken, und all der Anspannung zum Trotz besänftigte seine überlegene Art sie. Sie wollte es nicht tun, und doch tat sie es, presste ihr Gesicht in seine Halsbeuge wie ein verängstigtes Tier, das Schutz bei seinem Herrn suchte.

„Carolina, atme tief durch." Weich sagte er ihren Namen, betonte die Silben, sodass es sich wie eine Liebkosung anhörte. Samtene Worte, erdacht von einem stählernen Geist, um sie einzubetten in einem falschen Geflecht aus Geborgenheit. Nach wie vor hungerte sie nach Zuneigung, genauso wie sie es als Kind getan hatte. Sie entsprach keiner selbstbewussten modernen Frau, sie war das einsame Mädchen, das verloren am Spielfeldrand stand, eine Versagerin, die Richard nicht verdiente.

„Du weißt, dass Richard dich über alles liebt und dich glücklich sehen will." Die Stimme von David klang so verständnisvoll, als würde er das Gesagte glauben. „Noch verstehst du nicht, was mit dir geschieht. Ich verspreche dir, dass du nach dieser Nacht begreifst, dass wir nur dein Wohlergehen im Sinn haben. Nach dem Schmerz wirst du es erkennen."

Seine Worte erweckten das Bedürfnis in ihr zu schreien, doch sie schluckte den Reiz hinunter. Wenigstens darin war sie eine Meisterin. Das Schlimmste war, dass sie ihm abnahm, was er sagte. Sie ihm sogar vertraute. Hatten die Master ihr etwas in den Wein getan, damit sie diesen Unsinn dachte?

„Master Alexander und ich trainieren dich heute. Morgen lernst du die anderen Ausbilder kennen. Wir finden heraus, auf welchen du am meisten ansprichst. Keiner sonst darf dich ohne unsere Erlaubnis berühren. Ich verspreche dir, dass es niemand sein wird, den du verabscheust."

Zu gern hätte sie ihm an den Kopf geworfen, dass sie ihn und Alexander ekelerregend fand, jedoch es wäre eine Lüge, die sie sich selbst nicht abkaufte.

David gewährte ihr ein paar Minuten, die ihr wie Stunden erschienen. Sie spürte seinen Herzschlag, die Wärme seines Körpers, obendrein die Kraft und Selbstsicherheit, die er ausstrahlte. David und auch Alexander handelten nicht wie Kerle, die Frauen aus Zorn verprügelten, dazu wirkten sie zu gefasst. Und dennoch zielten sie auf ihren Schmerz ab.

„Du sprichst auf mich an, nicht wahr?"

Für einen Sekundenbruchteil spielte sie mit dem Gedanken, ihn anzulügen. Doch er würde es merken. Carolinas Handlungen zogen Konsequenzen nach sich, die sie nicht einschätzen konnte. Es wäre besser, ihn nicht bei jeder Gelegenheit herauszufordern. Denn er würde Dinge von ihr verlangen, die sie nicht tun wollte, und dann stand eine Bestrafung aus. Nur ein Narr reizte eine Kobra.

„Es stimmt, Master David. Ich fühle mich zu dir hingezogen." Sie schluckte. „Ich weiß nicht, wieso."

Er lachte leise. „Du sehnst dich seit Langem nach Dominanz. Verborgene Instinkte und heimliche Wünsche hast du unterdrückt. Es ist nur natürlich, dass dein Körper und deine Seele auf Master Alexander und mich reagieren. Auch bist du keine Ehebrecherin, dein Mann, der bald dein Master sein wird, hat uns mit deinem Training beauftragt. Es geschieht nur, was er möchte." Sanft berührten seine Lippen ihre Stirn. „In deinem Inneren weißt du bereits, dass du brauchst, was wir für dich vorgesehen haben. Deine Bedenken, Ängste und Vorbehalte wissen wir zu nutzen. Schlussendlich wirst du unsere Bemühungen akzeptieren, dankbar annehmen, sogar herbeisehnen."

Er führte eine Unterhaltung mit ihr, die ihre tiefsten Sehnsüchte an die Oberfläche zerrte, als sei er ihr Verbündeter. Dabei entführte er sie gerade mit der Einwilligung von Richard.

„Du betitelst die Master auch als solche. Ungehorsam zieht immer eine Strafe nach sich. Lügen stellen ab jetzt ein Tabu dar. Wir setzen deine

Zugänglichkeit voraus, gewöhnen dich an Lustschmerz, wandeln deine Bedürfnisse und Befürchtungen in Begierde um, bis du aufrichtig auf Stimulation reagierst, keine Hemmungen verspürst, deine Wünsche zu äußern. Richard und du haben es verdient, dass ihr einander Respekt zollt. Ehrlichkeit ist die Basis, auf der alles andere aufbaut."

Er streichelte ihre Wange mit dem Handrücken, gewöhnte sie an seine Berührungen. Es fiel ihr unendlich schwer, sich nicht darauf einzulassen, den Trost abzulehnen, den er ihr gewährte. Es wäre so einfach, David und Alexander als Monster zu sehen. Jedoch funktionierte es nicht. Ihre Instinkte sprachen auf die Master an. Erst jetzt realisierte sie, was es war; der Drang, sich den Mastern zu unterwerfen. Die Tatsache, dass Richard ihnen Carolinas Leben anvertraute, verunsicherte sie, denn es trug dazu bei, dass sie die Männer nicht mit der nötigen Angst betrachten konnte. Monster handelten anders, und Richard war keine Bestie.

„Wir bestimmen, wann du einen Orgasmus haben darfst. Und glaube mir, Carolina, wir spüren selbst den Versuch einer Lüge auf. Die Konsequenzen sind stimulierend und schmerzhaft."

Sie wünschte sich, Richard würde sie halten, zusammen mit ihr diesen Weg beschreiten. Warum hatte er sie nicht einfach zu Hause an das Bett gefesselt und ihr den Po versohlt?

Weil er sich ebenso wenig getraut hatte wie sie, die verborgenen Sehnsüchte in die Tat umzusetzen. Richard musste sehr verzweifelt sein, dass er diesen unbarmherzigen Weg wählte, er Gefahr lief, sie für immer zu verlieren. Richard konnte nicht hundertprozentig wissen, ob sie sich auf das Spiel einließ, es genießen oder ob es sie zerbrechen würde.

„Was ist mit Richard?"

„Ihn siehst du wieder, wenn du dich als würdige Devote zeigst."

Sie presste sich mit dem Rücken an das Polster. „Ihr wollt mich vergewaltigen!"

Sowohl er als auch Alexander lachten.

„Wir bringen dich an deine Grenzen, doch missbrauchen werden wir dich nicht. Du wirst nicht sofort begreifen, was wir dir antun, schlussendlich wirst du aber unseren Berührungen entgegenfiebern, egal auf welche Weise wir sie ausführen. Einen Rat gebe ich dir mit auf den Weg: Es fällt dir leichter, dich mit deiner Situation abzufinden, wenn du uns von jetzt an als Master betrachtest."

Er küsste sie zart auf die Lippen, wartete geduldig, bis sie nachgab, den Kuss letztendlich erwiderte, denn es stillte ihren Hunger nach Zuneigung. Erst dann eroberte er mit seiner Zunge ihren Mund, saugte an ihrer Unterlippe und erweckte ihren gierigen Schoß zu neuem Leben.

Master David drückte sie an das Rückenpolster. „Spreiz deine Beine."

Das trügerische Gefühl der Sicherheit verschwand mit einem Ruck. Ihr heimtückischer Körper zeigte ihr deutlich, wie sehr sie es herbeisehnte, dass David sie dominierte, zu Ende brachte, was er vorhin angefangen hatte.

„Und wenn ich es nicht tue?"

„Du hast dir soeben eine Strafe verdient, Sub. Du hast mich weder vernünftig angeredet noch hast du gehorcht."

Er legte die Handflächen auf ihre Oberschenkel, und wie von allein spreizte sie die Schenkel für den Master. Über diese aberwitzige Situation würde sie später nachdenken. Vielleicht fand sie eine Möglichkeit zur Flucht? Eine kleine nagende Stimme aus den Tiefen ihres Bewusstseins forderte zu wissen, ob sie das überhaupt wollte. Oder ob sie nicht vielmehr diese Fantasie auszuleben wünschte, die sie mit solcher Gier und dem Verlangen erfüllte, Master David ganz zu gehören und somit auch Richard, da es seine Sehsüchte erfüllte, von denen sie nichts geahnt hatte.

„Sag mir, Fiorella, bist du feucht für mich? Pocht deine Lustperle?"

Der Stahl in seinem Tonfall zerschmolz mit ihr, weil es sie anzog. Etwas in ihr verlangte, ihm zu gehorchen, auch wenn es ihr schwerfiel, es zuzugeben.

„Ja, Master David. Ich ersehne deine Berührung."

Leise kamen die Worte aus ihrem Mund, dennoch wogen sie schwer, denn leicht gesagt waren sie nicht.

Er presste sie auf das Sitzpolster, sodass sie hilflos auf dem Rücken lag, schob ihr einen Finger in das Geschlecht und begann, unendlich sanft ihre Klitoris zu reizen. Dass er so zärtlich war, wo er ihr doch Gewalt hätte antun können, torpedierte ihre restliche Selbstbeherrschung, die mittlerweile einem Schleier glich. Er war unnachgiebig und gleichzeitig liebevoll. Sie war dem Reiz ausgeliefert. Immer wieder verteilte er ihre Nässe auf der pulsierenden Perle, bis sie ihn beinahe anbettelte, sie fester zu reiben, ihr den Höhepunkt zu verschaffen, den sie dermaßen nötig brauchte. Seine ruchlose Dominanz versetzte sie in einen fast trunkenen Zustand, berauschte sie und beraubte sie jeglicher Gegenwehr. Er wusste, was er tat, führte genau den richtigen Druck aus, um sie kurz vor der Erfüllung zu halten.

Vielleicht kam sie nach der Befriedigung zu Verstand, würde es von da an schaffen, sich unwillig zu zeigen, sodass sie die Lust an ihr verloren, ihr zum Abschied eine Briefmarke auf den Po klebten, um sie nach Hause zu verschicken.

„Einen Orgasmus hast du dir eigentlich nicht verdient. Aber du darfst mich darum bitten, und möglicherweise gewähre ich ihn dir."

Am liebsten hätte sie ihm an den Kopf geworfen, dass er sich seine Impertinenz in den Arsch schieben konnte, während ihre Pussy unerfüllt pulsierte.
Sie biss sich auf die Unterlippe, um ihren Unmut zurückzuhalten. Es nutzte nichts, ihr Körper übernahm die Kontrolle und forderte sein Recht ein.
„Bitte, Master David. Darf ich kommen?“ Hatte sie das gerade wirklich gestammelt?
Er befreite sie von der Binde. „Danach bedankst du dich bei mir.“ Er rieb etwas fester, und sie schloss ergeben die Augen, spürte die Erlösung durch die Hand dieses Mannes einen Wimpernschlag entfernt.
„Sieh mich an, Carolina.“
Das hatte sie immer gehasst. Ihre Lust war jedoch zu groß, um zu widerstehen. Ihre Hüften hoben sich an, während sie in seinem Blick ertrank und sich bemühte, die Lustschreie zu unterdrücken.
„Schrei für uns.“
Er stoppte die Stimulation, und sie wimmerte erst leise, dann lauter, denn er kniff in die empfindliche Lustknospe, und der Orgasmus krachte über sie, mit einer Endgültigkeit, die sie erfüllt zurückließ, nicht nur körperlich, sondern auch emotional. Die tief gehende Erfüllung entsetzte sie.
Schock ersetzte den trunkenen Zustand. Sie hätte ihn geschlagen, wenn er nicht ihre Handgelenke festgehalten hätte.
Master David sah sie abwartend an, doch sie konnte und wollte sich nicht bei ihm für die Demütigung bedanken. Wenn sie ehrlich zu sich selbst wäre, würde Carolina zugeben, dass es keine Demütigung gewesen war, sie es sich nur einredete, um besser mit der Situation umgehen zu können. Enttäuschung und etwas anderes lag in seiner Mimik. Ein stummes Versprechen, dass sie ihr Verhalten schmerzvoll bereuen würde.
Er schüttelte den Kopf, packte fest ihr Kinn. „Ich hatte dich vor Lügen und Ungehorsam gewarnt.“
„Bitte …“
„Deine Lustschreie sind gar nichts im Vergleich zu den Schreien, die ich dir auf der *Insel* entlocken werde.“
Sie versuchte, in der hintersten Ecke der Rücksitzbank zu verschwinden. Master David lachte nur und zog sie zu sich heran. Es erregte und ängstigte sie zugleich, dass er so stark und sie ihm in jeglicher Hinsicht unterlegen war. Er raubte ihr erneut die Sicht, und sie war froh, dass sie ihn nicht mehr anzusehen brauchte. Die Enttäuschung in seinen Augen nagte an ihr. Es machte sie rasend, es zuzugeben. Sie hatte ihm gehorchen wollen, doch ihr blöder Stolz hatte sie abgehalten. Carolina empfand keinen Triumph, stattdessen fühlte sie sich abermals wie eine Betrügerin.

Kapitel 3

Richard war dankbar, dass Liam fuhr. Seine aufgebrachten Nerven rasten durch eine Achterbahn, erweckten Übelkeit bei dem Gedanken, dass er Carolina mit seinen Handlungen verlieren könnte. Warum war er nicht einfach mit ihr nach Hawaii in den Urlaub gefahren?

Eine dumme Idee!

Er hatte sie bereits verloren und war jetzt im Begriff, sie zurückzuerobern. Richard überließ ihre Unversehrtheit Männern, die Carol nicht kannte, denen er aber bedingungslos vertraute. David und Alexander waren seine engsten Freunde. Sie hatten ihn nicht überredet, Carolina in ihre Obhut zu geben, allerdings hatte David ihn vor ein paar Wochen als Zuschauer zu einer Session eingeladen. Nur allein daran zu denken, weckte eine Gier in ihm, die er jetzt erkannte als das, was sie war. Seine unterdrückte Dominanz erwachte an diesem Abend flammend zum Leben, mit einer Intensität, die ihn bis zum jetzigen Moment erschreckte.

Die kleine devote Pia, die sich dermaßen vertrauensvoll in die Hände von Master David begeben hatte, die sich ihm vorbehaltlos unterwarf, ihm ihre Seele und ihren Körper schenkte, brachte die Mauer zum Einsturz. David hatte Pia Pein zugefügt, doch er hatte sie immer wieder aufgefangen, ihr unglaubliche Lust entrissen, sie an Grenzen gebracht, die in Richard nachklangen. Die Session hatte nichts mit Brutalität gemeinsam, sondern war auf eine brutale Weise von Zärtlichkeit geprägt gewesen, so widersprüchlich es sich auch anhörte.

Er wollte diese Schönheit einer Session mit Carolina teilen. David hatte vor Monaten ein Dossier von Carolina angelegt, hatte ihn stundenlang über ihre Vorlieben ausgefragt, ihre Limits durch geschickte Fragen aufgespürt. David würde nichts tun, was ihr Schaden zufügte.

„Ich muss mich erst selbst überzeugen, dass sie devot ist. Fällt mein Urteil positiv aus, bilde ich euch beide aus. Doch Richard, es wird nicht einfach. Du musst mir ebenso vertrauen, wie du es von einer Sub erwarten würdest, nachdem du ihren Respekt verdient hast. Carolina wird viele Tränen auf ihrem Weg vergießen. Auch du wirst dich den Tränen nahe fühlen, wenn du siehst, was ich ihr antue, bis du verstehst, dass alles einen Sinn ergibt."

Der Sex gestern mir ihr gab den Ausschlag. Er hatte den Hass in ihren Augen gesehen, das unterdrückte Gefühl, als ob er sie misshandelte. Nur daran zu denken, weckte Übelkeit in ihm. Liam legte eine Hand auf Richards Schulter und drückte sie beruhigend.

Liam war einer der Master der Insel. Insgeheim hoffte Richard, dass Carolina ihn als zweiten Master wählte. Der Dunkelblonde besaß eine besonnene Art, die er schätzte. Einerseits konnte er nicht glauben, dass er eingewilligt hatte, dass David und vielleicht Liam mit Carolina vögelten, falls die Master es für nötig erachteten, andererseits wollte er sie aus dem Korsett der Hemmungen befreien, in dem sie sich befand. Sie sollte einmal in ihrem Leben Gelegenheit bekommen, den Schwanz eines anderen Mannes zu spüren, zu erleben, dass sie verdammt attraktiv war, dass ihre Brüste und ihr Arsch nicht nur Richard um den Verstand brachten. Die Selbstkritik dem eigenen Körper gegenüber stellte einen großen Teil des Problems dar. Auch, dass sie glaubte, sie wäre nicht liebenswert. Tief in ihrem Inneren war sie überzeugt, dass sie Liebe nicht verdiente. Carolina war so lebendig, sobald sie sich öffnete. Richard mochte ihre ruhige schüchterne Art, bewunderte es, dass sie nicht gern im Mittelpunkt stand, und sich nur Menschen offenbarte, die sich für sie interessierten.

Er gab zu, dass er mit Frauen geflirtet hatte, aber dabei war es geblieben. Keine reizte ihn wie Carolina. Richard war kein Kerl für einen schnellen Fick. Sex erfüllte ihn nur, wenn er liebte.

Doch nun hatte sich alles geändert, und es war keine einfache Entscheidung gewesen. Er konnte nicht aufzählen, wie oft er darüber nachgedacht hatte, ob er es vor sich und Carolina verantworten konnte, mit einem anderen Partner Sex zu haben, während ihres Aufenthaltes auf der *Insel*. David hatte ihm geraten, seine Wahl in der Session zu treffen. Richard erkannte, dass er keine Schwierigkeiten damit hatte, dass David oder ein anderer Master Carolina vögelten. Doch selbst eine Devote zu ficken, erschien ihm falsch.

Carolina bekam eine Woche mit den Mastern, die auch er ausnutzen würde. Danach würde Richard mit ihr trainieren. Die Erinnerung, wie sie vorhin ausgesehen hatte, war verflucht anregend gewesen, doch allein hätte er nicht den Mut besessen, sie so ruchlos in diesen Zustand zu versetzen. Doms und Master fielen nicht vom Himmel, genauso wenig wie Ehefrauen, die von sich aus eine devote Rolle ergriffen. Ob man wollte oder nicht, man steckte tief in den Verhaltensmustern, die einem die Gesellschaft aufzwang.

„Bedenken, mein Freund?“

Richard lachte freudlos. „Willst du es wirklich wissen? Ich mache mir fast vor Angst in die Hosen. Sie auf diese Weise zurückzulassen, ängstlich, verwirrt und …“

„… geil“, beendete Liam den Satz.

Oh ja, sie hatte auf seine Hand getropft, während sie sich an ihm rieb, er über die Macht verfügte, Carolina Erlösung zu verschaffen. Die ehrlichen

Reaktionen von ihr erfüllten ihn mit erneuter Sehnsucht und wütender Traurigkeit, dass sie es ihm dermaßen lange vorenthalten hatte. Er würde sich selbst in den Hintern beißen, wenn es möglich wäre, dass er sich nicht schon längst getraut hatte, den Plan in die Tat umzusetzen. David hatte abgelehnt, ihm einen *normalen* Aufenthalt mit Carolina auf der *Insel* zu gewähren. Viele Pärchen buchten gemeinsam einen Einsteigerkurs.

„Das wäre bei ihr die falsche Vorgehensweise. Sie würde sich nicht darauf einlassen, und deine Skrupel wiegen zu schwer. Du musst sie zwingen, weil es das ist, was sie braucht. Und du, mein Freund, brauchst ein wenig Sicherheit im Umgang mit Subs, sonst wird Carolina dich übervorteilen."

David hatte sich ein Urteil über Carolina gebildet, bevor Carolina ihn wissentlich getroffen hatte. David hatte sie mehrere Male von ihr unbemerkt gesehen. Als Richard mit ihr zum Essen ging, sie im Supermarkt einkauften oder mit Richard joggte, aus all den kleinen Steinchen setzte David das Bild von ihr zusammen. Durch die geschickten Fragen von *Master* David hatte Richard eine Menge über Carolina gelernt. Viele Dinge, die ihm vorher nicht bewusst gewesen waren, lagen jetzt glasklar vor ihm.

Carolina hasste es, wenn man sie anschrie. Sie erwiderte Wut nicht mit Zorn, sondern mit Verunsicherung. Sie senkte den Blick, sobald man bestimmend mit ihr sprach, reagierte darauf mit ihrem ganzen Körper auf eine devote Weise. Das Treffen heute diente lediglich dazu, dass David zu hundert Prozent sicher sein konnte, was Carolina anging, und er musste in ihre Augen sehen. Richard vertraute ihm. Dennoch, er hatte zu Maßnahmen gegriffen, die politisch unkorrekt waren. Was war er froh, dass er nicht zurückkonnte. David hatte ihm prophezeit, dass Richard so reagieren würde, eingeschüchtert von dem Mut, es wirklich durchzuziehen. Liam drehte sich ihm lächelnd zu, ehe er seine Aufmerksamkeit wieder der Straße zuwandte. Sie fuhren tief hinein in die Wildnis von Pasadena. Fahrzeuge kamen ihnen keine entgegen.

„Wahrscheinlich hat sie bereits die erste Strafe verdient und den ersten Orgasmus von vielen erreicht."

Richard starrte in die einbrechende Dunkelheit. „Tue ich das Richtige?"

„Welche Wahl bleibt dir? Entweder gewinnst du sie zurück oder du verlierst sie. Wie lange hättet ihr beide eure Situation noch ertragen?"

„Keine Sekunde mehr. Ich hätte sie gestern am liebsten geschüttelt und ihr aus Wut ins Gesicht geschlagen." Das hatte ihn zutiefst erschüttert. Niemals zuvor hatte er den Reiz verspürt, gegen Carolina die Hand zu erheben, und jetzt besuchte er einen Lehrgang, wo er genau das lernte; sie mit Schmerz zu beeinflussen. Allerdings mit lustvollem Schmerz, der nichts mit Gewalt zu tun hatte. David hatte ihm den Unterschied deutlich gezeigt.

„Auf der *Insel* wird absolut nie aus Wut bestraft, nur aus Lust. Du tust das Richtige. Die Erfolgsquote liegt verdammt hoch. Master David akzeptiert nicht jeden für dieses spezielle Programm."

Richard rieb sich das Kinn. „Vielleicht sollten wir ihr Zeit geben, damit sie sich eingewöhnen kann." In Wahrheit suchte er nur nach Wegen, um sich selbst an die Situation zu gewöhnen. Gedanklich hatte er alles unzählige Male durchgespielt, doch das hatte ihn nicht auf die Realität vorbereitet, die über ihn hereingebrochen war mit einer Kraft, die einen Hurrikan wie ein schwaches Lüftchen wirken ließ.

„Das, mein Freund, wäre falsch. Sie darf keine Gelegenheit bekommen, zu viel nachzugrübeln. Das gilt auch für dich. Es muss sofort geschehen. Denken kann sie später, wenn sie erkennt, dass sie braucht, was wir ihr antun. Du kannst darüber nachgrübeln, sobald Carolina erschöpft mit tränennassem Gesicht und einer überempfindlichen Pussy in deinen Armen liegt, nachdem sie ihre Orgasmen in die Nacht hinausgebrüllt hat."

Liam sprach von Orgasmen, das entlockte Richard ein halbherziges Lächeln.

„Und falls sie mir niemals verzeiht?"

„Das Risiko musst du eingehen. Ich lüge dich nicht an, die Gefahr besteht. Doch David und wir anderen Master tragen unsere Titel nicht von ungefähr. Wir wissen, was wir mit einer Sub anstellen dürfen, um ihr und uns die größtmögliche Erfüllung zu schenken. Wenn David nur den Hauch eines Zweifels hegte, würdest du jetzt mit Carolina auf dem Weg nach Hause sein, und ihr würdet beide an Trennung denken." Liam lachte herzhaft. „Eine Scheidung ist im Moment das Letzte, woran deine kleine Carolina denkt. Das Abendessen hat mit Sicherheit nicht ihrer Vorstellung entsprochen."

Richard lachte, und diesmal war es ein ehrliches Lachen. Ihre Mimik war heute Morgen preisverdächtig gewesen, als sie die SM-Romane in die Hand genommen hatte.

„Deine Ausbildung wird genauso gründlich sein wie Carolinas. Es ist nicht leicht, über seinen Schatten zu springen und wirklich mit einer Gerte auf einen Po zu schlagen, bis die Sub in Tränen aufgelöst ihrer Qual und ihrer Lust Ausdruck verleiht. Wenn du die Male siehst, die du temporär hinterlässt, wird dich das anfangs beunruhigen. Vernünftige Dominante verspüren ständig Zweifel und leben ihre Neigung nicht einfach aus. Dazu ist eine Menge Vorarbeit unabdingbar, die vor allem im Kopf stattfindet, ehe man sich traut, die eigenen Sehnsüchte und die der Sub in die Tat umzusetzen."

Richard war dankbar, dass er den Weg nicht allein beschreiten musste. Die Master der Insel würden sowohl Carolina als auch ihn mit scharfen Augen beobachten und eingreifen, falls erforderlich. Sie zögerten nicht, durchzusetzen, was der devote Part brauchte. Es deckte sich nicht unbedingt mit den Wünschen der Sub. David hatte ihm erklärt, dass dies am meisten Spaß machte. Auf diese Weise würde Richard Carolina aus ihrer Komfortzone katapultieren. Es war verdammt beruhigend, dass sie die Reise nicht auf sich gestellt antraten. Richard gab zu, es hätte ihn überfordert. Carolina war sicher bei David. Außerdem war sie nicht so verloren, wie sie dachte. Richard würde oft bei ihr sein, sogar wenn sie es nicht wusste.

Sein Schwanz pochte schmerzvoll bei dem Bild, das er verinnerlicht hatte. Wie Tränen Carolinas Wangen hinunterliefen, ihre Pussy nass glänzte, weil David sie schlug, bis ihr Hintern knallrot leuchtete. Bis vor Kurzem hatte er von sich verlangt, diese Fantasie abstoßend zu finden.

Er war froh, dass David ihm die Wahl eines Rückzuges geraubt hatte. Die dominante Seite in sich hatte er immer als leisen Klang wahrgenommen.

Laut David war Richard kein Perverser, sondern ein Master. David hatte sich viel Zeit genommen, ihm BDSM zu erklären, schlussendlich seine Bedenken ausgeräumt. Richard hatte es eingesehen, dass es nicht abartig war, wenn Dom und Sub zustimmten, nur Dinge taten, die beide ersehnten. Doch wusste Carolina, dass sie es begehrte? Auch bei ihm verblieb ein Restzweifel. Zwang er ihr seinen Willen auf, um sie in einen gehorsamen Schatten ihrer selbst zu verwandeln? Sie zu einem willenlosen Objekt zu formen, war nicht, worauf er abzielte. Es verlangte ihm danach, sie im Bett zu unterwerfen, aber ansonsten schätzte er die unabhängige Frau an seiner Seite. Richard gab es ehrlich zu: Er wollte, dass sie ihn herausforderte, sodass er die Gelegenheit bekam, sie zu bestrafen. Und sie sollte ihn provozieren, weil sie sich insgeheim danach sehnte, dass er sie züchtigte, bis sie sich ihm unterwarf, freiwillig und selbstbewusst.

„Hast du jemals an ihrer Liebe gezweifelt?"

Richard schüttelte den Kopf, und es fiel ihm leicht, Liams Frage zu beantworten. „Carolina liebt mich ebenso sehr wie ich sie. Deshalb leiden wir unter dieser Situation. Wenn wir es nicht täten, hätten wir uns längst getrennt."

Es erschien verrückt, dass Liebe nicht reichte, um ein glückliches Paar zu sein. Zuerst hatte es an ihm genagt, dass Carolina sich vor ihm verschloss. Erst durch die Gespräche mit David begriff er, dass auch er Carolina seine Wünsche verheimlichte. Genau genommen hegten sie beide diese Fantasien, doch sie entsprangen vagen Vorstellungen und keinen fundierten Tatsachen. Man konnte Bedürfnisse nicht in Worte packen, die man nicht als das erkannte, was sie waren.

Liam hatte Carolina vorhin gesehen, als David und Alexander sie in den Wagen verfrachteten. Richard hatte sehr mit sich gekämpft, nicht einzugreifen. Hätte er es getan, wäre sie auf immer für ihn verloren. Es wäre nur eine Frage der Zeit.

„Sie hat einen höchst verführerischen Körper, mit einem Arsch, der es wert ist, so benannt zu werden."

Richard warf ihm einen entrüsteten Blick zu, der Liam ein Lachen entlockte. „David hat Spaß an seiner Aufgabe, und Carolina verspricht ein besonderes Vergnügen. Deine Befürchtungen hinsichtlich ihrer Unversehrtheit sind verschwendet. Genau so wenig, wie dir David bei deiner ersten Session eine Bullenpeitsche in die Hand drückt, wird er Carolina damit schlagen. Er wird sie spanken, vielleicht ein Paddel nutzen, ihr Schmerzen entlocken und intensive Emotionen, die sie niemals zuvor erlebt hat."

Richard vermochte sich nicht zu helfen, er tauchte erneut in die Fantasie ein, dass Carol über seinen Knien oder vor ihm auf einem Strafbock lag, während er sie bestrafte, weil er es konnte und sie es begehrte. Er rutschte auf dem Sitz herum, um eine bequemere Position zu finden. Seit Jahren hatte er nicht eine dermaßen große Lust verspürt, die eigene Frau zu vögeln.

Zu lange hatte sie ihm diesen Mist vorgespielt. Bei ihrem nächsten Aufeinandertreffen würde er wahre Gefühle von ihr bekommen und nicht diesen verlogenen Scheiß, mit dem sie ihn jahrelang betrogen hatte.

Auf einmal überkam ihn Ruhe. Es war das Richtige.

Und zur Hölle damit, er verzehrte sich nach Carolina und ihrer vollkommenen Hingabe, die er ihr entlocken wollte. Richard hoffte, sie würde ihm einen guten Kampf liefern.

Die *Insel* lag mitten im Nirgendwo, abgetrennt durch einen hohen Zaun von dem dichten Wald. David verdiente eine Menge Geld als Architekt, doch auch die *Insel* verschaffte ihm ein beträchtliches Einkommen. Viele Pärchen buchten einen *Urlaub*, um in die Geheimnisse des BDSM eingeführt zu werden. Wenn man das Grundstück verließ, war man ein Dominanter oder eine Sub die wussten, was sie taten.

Richards Bedenken, dass er sie einfach an das Bett hätte binden sollen, lösten sich auf. Er hätte Carolina nie im Leben von allein derart intensive Reaktionen zu entreißen vermocht. Er hätte sich schlichtweg nicht getraut.

Liam stoppte vor dem Tor, das von zwei Posten bewacht wurde; Ex-Militärs.

„Das ist Richard Barlington, ein Dominus, der am Anfang seiner Ausbildung steht. Seine Frau Carolina trifft gleich mit Master David und Master Alexander ein. Sie erhält Sicherheitsstufe rot."

Der Wachposten, der eine unglaublich schwarze Hautfarbe besaß, überprüfte etwas auf einem Pad und nickte. „Seine Fingerabdrücke fehlen."

„Bekommt ihr später, Jungs. Seine Sub soll noch nicht wissen, dass ihr Ehemann hier ist."

Das Tor schwang auf, und sie fuhren eine Einfahrt entlang, bis sie vor einem dreistöckigen Gebäude im spanischen Stil hielten. Spots erleuchteten die Umgebung um das helle Haus.

„Das ist das Haupthaus. Auf dem Grundstück sind Holzbungalows, in denen die Gäste wohnen. Carolina wird im Obergeschoss bei den Mastern untergebracht. Es ist wichtig, dass sie dich nicht sieht. Sie würde dich anflehen, und du bist nicht in der Lage, zu widerstehen. In einer Woche ziehst du mit ihr in einen der Bungalows. Sie sind mit den erforderlichen Mitteln ausgestattet, um eine Sub zu bändigen und zu verführen."

Wenn er es nicht besser wüsste, würde er denken, dass die *Insel* ausschließlich ein gut abgesichertes Urlaubsresort sei. Über einen Weg mit Bruchsteinfliesen gelangten sie zur Rezeption, die mit weißen Pfeilern und Sitzgruppen aus dunklem Leder eingerichtet war. Vier Frauen, die außer einem Halsband mit bunten Steinen lediglich ihre Haut trugen, knieten auf dem vanillefarbenen Steinboden. Sie starrten gebannt zu Boden, sahen erst auf, als Liam ihnen über die Köpfe streichelte.

Der Anblick ihrer Ergebenheit berührte Richard, rief in ihm eine ursprüngliche Lust wach. Er begriff, dass es real war und nicht seiner Fantasie entsprang. Eine der Sklavinnen würde ihm zur Verfügung stehen, sein erstes aktives Eintauchen in die BDSM-Welt begleiten, das er unter Aufsicht erlebte.

Richard bemerkte die in die Säulen eingelassenen Ringe, die Manschetten, die an den Sesseln und den Sofas hingen. Auf der *Insel* überließ David nichts dem Zufall. Bestrafungen konnten überall stattfinden. Ein leises Stöhnen erweckte seine Aufmerksamkeit, und er sah hinten in der Ecke eine kleine nackte Sub mit kurzen roten Haaren, die zwischen zwei Pfeilern gebunden stand, offen und wehrlos für das, was die beiden schwarz gekleideten Dominanten ihr antaten. Ihr Gesicht leuchtete tiefrot vor Scham, und doch kam sie nicht dagegen an, was die Männer mit ihr machten. Einer kniete vor ihr und leckte sie, während der andere ihr einen Dildo in den Anus ein- und ausführte.

„Bitte, Master, nein." Ihr Körper zuckte unter dem Orgasmus, der sie packte. Sogar Richard erkannte, dass ihr *Nein* ein *Ja* bedeutete.

Richard riss mit Gewalt seinen Blick von dem Schauspiel und versuchte vergeblich, seine Erektion in den Griff zu bekommen. Wie sollte er der Herr über eine Session sein, wenn er sich dermaßen unzureichend unter Kontrolle hatte?

Die Idee, Carolina auf diese Weise zur Schau zu stellen, hatte er mit David diskutiert.

David hatte ihn angelächelt und wissend genickt. „Öffentliche Zurschaustellung ist genau richtig für deine kleine Carolina."

Richard konzentrierte sich auf die Frauen, die vor ihm auf dem Boden knieten, und betrachtete sie. Den Anflug von schlechtem Gewissen verbannte er. Ihre Figuren waren unterschiedlich, eine war viel schlanker als Carolina, eine deutlich üppiger. Alle vier reizten ihn. Er erinnerte sich an die Worte von David.

Die Ästhetik einer devoten Frau kommt nicht durch ihr Aussehen, sondern zum größten Teil von ihrer vollkommenen Hingabe, der Bereitschaft, dir ihre Unversehrtheit anzuvertrauen. Du wirst es lieben, wie sie erschauert, wenn du sie nur ansiehst. Wie sie ihren Körper an deiner Hand reibt, weil sie nicht anders kann, sich in die Schläge fallen lässt, die du austeilst. Du wirst ihre Tränen als das kostbare Geschenk annehmen, das sie darstellen. Nach der Session wird sie Trost und Geborgenheit bei dir suchen, sich in deine Zuwendungen lehnen. Arschlöcher, die ihre Subs nach Barbiestandard aussuchen, werden auf der Insel nicht zugelassen.

„Seht Dominus Richard an."

Als er die Blicke der Devoten traf, wusste er sofort, mit welcher er die ersten Schritte erleben wollte. Es war nicht die klassische Schönheit, die ihn unbeteiligt ansah, stattdessen die süß lächelnde kleine Sub mit den roten Wangen. Das Lächeln spiegelte sich in den blauen Augen wider.

Liam lachte. „Eine gute Wahl, mein Freund. Sub Rachel passt perfekt zu dir. Rachel, du bist einverstanden?"

„Ja, Master Liam", murmelte sie dem Boden zu.

Richard reichte ihr die Hand, und Rachel legte ihre vertrauensvoll in seine. Ihre Finger waren eiskalt, und sie fiel gegen ihn, als er sie hochzog. Instinktiv umarmte er sie, und ihre weichen Brüste fühlten sich herrlich an. Er konnte nicht widerstehen und umfasste den prachtvollen Arsch, der ihn bereits jetzt mit seiner Fülle lockte.

Die Schönheit hieß Sue und ihr stand für einen Moment pure Eifersucht auf dem Gesicht, bevor sie die Lider niederschlug und ihre Mimik der Oberfläche eines zugefrorenen Sees glich.

Liam nickte den schwarz gekleideten Männern zu, die sie beobachteten. „Präsentiert Sue im Showroom, und verabreicht ihr einen Analplug." Er lächelte gefährlich. „Nehmt einen von den großen. Sie hat schon wieder Schwierigkeiten mit der Disziplin. Bestraft und benutzt sie, wie ihr es für angemessen haltet. Stellt sicher, dass sie ehrlich ist bei ihren Reaktionen. Den Bericht erwarte ich morgen im Laufe des Tages", sagte er seufzend. „Vielleicht erkenne ich endlich einen Fortschritt in ihrem Benehmen."

Sue erbleichte, aber sie äußerte weder ein Wort des Widerstandes noch wehrte sie sich, als sie fortgebracht wurde.

„Ihr zwei könnt gehen und euch im *Dungeon* vergnügen. Sagt den Aufpassern, dass ich auch darüber einen Bericht möchte." Liam küsste beide Frauen zärtlich auf die Stirn.

Richard hörte sie kichern, als sie aus dem Empfang liefen.

„Rachel, bereite dich in Raum drei vor. Wir sind gleich bei dir, Kleines."

„Ja, Master Liam." Sie warf ihnen ein breites Grinsen zu, ehe sie sich auf ihre Rolle besann, die Lider niederschlug und mit einem aufreizend wackelnden Hinterteil davonhastete.

Mhhmmmm.

Master Liam schüttelte den Kopf. „Rachel ist sehr schüchtern, doch wenn man durch diese Schicht dringt, ist sie grenzenlos in ihrer Hingabe. Sie wird dich um ihre süßen Finger wickeln." Er schlug Richard auf den Rücken. „Sie ähnelt Carolina in ihrem Verhalten."

Alle Master kannten das Dossier über Carolina und auch seins. David hatte mit Richard eine umfangreiche Befragung durchgeführt, die ihn manchmal an ein Verhör erinnert hatte. David war äußerst gründlich vorgegangen, und bei manchen Fragen war Richard die Schamesröte ins Gesicht gestiegen.

Sie gingen in die erste Etage. Liam zeigte ihm sein Zimmer. Es war *zweckmäßig* eingerichtet. Am Kopf- und Fußteil des großen Bettes hingen Manschetten. Ringe waren in die Wände eingelassen, ebenso im Boden am Fußende. Die anthrazit und apfelgrünen Farbtöne gefielen ihm.

„Mach dich frisch. Ich treffe dich in zehn Minuten an der Rezeption."

Als Richard seinen Schwanz wusch, lag er heiß und pochend zwischen seinen Fingern. Er verzichtete auf einen Slip, zog sich bequeme Jeans und ein weißes loses Hemd über.

Das Herz schlug ihm bis zum Hals, während er im Empfangsbereich auf Liam wartete, der ihn beruhigend anlächelte, als er auf ihn zukam. Wenn Richard schon Angst verspürte, wie fühlte sich erst Carolina?

Seine Befürchtungen verschwanden bei seinem Eintreten in Zimmer drei, das im Erdgeschoss lag, weil Rachel ihn kurz mit einem Ausdruck purer Lust ansah, bevor sie schnell auf den Boden blickte.

Die Vorstellung, dass Carolina ihn in ihrem gemeinsamen Schlafzimmer auf diese Weise begrüßte, verjagte seine Bedenken.

Kapitel 4

David entfernte die Augenbinde, als der Wagen anhielt. Es dauerte einen Moment, bis Carolina erkannte, dass sie vor einem hohen Tor standen, an dem zwei Kerle Wache hielten. Gott, die Typen wirkten Furcht einflößend, gekleidet ganz in Schwarz. Die Erkenntnis, dass sie eine Gefangene war, donnerte über sie wie ein Güterzug.

David unterdrückte ihre Panik, indem er sie in seine Arme zog. Beruhigend rieb er ihren Rücken.

Würde dieser Mann sie wirklich gleich bestrafen? Sie gegen ihren Willen hier festhalten? Es in Kauf nehmen, für seine Tat im Gefängnis zu landen?

Oder würde er sie umbringen, wenn er mit ihrer Umprogrammierung nicht erfolgreich war?

„Ich mag die Richtung nicht, in die deine Gedanken gehen, Fiorella. Dein Herzschlag hat sich gerade immens beschleunigt. Du zitterst wie Espenlaub. Glaubst du, Richard plant deinen Tod?"

Natürlich nicht, andererseits, hatte sie heute den Schatten einer Seite von ihm gesehen, den er fünfzehn Jahre vor ihr verborgen gehalten hatte.

Und was ist mit dir? Hast du nicht ebenso ein geheimes Ich, das du vor dir selbst versteckt hast?

„Du wirst zwar viele kleine Tode in den nächsten Wochen durch unsere Hände sterben, Carolina. Aber keiner davon ist der endgültige Tod. Du wirst mich weder anzeigen noch den stillen Zorn, den du gerade spürst, aufrechterhalten. Das versichere ich dir. Ich werde deine leise Wut zu nutzen wissen, die aus Verunsicherung entsteht."

„Ich habe Angst, Master David."

Er strich ihr die Haare aus der Stirn, und sie vermochte sich nicht zu helfen, sie klammerte sich an ihm fest.

„Das sind die ersten ehrlichen Worte, die du von allein sagst. Es wäre auch unnormal, wenn du anders fühlen würdest. Du kennst mich nicht, und doch hast du einen intimen Moment mit mir geteilt. Du fürchtest, dass ich dich freilege, Dinge mit dir mache, für die du dich bereits jetzt schämst. Insgeheim hoffst du, dass ich sie dennoch tue. Dabei gehört es sich nicht, dass du diese Gefühle hast, sagt die emanzipierte Frau in dir. Liege ich richtig?"

Er sah sie abwartend an, und es gab nur eine Antwort, die ihr unendlich schwerfiel.

„Ja, Master David."

Eine Träne rann ihre Wange hinunter, die Master David mit dem Daumen wegwischte.

„Manchmal ist die Wahrheit schwer zu ertragen, besonders, wenn man keine Wahl hat. Die nehmen wir dir ab. Wir lassen weder Ausflüchte noch emotionale Rückzüge zu. Du wirst dich nicht nur körperlich und seelisch vor uns entblößen, sondern vor allem vor dir selbst. Richard bewundert deinen Mut, den du zeigst, sofern du nicht anders kannst. Zu Demut und Hingabe zu stehen, verlangt Stärke und eine Emanzipation, die du dir bisher versagt hast."

Die Wachen hatten ein Foto von ihr, sie sah es auf dem Pad, als der Mann sich in den Wagen beugte. Er betrachtete sie intensiv, als ob er sich einprägen wollte, wie sie aussah. „Gib mir deine Hand, Kleines."

Erschreckt drückte sie sich an Master David.

„Joe will nur deinen Daumenabdruck und dich nicht vergewaltigen."

Joe umfasste ihre Hand, kommentierte nicht, dass sie zitterte. Sanft presste er ihren Daumen und ihren Zeigefinger auf einen Scanner.

„Schon vorbei." Er grinste sie an, und es raubte ihm eine Menge von dem dunklen Aussehen. „Ich wünsche dir einen angenehmen Aufenthalt, Carolina. Aber falls du versuchst zu flüchten, suche ich dich und finde dich." Pure Finsternis sah auf sie herab.

Sie atmete erleichtert aus, als Joe die Tür verschloss und der Wagen sich in Bewegung setzte, einer geraden Einfahrt folgte, bis er vor einem erleuchteten Haus stoppte. Unter anderen Umständen hätte sie den spanisch angehauchten Stil bewundert, doch sie dachte an Flucht, versuchte, so viel von der Umgebung zu erfassen wie nur möglich. Die romantische Wirkung der Urlaubsanlage schien sie geradewegs zu verhöhnen, da ihre Stimmung nichts mit freudiger Entspannung zu tun hatte.

Master David ergriff mit einer Hand ihre Handgelenke. „Ich sehe dir an, du schmiedest Fluchtpläne, die bereits jetzt zum Scheitern verurteilt sind. Joe sieht nicht nur aus wie ein Ex-Militär, er ist es auch, und der beste Fährtenleser, den ich kenne. Joe findet dich, wenn er es will. Als Belohnung für seine Bemühungen erhält er eine Stunde mit seiner Beute." Er zog sie zu sich heran. „Für jede Verfehlung erwartet dich die passende Strafe, für einen Fluchtversuch ist die Bestrafung öffentlich und hart, nachdem Joe sein Vergnügen mit dir hatte, und das möchtest du nicht wirklich erleben." Seine Augen glichen polierten Kieselsteinen. Er half ihr beim Aussteigen.

Carolina vermochte sich nicht zu helfen, Panik übermannte sie, und sie trat nach Master David, erwischte sein Schienbein und schrie lauthals um Hilfe, so dämlich, wie das war. Sie wusste es, konnte aber nicht aufhören zu schreien und um sich zu schlagen. Carolina musste es zumindest versuchen.

Er lachte gefährlich und drehte ihr einen Arm auf den Rücken, führte gerade so viel Druck aus wie erforderlich. Ihr Schreien erstarb, und sie biss sich auf die Unterlippe, um nicht in hysterisches Weinen zu verfallen. Master David schob sie in das Haus, zerrte sie eine Treppe in die dritte Etage hoch. Master Alexander hielt seinen Daumen gegen ein Pad. Die Tür ging auf, und ihr drohten die Beine wegzuknicken.

„Bitte lass mich gehen, Master David … du Arschloch!" Der Zusatz kam von allein aus ihrem Mund, und ihr stockte der Atem.

Master David schnaubte. Sie hatte niemals einen unheilvolleren Laut gehört. Master Alexander blickte sie aus silbrigen Augen an, die ihr das Fatale ihres Handelns förmlich in die Haut meißelten.

„Es tut mir leid, bitte schlagt mich nicht. Oh Gott."

Sie ignorierten ihr Flehen. Master Alexander öffnete eine Tür am hinteren Ende des Ganges, und ihre Erwartung, dass es sich um eine karge vergitterte Zelle handelte, erfüllte sich nicht. Ein normales Zimmer war es dennoch nicht, das zeigten ihr die diversen Manschetten und Ringe, die in die Wand und sogar im Boden vor dem Fußende des Bettes eingelassen waren.

Ein Strafbock stand an einer Seite des Raumes. Bei dem Anblick verließ sie beinahe die restliche Kraft, die sie noch besaß. Master David festigte seinen Griff.

Was, wenn die Master sie blutig schlugen?

Sie danach vergewaltigten?

Wenn Master David Richard angelogen hatte, wie er sie behandeln würde?

Master Alexander schloss leise die Tür, und sie zuckte zusammen, als hätte er sie ins Schloss geknallt. Obwohl ihr Schicksal bereits vorher besiegelt gewesen war, gab ihr die geschlossene Tür den Stoß, der sie in den freien Fall versetzte. Blutend und zerbrochen würde sie in der tiefen Schlucht aufprallen, ebenso einsam, wie sie sich fühlte.

Master David ließ sie los. Sie unterdrückte das Verlangen, sich an ihn zu klammern, als würde es sie retten, sofern sie es nur fest genug tat. Sie konnte kein Mitleid von ihm erwarten. Aber würde er Grausamkeit austeilen? Carolina kramte einen Rest von Stärke hervor und verharrte stocksteif, untersagte sich, dem drohenden Tränenausbruch nachzugeben. Die Master würden sich nur bestätigt fühlen, dass sie sie kontrollieren konnten.

„Ausziehen!", sagte Master David.

Sie atmete bewusst ein, befahl ihren Beinen, sie aufrecht zu halten, obwohl sie sich am liebsten auf dem Boden zusammengerollt hätte.

Master Alexander sah sie amüsiert an, in Master Davids Miene entdeckte sie nur stählerne Entschlossenheit.

Sie wollten sie sowieso bestrafen, und Carolina empfand die Vorstellung, mit dem nackten Hintern eine Eisbahn hinunterzurutschen, verführerischer, als ihnen einen Millimeter entgegenzukommen.

„Nein." Ihre Stimme hörte sich flehentlich an, nicht überlegen, wie sie es gewollt hatte.

Die Master kommentierten ihren Ungehorsam nicht, sie schritten sofort zur Tat. Carolina fand sich mit dem Bauch nach unten über dem Strafbock wieder. Master David umspannte ihren Nacken mit einem unerbittlichen Griff, drehte ihr einen Arm auf den Rücken, zwang sie stillzuhalten, sodass Master Dreckskerl ihr Handgelenk mit einer Manschette umschließen konnte. Sie erinnerte sich an die Worte des Lehrers eines Selbstverteidigungskurses, den sie vor Ewigkeiten besucht hatte.

Wenn er es schafft, dich zu fixieren, bist du verloren.

Sie war nicht nur verloren, sie war hoffnungslos aufgeschmissen.

„Hör auf, dich zu wehren, du tust dir nur selbst weh. Du kannst nichts tun, also akzeptiere es", sagte Master David sanft.

Der andere Arm erlitt das gleiche Schicksal. Ihre Handgelenke waren mit dem Bock verbunden, und sie hatte kaum Spielraum. Zu zweit befestigten sie die Fesseln um ihre Fußgelenke und fesselten sie mit gespreizten Beinen, offen und schutzlos, für was auch immer sie ihr antun wollten. Ihr Kleid lag gerafft über ihrer Taille. Herr im Himmel, sie konnten *dort* alles von ihr sehen.

Sie verkrampfte ihre Muskeln, versuchte verzweifelt, nicht in Schluchzen auszubrechen und nicht zu betteln.

Und warum um Gottes willen war sie dermaßen erregt? Gleichzeitig hielten Angst und Beschämung sie in einer unnachgiebigen Umklammerung. Die Emotionen waren zu stark. Carolina kam nicht gegen sie an, konnte sie nicht auseinanderhalten, bis sie unfähig war zu wissen, was sie fühlen wollte.

Die Master verblieben stumm und betrachteten sie mit unbeteiligten Mienen, warteten, bis sie aufhörte, an den gepolsterten Manschetten zu ziehen, sich innerlich mit ihrem Schicksal abfand. Sie ließ den Kopf hängen und nahm einen tiefen Atemzug. Ihr Haar fiel wie ein Vorhang nach unten, es hatte etwas Endgültiges an sich. Niemals hätte sie gedacht, dass ihre Sinne so überempfindlich sein könnten. Überdeutlich fühlte sie das Leder unter ihrem Becken und das Kleid auf ihrem Oberkörper, roch die Master, die vor ihr standen. Das Leder war glatt und warm, bildete einen Kontrast zu dem Schaudern, das über ihre Haut lief wie eine lebendige Welle. Master Alexander trug ein unaufdringliches Aftershave und Master David duftete immer noch nach Mann und Seife.

Master David öffnete den Reißverschluss ihres Kleides, streichelte mit den Fingerspitzen an ihrer Wirbelsäule entlang, lachte, weil sie versuchte, der Berührung zu entkommen. Dann enthakte er den Verschluss des BHs, was ihr ein Wimmern entriss, egal wie sehr sie es zu unterdrücken versuchte. Master David massierte leicht ihren Nacken, folgte mit der Handfläche der Linie ihres Körpers, bis er den Spalt zwischen ihren Pobacken erreichte. Richard fand es sexy, dass der Reißverschluss bis zu ihrem Hintern reichte. Carolina wimmerte, und ein weiteres Schluchzen entwich ihr. Er durfte sie *dort* nicht anfassen, das hatte bis jetzt niemand getan. Wenn Master David das tun würde, würde sie zerbrechen. Er stoppte, kurz bevor er ihren Anus berührte.

„Bitte mich in deutlichen Worten, es nicht zu tun, Fiorella. Und begründe es."

Das meinte er doch nicht ernst! Das würde sie nicht tun!

„Master Alexander, die Sub hat Schwierigkeiten mit dem Gehorsam und das, obwohl sie in einer denkbar ungünstigen Position ist. Reich mir das Gleitgel."

Sein Finger rutschte etwas tiefer.

„Nein! Bitte, Master David. Noch niemand hat mich dort angefasst. Ich möchte, dass Richard der Erste ist, der es tut."

„Dort?"

Zur Hölle! Die Belustigung der Master schürte ihren Zorn und drängte die Angst in den Hintergrund.

„Master Alexander, sei so gut, hole mir ein Messer und ein schmales Lederpaddel. Ich will sie richtig bestrafen, sodass sie es sofort beim ersten Mal begreift."

Messer!

Vergessen waren ihre Vorsätze.

„Bitte, Master David, es tut mir leid. Bitte schneide mich nicht. Oh Gott." Die Worte kamen sich überschlagend aus ihrem Mund. Zu ihrem Entsetzen folgte eine Reihe Schluchzer, die an ihrer Seele rissen, weil sie wehtaten, ihre Situation der Hilflosigkeit verdeutlichten, es irgendwie realer machten.

Master David legte eine Handfläche auf ihr Schulterblatt. „So viel Angst und Misstrauen in deinem hübschen Körper. Ich muss dir die Kleidung vom Leib trennen. Ein Jammer um das schöne Kleid und den BH. Mit der Klinge verletze ich nicht deine Haut. Atme ruhig. Bei uns fließt kein Blut. Ich verspreche es dir."

Sie wusste nicht, wieso, aber sie glaubte ihm, vertraute ihm, obwohl es verrückt erschien. Carolina wollte ihm vertrauen, nur das bewahrte sie davor, sich in ein hysterisches Bündel zu verwandeln, das vor Schwäche zusammenbrach.

„Gut, Fiorella. Du bist sicher bei uns. Ich verrate weder Richard noch dich. Du kannst nicht ändern, was geschieht. Auch wenn du schreist und weinst, ich tue es trotzdem. Ich dringe durch die Hysterie, bis ich die Carolina erreiche, auf die ich es absehe. Es ist die Frau, die nicht nur Richard braucht, sondern vor allem sie selbst braucht sie. Jetzt entspann dich. Master Alexander, stimuliere ihre Pussy, bringe sie in Stimmung für den Schmerz."

Das hier war grauenvoll real. Master David massierte sanft ihren Nacken, liebkoste ihren Hals und Master Alexander knetete leicht ihre Pobacken. Geduldig warteten sie, bis sie ruhiger atmete, erst dann näherten Master Alexanders Finger sich ihrem Schoß. Er berührte ihren Venushügel und streichelte an den Innenseiten ihrer Schamlippen entlang. Aus Instinkt versuchte sie, ihre Schenkel zu schließen, ihm den Zugriff zu verwehren. Doch sie konnte es nicht, und diese Tatsache steigerte ihre Lust. Ihr Körper verriet sie, sie spürte die Begierde, die sie benetzte, die klar zeigte, was sie wirklich fühlte.

„Ich brauch nicht einmal ein Gleitgel. Sie tropft förmlich vor Geilheit."

Sie rechnete damit, dass Master Alexander seine Finger grob in sie hineinstieß, er tat es nicht. Was er tat, war viel schlimmer. Denn seine zärtlichen Berührungen zerstörten den Gedanken an einen Missbrauch. Er tauchte vorsichtig in ihr Geschlecht, verteilte die Nässe auf ihrer Perle und massierte sie geschickt, erweckte all die unterdrückten Gefühle zu greller Intensität.

Master Alexander wusste, was er tat. Er stand hinter ihr und platzierte eine Hand auf ihrem Po, streichelte fest über die Rundungen, während seine andere Hand sie fickte. Sie ahnte, warum er ihren Po so ausgiebig rieb. Er regte die Durchblutung an, sodass Master David sein Werk beginnen konnte. Auf warmer Haut vermochte Master David härter zuzuschlagen, ohne Gefahr zu laufen, sie stark zu verletzen. Das hatte sie in dem Roman gelesen. Die Lektüre hatte sie bereits als anregend empfunden. Die Realität war dermaßen stimulierend, dass sie sich dafür schämte.

Master David zerschnitt in Seelenruhe das Kleid, mit einer Geschicklichkeit, die ihr deutlich aufzeigte, dass er es nicht zum ersten Mal tat. Das Wissen beruhigte und erschreckte sie zugleich. Er zertrennte die Träger ihres BHs. Vorsichtig zog er den Stoff von ihr. Ob sie gleich ebenso zerstört sein würde? Zerbrochen, innerlich seziert, ein Schatten ihrer selbst? Master David schob die Handflächen unter ihren Busen und begann ihn zu kneten, gleichzeitig in ihre Nippel zu kneifen. Sie zwangen sie, Lust zu empfinden, ihre Angst zu vergessen, bis sie ergeben über dem Bock hing. Zu ihrem Entsetzen dehnte Master Alexander die Massage auf ihre Oberschenkel aus.

Bitte nicht.

Die Vorstellung, dass Master David auch ihre Beine schlagen würde, war beinahe zu viel. Doch sie vermochte sich nicht erneut in den Zustand der Panik zu versetzen, denn die vier Hände zupften, streichelten das grauenvolle Gefühl einfach fort, bis sie die Flammenküsse herbeisehnte. Master Alexander passte auf, dass sie keinen Orgasmus erreichte, hielt sie die ganze Zeit kurz davor. Ihre Nippel lagen überempfindlich zwischen Master Davids kundigen Fingerkuppen, die genau mit der richtigen Härte an ihnen zogen, sie kniffen, anschließend den Druck verringerten, nur um ihn dann zu steigern. Zu schnell erlangten sie ihr Ziel. Reine unverfälschte Begierde verschluckte ihren Kampfgeist.

„Jetzt schnurrt sie wie das heiße Kätzchen, das sie ist." Master Alexander unterstrich die Feststellung mit einem Klaps auf ihren Po.

Beide Männer traten von ihr zurück, und Master David krempelte die Ärmel seines Hemdes hoch. Muskulöse Unterarme kamen zum Vorschein. Nicht nur das beschleunigte ihren Herzschlag, sondern auch die Erektion, die sich in seiner Hose deutlich abzeichnete.

„Eigentlich wollte ich dich für dein erstes Mal nur mit meiner Hand züchtigen. Doch dein Verhalten verlangt nach einer schmerzhafteren Überzeugungsarbeit." Master David lachte weich. „Es wäre gelogen, wenn ich behaupten würde, dass es mir genauso weh tun wird wie dir." Er zeigte ihr das Schlaginstrument: ein schwarzes handbreites ledernes Paddel. „Schrei für uns, Fiorella."

Niemals!

„Du wirst."

Master Alexander trat vor sie und umfasste ihren Nacken. Aberwitzigerweise brauchte sie die Berührung. Das allererste Mal in ihrem Dasein prallte purer Schmerz auf ihren Hintern. Er war so fordernd, dass er sie packte, nicht mehr losließ und sich in ihrer Seele festbiss. Dagegen wirkten Master Alexanders Schläge von vorhin wie ein Streicheln. Carolina versuchte auszuweichen, irgendetwas zu tun, nur damit dieses grauenvoll peinigende Brennen nicht zurückkehrte. Wie Hunderte von Feuerperlen erfasste der Schmerz ihr Fleisch. Nie im Leben würde sie das hier genießen können. Nur eine Irre wäre in der Lage, hierbei Lust zu empfinden. Aber sie konnte nirgendwohin, konnte ihren Körper nicht verlassen und sich an keinen Ort zurückziehen. Diesmal landete das Paddel auf der rechten Seite.

Sie lernte auf die harte Weise, was Master David mit unzähligen Toden gemeint hatte. Wie sollte sie das überstehen?

„Atme tief ein und aus, Kleines. Das waren nur Regentropfen, um dich vorzubereiten. Der Eissturm kommt jetzt. Bereit?" Das pure Vergnügen klang in Master Davids Stimme, und sie hasste ihn mit jeder Faser ihres Daseins. Es nutzte ihr genauso wenig wie ihr blöder Plan, die Master nicht an sich heranzulassen. Sie waren nicht nur bei ihr, sondern in ihr.

Der fiese Kerl wusste, was er tat. Er platzierte die Schläge nicht wahllos, setzte sie gezielt und gleichmäßig. Er steigerte die Intensität langsam, sodass sie die Chance erhielt, sich in den Schmerz hineinzufinden. Oh nein, er überforderte sie nicht, sondern erreichte, dass seine Schläge sie verführten. Zuerst zählte sie stumm mit, versuchte, sich darauf zu konzentrieren, damit die Pein sie nicht fortriss. Bei dem sechsten Treffer liefen bereits Tränen aus ihren Augenwinkeln.

Carolina hörte auf zu zählen, schrie sich stattdessen die Seele aus dem Leib, während ihr Po in Flammen stand. Eine eigenartige Ruhe befiel sie, als ihr Schreien in ein leises Flehen überging, bis ihr selbst das auf den Lippen erstarb. In diesem Moment war sie ganz und nicht mehr die leere Hülle.

„So ist es gut, Carolina. Lass los."

Sie ließ los, presste ihre Wange an Master Alexanders Bein und akzeptierte, was Master David ihr antat. Vier Schläge trafen sie auf die Oberschenkel, die alles von ihr forderten, was noch übrig war.

Master David stoppte, und sie war so erleichtert, dass sie sich beinahe bei ihm bedankte.

„Braves Mädchen." Master David streichelte ihr erst den Rücken, dann über das Feuermeer, fasste zwischen ihre Schenkel. „Deinem Geschrei zum Trotz bist du nass, Fiorella. Ich weiß, dass du außer Richard keine weiteren Liebhaber hattest. Richard möchte, dass wir es ändern."

Er wollte sie vögeln, sich einfach nehmen, was hilflos und begierig vor ihm lag.

„Du denkst zu viel. Es wird dir gefallen. Entspann dich, überlass dich unseren fähigen Händen."

Etwas presste gegen ihre Vagina, und Master David führte es langsam und vorsichtig in sie ein. Sie war zu durcheinander, um ihre Gedanken zu ordnen. Ihr Körper überwältigte ihren Verstand ebenso leicht, wie die Master es getan hatten.

Sie schloss die Lider, konzentrierte sich nur auf den Master, der sie mit einem Dildo vögelte, gleichzeitig ihre Lustperle rieb, während Master Alexander sie liebkoste und selbst ihre Ohrläppchen nicht ausließ. Immer wieder zog Master David das Sextoy fast raus, und wenn er es erneut einführte, jagte ein unglaublich intensives Gefühl durch ihr Geschlecht. Da war ein Punkt, den er jedes Mal stimulierte, der sie schier verrückt machte. Es reichte beinahe, um sie zum Orgasmus zu bringen, aber nicht ganz. Master Alexander hockte sich zu ihr, streichelte ihr den Kopf, sah in ihre Augen und richtete sich auf. Seine Handflächen erreichten ihre Schultern, glitten tiefer und berührten unendlich sanft die geschundene Haut.

Das ziehende Pulsieren baute sich weiter auf, bis es eine seltsame Mischung mit ihrem schmerzenden Po bildete. Ihre Vaginalmuskeln pulsierten, zogen sich enger um den Dildo. Sie war fast so weit.

„Komm für uns, Carolina. Jetzt!"

Ein Laut kam aus ihrer Kehle, den sie ebenso wenig zurückzuhalten vermochte wie den Höhepunkt, den Master David ihr befohlen hatte. Sie spürte Master Alexanders Blick, es trug zu der Erregung bei, die sie fortriss. Master David zog das Sextoy raus, umfasste mit einer Hand ihr Geschlecht, und zu ihrer Bestürzung brauchte sie die Berührung auf ihrer Klitoris kaum, ehe ein erneuter Orgasmus sie packte, mit einer Intensität, die ihr einen Schrei entriss.

Hatte Master David ihr erlaubt, noch mal zu kommen? Was, wenn er sie nochmals bestrafte? Sie wusste nicht, ob sie zusätzlichen Schmerz ertragen könnte. Ihr Hintern brannte, als hätte jemand ihn mit Glassplittern eingerieben.

„Deine Orgasmen waren verflucht schön anzusehen und anzuhören, Fiorella, und ziehen diesmal keine Strafe nach sich", sagte Master David.

Die Master lachten höchst maskulin. Unangebrachte Dankbarkeit flutete Carolina. Master Alexander öffnete die Handmanschetten, und Master David befreite ihre Beine. Ihren Impuls, aufzuspringen, vermochte sie nicht in die Tat umzusetzen. Ihre Muskeln versagten. Master David hielt sie in einem stahlharten Griff, betrachtete sie intensiv, bis sie die Lider niederschlug. Sie kämpfte sehr mit den Tränen, die sie zu überwältigen drohten, weil sie sich wie eine Hure fühlte, und doch hinkte der Vergleich.

Sie hatte damit gerechnet, dass beide Master sie benutzen würden, die eigene Begierde an ihr stillten. Wenn sie ehrlich war, hätte sie nicht protestiert, es sich obendrein insgeheim ersehnt. Zu stark war ihre Lust gewesen, wie bei einem Süchtigen, der wusste, dass es nicht gut war, was er begehrte.

Die Master hatten sichergestellt, dass sie die besten Orgasmen bekam, die sie seit Langem gehabt hatte, eigentlich noch nie erlebt hatte. Sie hatten Carolina rücksichtslos unterworfen und waren gleichzeitig auf eine seltsame Art zärtlich zu ihr gewesen, bis ihre Seele bereitwillig akzeptierte, was sie ihr antaten, genau, wie Master David es prophezeit hatte.

Master David und Master Alexander setzten sie auf den Bettrand, lachten beide sadistisch, weil sie es nicht schaffte, das Wimmern zu unterdrücken, als der geschundene Po die Bettdecke berührte. Impulsiv verdeckte sie ihre Brüste, war sich auf einmal bewusst, wie verletzlich sie in diesem Moment war. Wenn sie es darauf anlegten, könnten die Master sie zerstören. Alles in ihr schrie nach einem Schutz, der sie nicht nur körperlich bedeckte, sondern auch mental.

„Nimm die Arme runter." Master David sagte es weich, verständnisvoll und verführerisch. „Wir haben bereits jede Facette von dir gesehen. Deine hübsche pinkfarbene Pussy, deinen Anus, der dazu einlädt, ihn näher zu erforschen, und wir haben in deine Seele geblickt. Wir haben von dir gefordert, was die zivilisierte Welt verbietet."

Ein letzter Rest von Trotz kroch in ihr hoch, und sie blieb stocksteif sitzen. Die Blicke der Master lagen wie Bleigewichte auf ihr, drückten ihr auf den Leib, und es kostete sie eine Menge, Master Davids Befehl zu widerstehen. Carolina erfasste die Änderungen in ihren Körperhaltungen. Die Master sahen amüsiert auf sie herab; ein Ausdruck reiner Gefahr.

„Möchtest du dich nicht auf den Knien bei uns bedanken, so wie es sich für eine Sub gehört?", fragte Master David.

„Ihr spinnt doch." Carolina versuchte, nach hinten zu rutschen.

Es war zu spät. Master David packte ihre Fußgelenke, und Master Alexander ihre Schultern. Mühelos beförderten sie Carolina in das angrenzende Badezimmer und fesselten ihre Handgelenke an einer Stange, die von der Decke hing. Die Manschetten waren aus einem weichen Material, aber sie konnte sich nicht daraus befreien.

„Lass ihr Spielraum, Alexander. Ich will nicht, dass sie bewusstlos wird oder Krämpfe bekommt. Sie soll sich vor allem mit ihren Bedürfnissen auseinandersetzen, weiter zu sich selbst finden." Master David fasste in ihr Haar und bog ihren Kopf schmerzhaft in den Nacken.

Master Alexander hielt ihr eine Wasserflasche an die Lippen. „Trink. Du brauchst es nach der ganzen Anstrengung und für die Schreierei, die du gleich veranstaltest. Du wirst dir wünschen, du hättest gehorcht."

Sie zwangen sie, die Halbliterflasche zu leeren. Master David schlug ihr einmal hart auf den Hintern, und sie rechnete damit, dass er sie erneut einer Züchtigung unterzog.

Doch sie taten etwas weitaus Schlimmeres, sie legten ihr eine Augenbinde um, schalteten das Licht aus und ließen sie allein in absoluter Dunkelheit zurück; nackt, verletzlich, zornig und durcheinander. Richard musste ihnen mitgeteilt haben, wie sehr sie die Finsternis fürchtete.

Sie stand auf den Fußsohlen und konnte zwar die Arme bewegen, aber nicht so viel, dass sie es geschafft hätte, wenigstens die Binde zu verschieben.

Schnell kühlte der Schweiß ab, der sie von Kopf bis Fuß bedeckte, und überzog sie mit Kälte, die in sie eindrang, bis sie ihre Seele erreichte. Carolina spürte ihren Körper überdeutlich; das wild pochende Herz, den Schmerz auf ihrem Po und Oberschenkeln sowie die Nachwirkungen der Orgasmen. Letzteres fühlte sie am stärksten, denn es erfüllte sie mit Frustration, dass sie so leicht nachgegeben hatte. Im Gegensatz zu ihr hatten die Master gewusst, was sie taten. Sie hatte den erfahrenen Männern nichts entgegensetzen können. Carolinas Bemühungen wirkten im Nachhinein unzureichend. Sie hätte ihnen energischer die Stirn bieten sollen. Aber was hätte ihr das gebracht, außer die Master anzustacheln? Wer weiß, was sie ihr dann angetan hätten! Ihre Atmung beschleunigte sich, weil das tiefe Bedürfnis, ihr Elend in die Dunkelheit zu brüllen, auf sie krachte.

Carolina versuchte es wirklich, forderte von sich, ihnen nichts zu schenken. Aber die Schreie kamen, bis sie nicht mehr zu schreien vermochte, und sie weinte wie niemals zuvor, umgeben von Schwärze und niemandem, der sie tröstete. Sie senkte den Kopf, und die Tränen tropften auf ihren Busen.

„Richard, bitte, bitte, es tut mir leid. Verzeih mir."

Doch keiner hörte sie, rettete sie, beschwichtigte sie. Sie war erneut allein, so wie sie es viele Jahre gewesen war, bis Richard in ihr Leben trat. Sie liebte ihn, und es wurde ihr in diesem Moment bewusst, dass sie ohne ihn nicht existieren konnte. Sie würde alles tun, nur damit er sie zurücknahm.

Die Fliesen lagen dank einer Fußbodenheizung warm unter ihren Füßen, und dennoch fror sie entsetzlich. Es war nicht die äußere Kälte, denn das Badezimmer war nicht eiskalt, es waren die Angst, die Verzweiflung und die Erkenntnis, dass ihr Körper ihr nicht gehörte, ebenso wenig wir ihr Verstand. Die Master der *Insel* zeigten sich ihr überlegen, beraubten sie jeglicher Kontrolle über sich selbst.

Richard hatte ihr stets vorgeworfen, dass sie zu kritisch mit sich sei, dass es ihr guttun würde, loszulassen. Jetzt zwangen diese Mistkerle und Richard sie dazu und würden es erneut tun, so oft es ihnen passte. Ein letztes Aufbäumen, bei dem sie versuchte, sich aus der Fesselung zu befreien, bis sie glaubte, ihre Schultern kugelten aus. Unablässig tropften Tränen ihre Wangen hinunter wie ein Sommerregen aus Leid, der auf staubige Erde prasselte.

Sie wollte Richard dafür hassen, dass er ihr diese Grausamkeiten antat, stattdessen sehnte sie sich nach ihm, dermaßen stark, dass es wehtat, schmerzhafter als die Bestrafung der Master.

Der Sommerregen erstarb, und zurück blieb Carolina, wie ein einsamer Regentropfen, der unter der unbarmherzigen Sonne litt.

Kapitel 5

Rachel kniete auf dem Boden, als Liam und er Raum drei betraten. Das Zimmer entsprach nicht seinen Vorstellungen. Es wirkte gemütlich mit dem dunklen Holzboden und den weißen Wänden. Dunkelgrüne Samtvorhänge hingen vor den bodentiefen Fenstern, und ein großes Pfostenbett thronte in der Mitte. Die Beleuchtung war intim und setzte Rachels Rundungen ansprechend in Szene. Der entzückende Arsch ruhte auf ihren Fersen, die gespreizten Beine ermöglichten eine hübsche Sicht auf die blanke Pussy. Ihre Handflächen lagen auf den Oberschenkeln, und die Lider waren niedergeschlagen. Sie trug nur das schmale Lederhalsband, das mit einem grünen Stein verziert war.

„Die Farbe sagt aus, dass sie leichten Schmerz mag, ein Spanking ausgeführt mit der Hand oder einem Paddel. Auch ein Flogger ist angemessen. Gelb zeigt an, dass die Sub stärkere Pein mag; Rohrstock, Gerte. Sie können mit Bedacht bei Grün zum Einsatz kommen. Rot ist nur was für jemanden, der sein Handwerk versteht. Hier kann die Peitsche Anwendung finden. Es bedeutet jedoch nicht, dass eine Session nur auf Qual aufgebaut ist. Mit der Schamgrenze und der Angst einer Sub zu spielen, ist genauso anregend.“ Liam sah Richard ernst an. „Die Unversehrtheit deiner Gespielin hat immer oberste Priorität. Solltest du dieses Gebot missachten, wirst du bestraft. Einer der Master führt die Bestrafung aus … mit einem Singletail.“

Richard konnte sich beim besten Willen nicht vorstellen, die kleine Sub mit einem Lederriemen zu bearbeiten, aber Rachel über seinem Schoß zu drapieren und ihr den Po mit Röte zu überziehen, jagte ihm einen wohligen Schauder den Rücken entlang. Anscheinend brauchte auch er einen grünen Stein.

„Wir nutzen hier die üblichen Safewords. Du kennst sie?“

Richard nickte; Rot stoppte die Session augenblicklich, und bei Gelb hatte er die Wahl, konnte eine Pause einlegen, dem devoten Part Zeit zum Durchatmen geben, das Spiel abbrechen oder unverändert weitermachen. Eine große Verantwortung lastete auf den Schultern des Dominanten. Richard atmete tief durch, denn in diesem Moment wurde ihm bewusst, dass es in seinen Händen lag, ob Rachel genoss, was er ihr antat oder nicht. Obendrein verfügte er über die Macht, ihr ernsthaft zu schaden. Er könnte Rachel Dinge antun, die sie unter keinen Umständen zu überwinden vermochte.

„Sollte die Sub, mit der du dich gerade vergnügst, durch Schmerz in einen Zustand geraten, in dem sie das Safeword nicht mehr benutzen kann, landest du zur Strafe bei Master David. Bei einem grünen Stein darf es niemals passieren."

Die Sicherungsleinen vermittelten Richard ein gutes Gefühl, er benötigte sie ebenso wie die Spielgefährtin. Er hoffte, dass eine Devote, die sich unter seiner Verantwortung befand, zu keiner Sekunde den Wunsch verspürte, Rot zu rufen. Aber ein Gelb würde er Carolina gern entlocken, denn dann würde sie endlich die Kontrolle an ihn abgeben. Richard war verdammt froh, dass Master Liam bei ihm war und nicht nur auf Rachel aufpasste, sondern vor allem auf ihn. Er hatte in der Vergangenheit oft mit dem Gedanken gespielt, Carolina einfach zu fesseln. Doch jetzt war er heilfroh, dass er es nicht getan hatte. Ihm fehlte das nötige Wissen und auch praktische Erfahrung. Theorie war nichts im Vergleich zu der Praxis. In der Theorie roch es nicht nach Erregung und Angst, man hörte nicht das leise Atmen der Sub, die damit kämpfte, ihre Anspannung zu kontrollieren. Rachel zitterte leicht, und ihre Wangen waren gerötet. Sie knabberte auf ihrer Unterlippe herum und sah zum Niederknien sexy, unschuldig und süß aus. Eine Kombination, die ihn verflucht anregte. Das Bedürfnis, sie zu bestrafen und zu beschützen, prallte auf ihn: die Instinkte eines Dominanten.

„BDSM handelt nicht davon, dass du die Sub ans Bett fesselst, deinen Schwanz in sie hineinsteckst und dich zum Orgasmus vögelst. Die wenigsten Frauen kommen auf diese Weise auf ihre Kosten, auch wenn viele ihrem Partner einen Höhepunkt vorspielen. Das passiert verdammt oft, mein Freund, wie du schmerzvoll erfahren musstest. Jeder Mann erlebt so was, und die meisten merken es nicht einmal oder ignorieren es geflissentlich. Damit dein bestes Stück reicht, musst du den Verstand deiner Partnerin überwinden, ihren Körper in Ekstase versetzen, sodass die leichteste Stimulation schlussendlich ausreichend ist. Eine Session dauert länger, benötigt Einfühlungsvermögen und eine ruhige Atmosphäre."

Richard verspürte das unwiderstehliche Verlangen, in Rachels Augen zu sehen, Lust und Ergebenheit in ihnen zu erkennen, die er sich all die Monate bei Carolina gewünscht und vorhin bei seiner Frau gesehen hatte.

„Schläge ins Gesicht stellen auf der *Insel* ein Verbot dar, ebenso auf Nieren und Wirbelsäule. Nicht einmal mit der Hand darfst du sie treffen. Anspucken und Treten brauche ich dir nicht aufzuzählen. Manche Männer haben seltsame Vorstellungen davon, was Dominanz bedeutet. Beleidigungen sind erlaubt, aber nur sofern sie bei dem devoten Part kein Tabu darstellen." Liam sah ihn ernst an. „Für einige Subs sind verbale Kränkungen schwerer zu ertragen als körperlicher Schmerz, sei vorsichtig mit dem, was du sagst. Seelische Pein kann selbst Tage danach zum Zusammenbruch führen, Narben hinterlassen, die niemals verblassen. Sehr schnell kann man in ein Minenfeld springen und es erst bemerken, wenn es zu spät ist."

Richard legte Rachel die Handfläche unter das Kinn, und sie sah zu ihm auf, mit dem süßen Lächeln, das sie ihm bereits gezeigt hatte. Sie leckte sich über die Unterlippe, und Gier packte ihn. Rachel lehnte die Wange gegen sein Bein, eine stumme Frage, ob sie sprechen durfte. Er nickte ihr zu.

„Darf ich deine Hose öffnen, Sir?"

Für einen Augenblick verspürte er Bedenken, Rachel zu benutzen, mit einer anderen Frau als Carolina Sex zu genießen. Er fühlte sich in der Zeit zurückversetzt, als sei er der Herr auf einer Plantage, der Sklavinnen zum Sex nötigte. Zwingen tat er Rachel nicht, sie tat es freiwillig. Dass sie es wollte, stand klar in den schönen Augen, in denen er einen Anflug von Enttäuschung entdeckte. Sein Zögern blieb nicht unbemerkt. In Liams Mimik erkannte er Verständnis. Richard hatte Carolina niemals betrogen, und um seine Ehe zu retten, ergriff er drastische Maßnahmen.

Zur Hölle damit. Er hatte mit Liam besprochen, was in der Session passieren sollte. Richard schüttelte seine Bedenken ab. Er konnte schließlich kein Wissenschaftler sein, der das Objekt der Begierde aus der Ferne betrachtete. Er musste selbst Hand anlegen und spüren, wie sich der devote Part ihm unterwarf.

„Du darfst, Sub."

In dieser einen Woche war es ihm erlaubt. Sollten die Moralapostel ihn doch verurteilen. Ihre Ansichten würden ihm nicht helfen, Carolina zurückzugewinnen. Rachel grinste zu ihm herauf, und Liam räusperte sich.

„Oh, tut mir leid, Master, Sir." Sie musterte den Boden. Rachel war deutlich anzusehen, dass sie mit sich einen Kampf ausfocht, um unbeteiligt auszusehen.

Gott, sie war so niedlich, so sexy, und Richard wäre beinahe in ein befreites Lachen ausgebrochen. Verdammt, er spielte eine Rolle, musste streng und überlegen wirken. Shit, ihr Oberkörper bebte, weil sie kicherte.

„Sub, du erkennst den Ernst der Lage nicht." Die Worte wären gut gewesen, doch ein Prusten entwich ihm. Er umfasste Rachels Schultern, und gemeinsam rangen sie um Fassung. Liam, der Bastard, biss in die eigene Hand, um sich das Lachen zu verkneifen.

Rachel fing sich zuerst, löste den Knopf, zog entschlossen den Schieber hinunter und lächelte, da seine Erektion ihr entgegensprang. Er beugte sich zu ihr, streichelte ihre Wangen und küsste sie zart auf die Lippen. Sie erwiderte den Kuss mit einer Leidenschaft, die so gegensätzlich zu ihrer Schüchternheit erschien. Und wie sie errötete, als er sich aufrichtete. Gebannt sah er, dass sie ihren Mund öffnete und mit ihrer Zunge über seine Eichel leckte. Seine Bedenken, dass die Anwesenheit von Liam ihn in seiner Manneskraft stören würde, erwiesen sich als unbegründet. Liam verblasste in den Hintergrund. Die kleine Sub wusste, was sie tat. Sie schloss die Lider und saugte sanft an der Spitze, umfasste vorsichtig seine Hoden und begann, ihn mit langsamen, gleichmäßigen Bewegungen zu lutschen. Richard war so aufgeputscht, dass er ihr beinahe sofort in den Mund gespritzt hätte.

Was war er denn für ein *Sir*! Zuerst lachte er sich halbtot, und im Anschluss zeigte er genauso viel Selbstbeherrschung wie ein pubertierender Jüngling, der sich einen Pornofilm ansah und bei dem sich nach den ersten zwei Minuten abzeichnete, dass er es nicht über fünf hinausschaffte.

„Lass ihn nicht kommen, Rachel. Wir haben noch ein paar Dinge für dich geplant." Liam klang belustigt, und Richard warf ihm einen entrüsteten Blick zu. Der Master zog die Augenbrauen hoch.

Richard fasste in ihre dunkelblonden Haare. Rachel sah ihn an, mit einem dermaßen verruchten Ausdruck, dass er fast seine gerade zurückgewonnene Contenance verlor, die an einem seidenen Faden hing. Sie leckte mit rauer Zunge an seinem Schaft entlang und nahm einen seiner rasierten Hoden in den Mund, lutschte sanft, während sie seinen Schwanz massierte, mit langsamen, sinnlichen Bewegungen; Schmerz und Lust. Sie hörte genau in dem Moment auf, als der Orgasmus beinahe einsetzte. Ihre Mimik war alles andere denn unterwürfig. Sie hatte in diesem Augenblick Macht über ihn. Sie wusste es, und dass sie es verdammt genoss, stand ihr breit auf dem Gesicht geschrieben.

Kleines Biest!

„Für diese Verfehlung bestrafe ich dich." Der Satz kam ihm leicht von den Lippen, steigerte obendrein seine Erregung. Sein Phallus pochte nur bei der Vorstellung unkontrollierbar. Oh Gott, wie sollte er die Session bis zum Ende durchhalten?

Er half Rachel auf die Füße, und sie fiel gegen ihn, presste zudem lüstern ihre Brüste an ihn. Richard tauschte mit Liam einen vielsagenden Blick aus. Das Verlangen, sie erst zu berühren, an den Rand eines Höhepunkts zu bringen, erwachte flammend in ihm zum Leben. Er brauchte es verdammt nötig, dass eine Frau ihm einen Orgasmus schenkte.

Liam kniete sich auf das Bett, und Richard drückte sie sanft auf die Matratze. Liam zog ihr die Arme über den Kopf und hielt ihre Handgelenke fest. Richard erfasste die Veränderungen, als Liam sie fixierte. Ihre Atmung beschleunigte sich, ihre Wangen erröteten stärker, ebenso wie ihre Pussy. Ihre Klitoris lockte geschwollen. Richards Mund trocknete aus. Er spreizte ihre Beine, beugte sich vor und massierte ihren vollen Busen, zwirbelte die Nippel, die hart zwischen seinen Fingern lagen. Sie zeigte ihm offen, was sie empfand, stöhnte und wand sich. Was für ein herrlicher Anblick! Sie schämte sich nicht wegen ihrer Kurven, sie setzte sie unbewusst in Szene, war sich nicht darüber klar, dass sie es tat. Hätte er Sue gewählt, hätte er nicht diese unverfälschten Reaktionen erhalten. Er war sich sicher, Sue veranstaltete ihr ganz eigenes Schauspiel, und er besaß nicht die Erfahrung, sie aus dem Bühnenstück zu reißen, bei dem sie Regisseur und Akteur zugleich war.

Er tauchte mit dem Mittelfinger in Rachels Pussy, rieb ihre Klitoris mit dem Daumen. Liam übernahm ihre steifen Brustwarzen, die prall lockten und in der Farbe Himbeeren ähnelten. Richard entging nicht, dass Liam sie viel kräftiger zupfte, als er es getan hatte. Ein lustvoller Schrei entfuhr ihr. Die kleine Wildkatze mochte es härter. Aus einem Impuls heraus saugte er an der Innenseite ihres Oberschenkels, kniff in ihre Lustperle. Rachel bog den Rücken durch und machte ein unglaublich sinnliches Geräusch.

„Sir … Master … bitte."

„Wenn du unerlaubt kommst, Rachel, wirst du gleich nicht nur Richards Hand spüren." Liam grinste breit, beugte sich zu ihr herunter und biss in ihren Nippel.

Sie atmete unregelmäßig, versuchte, den Orgasmus mit aller Kraft aufzuhalten. „Liam, ich meine … Master Liam. Oh Gott. Richard. Sir!"

Richard spürte die Macht, die sie über sie hatten, pochend in seinem Schwanz, berauschend in seinem Verstand. Wieso nur hatte er sich niemals die Zeit genommen, Carolina auf diese Weise in sexuelle Ekstase zu treiben? Er schob Rachel einen zweiten Finger in das heiße und nasse Geschlecht. Wimmernd kämpfte sie gegen die Reize an, bis sie verlor, schreiend und zuckend den Höhepunkt erreichte. Er fühlte ihre Vaginalmuskeln, hörte ihr Stöhnen und sah das lustverzerrte Gesicht. Diese Erlösung war nicht gespielt. Richard reizte sie über die Erfüllung hinaus, und Rachel erschlaffte in Liams Armen. Sie gewährten ihr ein paar Minuten, sodass sie zu Atem kam und sich sammeln konnte.

Der ungezügelte Orgasmus von Rachel tat seinem Ego verflucht gut. „Über meinen Schoß, Rachel."

Rachel warf Richard einen Blick reiner Entrüstung zu.

Nicht lachen, Richard.

Rachel rappelte sich auf die Knie, legte sich mit einem Seufzer über seine Oberschenkel und stützte sich mit den Händen auf dem Boden ab. So hatte sie zu viel Kontrolle, und Richard schob seine Knie etwas höher, zog sie ein wenig nach hinten, sodass sie frei über seinen Beinen hing. Die Hitze ihres Körpers sickerte durch seine Hose. Sie war so weich, so weiblich. Was für ein prachtvoller Arsch. Er hatte schon immer ein Faible für üppige Hinterteile gehabt, jetzt wusste er, warum.

Richard, der Poponator!

Er biss sich hart auf die Zunge, um das Lachen zu unterdrücken. Er liebte Carolinas Hintern, der genau richtig war, füllig und doch fest. Sie würde sich wundern, dass er dieses Exemplar so anregend fand, behauptete ständig, er würde ihr nur sagen, dass er ihre Figur mochte, weil er sich an sie gewöhnt hatte. Manchmal fragte er sich, was sie sah, beim Blick in den Spiegel. Jedenfalls nicht die verführerische Frau, die sie war.

Er kniff in eine der verlockenden Backen und entlockte Rachel ein entzückendes Quietschen. Liam war es gewesen, der ihn vor der Tür ermahnt hatte, auf seine Mimik zu achten. Der Master hatte anscheinend die eigenen Worte vergessen, denn er grinste ebenso breit wie er. Wenn er es nicht besser wüsste, glaubte er, nicht nur Zuneigung auf Liams Gesicht zu erkennen, sondern etwas Tiefgehenderes.

„Irgendein Verlangen, dein Safeword zu sagen, Rachel?“

„Nein, Sir Richard.“ Sie kicherte süß, das Biest.

Jetzt überkamen Richard doch Bedenken. Es reizte ihn ungeheuerlich, auf Rachels Po zu schlagen, sie zu bestrafen, wie sie es herbeisehnte. Und falls er zu fest zuschlug? Sie womöglich verletzte? Es gab nur eine Möglichkeit herauszufinden, ob er wirklich ein Dominanter war; Richard holte aus und schlug ihr auf den Po. Nach drei Treffern unterbrach Liam ihn.

„Du sollst sie nicht streicheln. Erlaubst du, Sir?“ Liams Handfläche klatschte laut auf die Haut. Der Abdruck der gespreizten Finger war klar zu erkennen. Rachel entfuhr ein Geräusch; eine Mischung aus Schmerz und Lust. „Sie hat unerlaubt einen Orgasmus bekommen, und eigentlich müssten wir ein Paddel benutzen. Doch eine Handfläche sollte genügen. Spanke sie, bis sie weint.“

Bis sie weint!

„Master Liam, Sir Richard, darf ich sprechen?“

„Ja, Kleines“, sagte Liam.

„Keine Angst, Sir Richard. Ich verspreche dir, ich rufe mein Safeword, sofern es nötig ist. Die Tränen gehören für mich dazu, nur dann kann ich mich fallen lassen, mich von meinem Verstand lösen. Ich mag es, wenn mir ein Mann richtig den Popo versohlt. Bitte, Sir Richard. Ich benötige es … sehr.“

Sie wackelte höchst aufreizend mit den Hüften, und Richard schlug zum ersten Mal in seinem Leben mit Kraft auf einen Körper ein, der so viel schwächer war als der eigene. Schockiert sah er auf den tiefroten Abdruck, den sein Hieb hinterließ.

Dass es ihm unglaublich gut gefiel, erschreckte ihn – bis Rachel stöhnte, ein Laut tief aus ihrer Kehle, rein und unverfälscht, entstanden aus der großen Lust, die er ihr gerade schenkte.

Liam hatte ihm vor der Session erklärt, worauf er achten musste, damit die Sub Gelegenheit erhielt, in den Schmerz zu sinken. Der Takt der Schläge war wichtig, ebenso wie die Platzierung. Die Unterseiten der Pobacken waren besonders empfindlich, genau wie die Oberschenkel.

Richards Bedenken wandelten sich in Begierde, die Beklemmung, dass er Rachel so unerbittlich spankte, wich. Stattdessen fühlte er eine Gier, die von ihm Besitz ergriff, und eine Ruhe, die er seit Ewigkeiten nicht gespürt hatte. Und er nahm noch etwas wahr, seine Handfläche tat verdammt weh. Ob Carolina genauso viel Spaß hatte wie er? Wenn sie David anlächelte, würde der Master nicht mehr in der Lage sein, sie hart zu bestrafen. Wahrscheinlich lag sie gerade kichernd in seinen Armen.

Rachel reagierte auf die unbarmherzigen Hiebe mit ihrem gesamten sinnlichen Körper. Es war nicht nur das Rot der Backen, sondern die Art, wie sie sich anspannte, ausatmete, schrie und stöhnte. Schlussendlich weinte sie, und Rachel ließ los, unterwarf sich ihm in absoluter Hingabe. Richard sah nicht nur ihre Begierde, er roch sie, spürte ihre Nässe, die in seine Hose sickerte. Rachel drängte sich an seine Hand, wimmerte, als er über die brennende Haut rieb. Er musste sie ficken, sonst würde sein Schwanz explodieren.

„Knie dich auf das Bett, Rachel."

Sie tat es, reckte ihm den roten Arsch entgegen.

Was für ein Anblick! Liam entledigte sich seiner Kleidung, und Richard tat es ihm gleich. Seltsamerweise fühlte er keine Scham. Er hatte immer davon geträumt, eine Frau zusammen mit einem zweiten Mann zu lieben. Er hoffte, dass auch Carolina diese Fantasie hegte, er würde sie gerne mit einem erfahrenen Master teilen. Die Vorstellung, dass David sie mit ihm dominierte, reizte ihn unglaublich. Er könnte sie zu sich ins Büro bestellen. Und eine Session gemeinsam mit Rachel? Er verdrängte die Idee, er war noch nicht in der Lage, eine Sub zu bändigen, geschweige denn zwei.

Richard drang vorsichtig von hinten in Rachel ein. Liam streichelte ihr liebevoll die Wangen, lächelte sie an, und sie nahm den verdammt großen Schwanz von Master Liam zwischen die Lippen. Vielleicht wäre es doch besser, wenn Carolina sich für einen anderen Master entschied.

Richard berührte kaum Rachels Klitoris, da kam sie bereits, ihre Lustschreie erstickt durch Liam, der ihr einen Moment Zeit ließ, ehe er sich langsam bewegte.

Zu seiner Beschämung erreichte Richard den eigenen Höhepunkt fast genauso schnell wie Rachel. Er blieb noch einen Augenblick in ihr, liebkoste den heißen Po, der, so wie er aussah, höllisch brennen musste.

Richard sah zu, wie Rachel Liam um den Verstand leckte. Zu seiner Verwunderung übernahm der Master nicht die Kontrolle, sondern Rachel bestimmte die Geschwindigkeit. Und sie nutzte es aus, brachte ihn mehrere Male an den Rand der Erfüllung, nur um die Reizung zu verlangsamen, bis Liam es nicht länger aushielt und ihr seine Lust in den Mund spritzte. Er streichelte ihr über die Wangen und lächelte sie äußerst warm an.

Rachel verblieb in der knienden Position, bis Richard ihr aufhalf. Schüchtern schaute sie ihn an, aber für einen Moment sah er in ihren Augen einen Ausdruck purer Sehnsucht, als sie zu Master Liam blickte. Die kleine Sub hatte sich in Liam verliebt.

Rachel sank anmutig auf den Boden, senkte den Kopf und bedankte sich für die Session. Dann tat sie etwas Unerwartetes, sie umklammerte Richards Hüften und brach in Tränen aus, während sie ihr Gesicht gegen seinen Oberschenkel presste.

Gott, was hatte er getan! Seine Schläge waren zu hart gewesen, oder Rachel fühlte sich missbraucht. Er zog sie auf die Füße, und das zitternde Bündel lag in seinen Armen, als er sich auf das Bett setzte. Richard warf Liam einen Hilfe suchenden Blick zu, doch der gab ihm das Daumenhochzeichen, legte einen Morgenmantel um Rachels Schultern und reichte auch Richard einen. Liam holte drei Wasserflaschen und einen Schokoladenriegel aus dem Kühlschrank.

Anscheinend hatte er nichts verkehrt gemacht, und die Session war noch nicht beendet. Rachel beruhigte sich sichtlich, drückte ihre Nase gegen Richards Halsbeuge und sah scheu zu ihm hoch.

„Alles in Ordnung, Kleines?" Er hielt ihr das Getränk an die Lippen, und sie trank langsam.

Danach steckte Liam ihr ein Stück Schokolade in den Mund, das sie mit glücklicher Miene genoss.

Frauen und Schokolade!

Es war eine tiefgreifende Erfahrung für ihn gewesen und für Rachel sicherlich anstrengender als für ihn. Unterzuckerung und Kreislaufzusammenbrüche konnten selbst einem routinierten Dominanten passieren, hatte Liam ihm erklärt.

„Läuft ein Spiel auf der *Insel* aus dem Ruder, drückst du auf den Panikknopf, und Hilfe kommt sofort. Doch sollte Carolina zu Hause in der Fesselung ohnmächtig werden, während sie steht, hast du ein Problem. Gib ihr lieber zu viel als zu wenig zu trinken. Sieh zu, dass sie vorher etwas Leichtes isst. Nach der Session besorgst du ihr, worauf sie Hunger hat."

Seltsamerweise erfüllte es ihn mit einer unglaublichen Befriedigung, dass Rachel Trost bei ihm suchte, obwohl er ihr gerade erst Schmerzen zugefügt hatte. Es besänftigte ein Bedürfnis in ihm, genauso wie die

Schläge es getan hatten. Richard umfasste ihre Wangen und sah ihr tief in die Augen.

„Antworte mir, kleine Rachel."

„Es geht mir gut, Sir Richard. Das Spiel war schön und hat mich in jeglicher Hinsicht zufriedengestellt. Ich freue mich auf nächstes Mal."

Mit einem glücklichen Lächeln verschwand sie.

„Du musst noch etwas erledigen, Richard. Bereit?"

Richard sah Liam an. Der Master lächelte ihn verständnisvoll an. „Du hast Rachel gegeben, was sie brauchte. Deine erste Erfahrung hast du sehr gut bestanden. Jetzt benötigt eine andere Sub deine Zuwendung und die kundigen Hände eines Dominanten."

Richard war dankbar für die Worte. War er ein Dominanter? Zum Teufel, ja.

Kapitel 6

Das eigene Atmen rauschte Carolina überdeutlich in den Ohren, ebenso wie ihr Herzschlag. Es zerrte den letzten Rest ihres Panzers herunter, ließ sie entblößter zurück als ihr nackter Körper. Sie wusste nicht, wie lange sie bereits in der Dunkelheit stand. Ihr Zorn war vergangen, das Weinen hatte aufgehört, übrig blieb das Bedürfnis nach Trost, den nur Richard ihr zu geben vermochte. Obendrein fühlte sie sich befreit. Sie konnte es selbst kaum glauben, doch das beschrieb zutreffend ihren Zustand.

Auf einmal hatte sie das Gefühl, dass jemand sie beobachtete, jetzt, wo sie zur Ruhe kam. Hatte er ihren Zusammenbruch die ganze Zeit überwacht? Gesehen, wie sie sich vergaß und sich die Seele aus dem Leib geschrien hatte? Der Gedanke beunruhigte und beruhigte sie zugleich. Ihre tiefgehende Angst vor Einsamkeit überwog alles andere. Irgendwie wusste sie, dass ein Master sie nicht verurteilte, wenn sie wahre Emotionen zeigte. Sie hörte das Öffnen der Zimmertür und Schritte, die sich ihr näherten. Ging ein Master aus dem Zimmer und ein neuer Master kam herein? Carolina wünschte sich sehr, dass es Richard wäre, der kam, um sie nach Hause zu bringen. Wenn sie doch nur zu zittern aufhören könnte. Aber das Beben hatte nach dem Weinen ihre Muskeln ergriffen, und sie bekam es nicht unter Kontrolle. Sie hatte das Gefühl, es würde sie zerreißen. Innerlich war sie zerrissen, denn sie hatte die Handlungen der Master akzeptiert, sie sogar genossen. Die Erkenntnis drückte auf sie wie Bleigewichte.

„Richard?“ Ihre Stimme wirkte verletzt und klang fremd. Beinahe wäre sie durch den Laut in erneutes Schluchzen verfallen. Stärke besaß sie nicht mehr. Sie hörte ein Geräusch, als ob ein Morgenmantel auf den Boden fiel. Sie war bereit, alles zu tun, sofern sie nicht allein in der Dunkelheit verblieb.

Er trat hinter sie, presste den warmen Körper gegen ihre Rückseite, schenkte ihr mit der Berührung die Besänftigung, die sie so dringend brauchte. Sie holte tief Luft, versuchte zu erfassen, ob es Richard war. Carolina wusste es nicht.

„David?“

Er blieb stumm, streichelte ihr zärtlich über die Kehle, legte ihr einen Finger auf die Lippen. Aus Furcht, dass er sie knebeln könnte, schluckte sie herunter, was sie sagen wollte; ihr Betteln, das Flehen, ihr Bedauern über das, was sie Richard und ebenso sich selbst so lange angetan hatte. Er drehte das Wasser auf. Carolina erschrak im ersten Moment, da die

Strahlen sie nicht nur von oben trafen, sondern auch von vorn und von den Seiten. Einer berührte sie direkt auf ihrem Venushügel. Sie wünschte sich so sehr, dass er ihr die Augenbinde abnehmen würde. Er tat es nicht. Stattdessen seifte er ihre Brüste ein, hob die Fülle an und massierte sie mit sanften Händen. Als die Anspannung aus ihren Muskeln wich, dehnte er die Massage auf ihre wunden Nippel aus. Gekonnt zwirbelte er sie mit genau dem richtigen Druck. Er ließ sich Zeit. Seine Hände glitten tiefer, verteilten den Schaum auf ihrem Bauch, und ihr Körper erwachte zum Leben. Sie vermochte einfach nicht, dagegen anzukämpfen, zu gut taten die liebevollen Berührungen, denn sie verdrängten Angst und Zweifel, die sie dermaßen intensiv gespürt hatte. Er wusch ihre Scham mit unendlicher Zärtlichkeit, spreizte ihre Schamlippen, sodass der Strahl ihre Klitoris traf. Sie hätte nicht gedacht, dass sie bereit wäre, einen erneuten Höhepunkt zu wollen. Ihr gieriger Leib belehrte sie eines Besseren. Sie rieb den schmerzenden Po an ihm, lehnte den Kopf an seinen Brustkorb und übergab sich seinen fähigen Liebkosungen.

Seine kräftigen Hände schäumten ihren brennenden Po ein. Jedes Mal, wenn er die heiße Haut streichelte, weckte es die Gier in ihr; das Verlangen auf schmerzvolle Lust, die sie in eine erstaunliche Ruhe versetzte. Carolina verkrampfte sich, als er die Seife zwischen ihren Pobacken verteilte, da sie ahnte, was er vorhatte. Es musste einfach Richard sein, aber dass sie sich nicht ganz sicher war, trug zu dem Reiz bei. Er umfasste ihre Taille mit einem starken Arm, und sie konnte nichts tun, außer den eingeseiften Eindringling in ihrem Anus zu erdulden.

Oft hatte sie sich gewünscht, dass Richard es bei ihr tun würde. Doch niemals war sie über ihren Schatten gesprungen und hatte ihn darum gebeten, zu verletzlich, intim, obendrein ungehörig erschien ihr der Wunsch. Jetzt zählte nicht, was sie wollte, sondern was der Master begehrte. Sie erkannte, dass es ihr half, sich fallen zu lassen, denn ihr verblieb keine Wahl als zu erdulden, was er tat, es zu fühlen und zu genießen.

Vorsichtig führte der Master den Finger ein, hielt still, wartete, bis sie aufhörte, sich zu wehren. Ihr entwich ein Wimmern von dem unbekannten, herrlichen Gefühl. Er streckte sich und nahm etwas von der Ablage. Ein Summen ertönte, und er presste einen weichen Vibrator gegen ihre Lustperle.

Sie versuchte auszuweichen, zu intensiv war die Stimulation, aber ein Entkommen war unmöglich. Carolina musste aushalten, was der Master für sie vorgesehen hatte.

Als er den Finger in ihrem Anus kreiste, ihn ein- und ausführte, war es um sie geschehen.

Sie schrie, als sie kam, obwohl sie geglaubt hatte, sie könnte nicht mehr schreien. Es hörte nicht auf, weil er das Sextoy nicht fortnahm, einen weiteren Eindringling in ihr Hintertürchen einführte und sie zu einem zweiten Orgasmus zwang.

Sie hing in den Fesseln und in seinen Armen, bis die letzten Zuckungen ihren Körper verließen. Er löste sich von ihr und entfernte sich ein paar Schritte.

„Richard!"

Totenstille.

Sie brach erneut zusammen. „Bitte lass mich nicht allein. Bitte, es tut mir leid." Sie wusste nicht genau, was ihr im Moment leidtat, aber es tat gut, es zu sagen. Dann hörte sie das Atmen und näherkommende Schritte.

Er nahm die Binde ab, und als sie endlich klar sehen konnte, war es Master David. Sanft schäumte er ihre Haare ein und wusch ihr die Tränenspuren von den Wangen, spülte alles von ihr.

„Halt dich an mir fest, Fiorella." Er löste die Manschetten und betrachtete ihre Handgelenke. „Sie sind rot. Verletzungen der Subs entstehen nur durch die Master. Sei das nächste Mal vorsichtiger!"

Sie verstand die unterschwellige Drohung einer Züchtigung. Carolina presste ihr Gesicht gegen seinen Brustkorb, wusste nicht, ob sie weiteren Schmerz oder eine mentale Strafe ertragen konnte. Das Zittern setzte erneut ein.

„Ganz ruhig, Kleines. Heute geschieht dir nichts mehr."

Sie drückte sich so dicht an ihn, von dem Wunsch erfüllt, mit ihm zu verschmelzen. Master David gewährte ihr den Moment. Es war ihr egal, dass sie keine Stärke besaß, dass es verrückt war, Geborgenheit bei dem Mann zu suchen, der sie gequält hatte. Denn schließlich hatte er sie nicht nur terrorisiert, sondern ihr geholfen, zu sich selbst zu finden.

„Kannst du allein stehen?"

Widerwillig löste sie die Arme von ihm und sah beschämt zu Boden. Master David trocknete sie ab, föhnte ihr Haar und cremte ihr sogar das Gesicht ein. Vorsichtig verteilte er Salbe auf den Abschürfungen ihrer Handgelenke. Dann stand er vor ihr mit dem Mastergesicht, und sie sank auf die Knie, lehnte ihre Stirn gegen sein Bein, und Ruhe erfüllte sie.

„Ich danke dir, Master David … für alles."

Der Satz schenkte ihr Frieden. Das Chaos in ihr kam zum Stillstand. Er hob ihr Kinn an, und sie versank in den braunen Augen, die sie liebevoll ansahen.

„Master David, bitte lass mich nicht allein."

Sie hatte Angst, dass die Furcht zurückkehren würde. Er zog sie wortlos auf das Bett, umschlang sie, und sie schlief auf der Stelle ein – das erste Mal in den Armen eines Mannes, der nicht ihr Ehemann war.

Kapitel 7

Licht und warme Luft umflossen sie, gleich den Berührungen einer Feder. Carolina atmete ein, genoss die Schwere, die ihre Glieder ummantelte. Sie kannte dieses Gefühl, nach einem harten Workout, die herrliche Erschöpfung, die wie Samt auf ihr lag und sich dann unter dem Glücksgefühl in Seide verwandelte.

Körper und Verstand erwachten zum Leben, mit einer Intensität, die über sie hereinbrach wie ein Sturm aus feinen Eissplittern. Sie bohrten sich überall hinein, fraßen sich den Weg bis in ihre Seele.

Sie war nicht zu Hause, Richard lag nicht neben ihr, und sie hatte gestern unglaubliche Dinge getan. Nur ein Wunsch beherrschte Carolina: Sie musste fort von diesem Ort, flüchten, bevor sie sich weiter in diesem Gespinst aus Lust und Schmerz verfing.

Beruhige dich!

Sie sah aus dem Fenster. Aus der Höhe zu entkommen, stellte eine Unmöglichkeit dar. Um Hilfe zu rufen, wäre vergeblich und würde nur die Master heranlocken, die ihren Ungehorsam zu nutzen wüssten.

Carolina starrte auf die Tür, machte einen zitternden Atemzug. Selbst falls sie unverschlossen war, die Tür mit dem Zugangscode war unüberwindbar. Außerdem hatte sie Angst vor dem, was sich vor der Zimmertür befand.

Sie ging in das Bad, das ihr einen Schauder über den Rücken jagte. Das lag nicht an der Einrichtung, denn es war sauber, modern und mit cremefarbenen Fliesen ausgestattet. Doch in der Dusche, um die Badewanne herum und an der Decke waren Ringe angebracht. Überall konnte sie gefesselt werden. Auf einmal überfiel Panik sie, dass sie ihr keine Privatsphäre gönnten, suchte nach verborgenen Kameras. Die Suche blieb ergebnislos. Sie erledigte das Nötigste, stützte sich am Waschbecken ab, wusch ihr Gesicht mit kaltem Wasser und zwang sich, ruhig zu atmen, schlussendlich ihren Blick im Spiegel zu treffen.

Siehst du, niemand hat dir das Wort Hure auf die Stirn gebrannt.

Erstaunlicherweise sah sie fast aus wie immer, wenn man von den geschwollenen Lippen, den roten Augen und dem Ausdruck auf ihrem Gesicht absah, der ihr entgegenschrie: Wurde gestern zu meinem Glück gezwungen und hatte so viele Orgasmen wie das ganze letzte Jahr nicht.

Angewidert verdrehte sie die Augen und lief hinüber in das Schlafzimmer. Carolina öffnete den Schrank, aus dem ihr gähnende Leere entgegenschlug. Sie verzehrte sich nach dem trügerischen Schutz, den Kleidung ihr bot. Doch die Master zeigten kein Erbarmen. Sie wollten sie schutzlos und zugänglich behalten. Als sie erneut aus dem Fenster sah, schluckte sie schwer bei dem Anblick. Tiefer Wald umgab sie. Ohne Schuhe würde sie nicht weit kommen, selbst wenn sie sich in eines der kornblumenblauen Bettlaken einwickelte. Was war das überhaupt für eine Gefängniszelle, die in Weiß und Blau daherkam? In der die Bettwäsche nach Jasmin duftete und die einen dunklen Parkettboden besaß, auf dem kein Staubkorn zu finden war? Carolina schnaubte bei der Vorstellung, dass Master David eine Armee Putzsklaven sein Eigen nannte und sie bestrafte, sofern sie etwas übersahen.

Das Schlimmste war, dass die abstruse Idee durchaus der Realität entsprechen könnte. Sie hatte keine Ahnung, wo sie sich befand. Es könnte Stunden dauern, bis sie auf einen potenziellen Retter traf. Und sie konnte nicht die Straße benutzen, sondern würde sich querfeldein schlagen müssen. Ihre Pläne waren sinnlos, sie kam nicht aus dem Gebäude heraus.

Und dann waren da noch Master Davids drohende Worte, falls sie eine Flucht wagte. Obendrein wusste sie nicht, ob sie fliehen wollte. Sie hatte das Gefühl, dass sie nur Fluchtgedanken entwarf, um sich selbst zu beruhigen und nicht, weil sie von der *Insel* fortwollte. Was war sie nur für ein Schwächling! Bereits nach der ersten Nacht knickte sie ein. Sie besah sich ihren Hintern, auf dem die Abdrücke des Paddels deutlich prangten. Der Anblick erweckte die Erinnerung flammend zum Leben. Ihr Körper sprang an, als ob ihn jemand gestartet hätte und sie vor einem Abgrund stünde, in den sie geradewegs hineinfiel. Zu schwer wog die Erkenntnis, dass der Aufenthalt hier nicht halb so schrecklich war, wie sie sich gern einreden würde. Stattdessen war er auf eine grauenvolle Weise aufregend und verdammt erregend.

Nach den Schlägen hatte Carolina sich so befreit gefühlt. Nach dem Zusammenbruch in der Dusche hatte der Master, der sie wusch, sie zusammengefügt, bis sie zu sich selbst zurückfand. Die Stimme in ihr nahm an Lautstärke zu, dass es Richard gewesen war und nicht Master David, der sie getröstet und mit den Händen geliebt hatte. Doch ganz sicher war sie sich nicht. Etwas in ihr weigerte sich, Richard als Master anzuerkennen. Zu lange war er ihr Ehemann gewesen, und die Rolle des Masters wirkte unpassend für ihn. Diese Seite hatte sie nie an ihm kennengelernt.

Schwindel drohte sie zu überwältigen, und sie sprang fast aus ihrer Haut, weil es an der Tür klopfte. Carolina umklammerte das Handtuch, fragte sich, wie lange sie es anbehielte, falls es einer der Master war.

Ein Master klopft nicht an.

Eine Dunkelhaarige trat ins Zimmer, die ihre wuscheligen Haare kinnlang trug und mit roten Shorts und einem Top mit Spaghettiträgern bekleidet war. Ihre Füße zierten Flip-Flops, die nicht geeignet erschienen, mit ihnen eine Flucht durch den dichten Wald anzutreten. In den Händen hielt sie das gleiche Outfit, allerdings in Grün, und reichte es Carolina.

„Ich bin Tessa und soll dich zu den Mastern bringen."

Carolina wäre mit Leichtigkeit in der Lage, die zierliche Frau zu überwältigen. Doch wozu? Außerdem war sie unfähig, einen harmlosen Menschen anzugreifen. Sie hatte in ihrem ganzen Leben noch niemals jemanden geschlagen. Selbst im Selbstverteidigungskurs konnte sie nicht tun, was der Lehrer von ihr verlangt hatte. Sie vermochte sich einfach nicht zu überwinden, einer anderen Person Schmerzen zuzufügen. Ob Master David das wusste? Offensichtlich hatte Richard ihm alles von ihr erzählt. Wahrscheinlich kannte er die Marke ihres Shampoos und obendrein weitaus intimere Geheimnisse.

Ihre Wangen entflammten.

Wieso lange um den heißen Brei herumreden? Für unbedeutenden Small Talk fehlten ihr die Nerven. „Bist du eine Gefangene?"

Tessa sah sie betroffen an. „Nein, ich bin freiwillig auf der *Insel*."

Carolina schätzte Tessa auf Ende dreißig. Die absurde Situation überforderte sie. Anscheinend gab es an diesem Ort nicht nur Frauen, die von ihren Ehemännern zu ihrem Glück gezwungen werden mussten.

„Ich dachte …"

Tessa hob die Hand und berührte Carolinas Wange. „Was auch immer du im Augenblick denkst, Master David ist ein guter Mensch, der mich vor mir selbst gerettet hat."

Master David, der Menschenfreund.

„Ich weiß, es ist im Moment kein Trost, Carolina. Du wirst den Aufenthalt genießen; früher oder später."

Carolina starrte Tessa entgeistert an. Doch sie wusste, dass Tessa recht hatte. Es machte sie wütend.

„Du bist zornig. Wieso, Carolina?" Tessa fehlte anscheinend ebenso die Geduld für Belanglosigkeiten, und sie bohrte den Finger tief in Carolinas Gefühlschaos.

„Vielleicht, weil dieses Arschloch mich gegen meinen Willen festhält und mich zu einem Sexobjekt degradiert – mit der Einwilligung meines Ehemanns."

„Du behauptest, Master David vergreift sich an dir, weil es ihm Spaß bereitet, dich zu zerbrechen? Auf der *Insel* gibt es genügend Devote, die sich gern Master David hingeben, mich eingeschlossen. Keiner der Master hat es nötig, auf unwillige Frauen zurückzugreifen, die zu blöd sind, ihre Neigungen anzunehmen."

Carolina presste die Lippen aufeinander, bevor ihr weiterer Unsinn aus dem Mund sprudelte. Tessa traf ins Schwarze. Carolinas Vorwürfe verloren an Boden, denn so war es nicht gewesen. Master David hatte sie nicht missbraucht, und es war eine Lüge, das zu behaupten. Sie war schrecklich durcheinander, überwältigt von den Vorkommnissen, die ihr dermaßen viel abverlangt hatten.

„Die Wahl liegt bei dir, Carolina. Du kannst entweder mich, die Master, deinen Ehemann Master Richard und vor allem dich selbst hassen, oder du akzeptierst deine wahre Natur."

„Richard ist kein Master."

Tessa sah Carolina an, als sei sie außerordentlich dumm, dann lächelte sie warm. „Warum bist du hier?" Sie wirkte verständnisvoll, als hätte sie genau wie Carolina zornig in einem Raum gestanden, unfähig, die Gefühle zuzugeben. Wie einfach wäre es, Master David einer Gräueltat zu beschuldigen, die von Richard ausging.

Die Antwort fiel ihr nicht leicht. „Weil Richard unsere Ehe retten möchte."

„Und du?"

Sie verblieb stumm, denn die Wahrheit fügte einen weiteren Stein zu denen, die bereits auf ihr lagen. Das Gewicht der Ehrlichkeit wog verflucht schwer. Tessa hob erneut die Hand und streichelte Carolina über die Wange. Carolina lehnte sich in die zarte Berührung. „Gib dir selbst ein paar Tage, um dich einzugewöhnen. Es ist ungewohnt für dich, deine Gefühle offen zu zeigen. Die Master und Richard wollen dir nichts Böses. Zieh dich an, nach dem Frühstück sieht die Welt gleich anders aus."

„Unterwäsche?"

Tessa lächelte sie an. „Unnötig. Zu viel Kleidung ist nur ein Störfaktor. Der Zeitgewinn ist enorm, wenn man nicht stundenlang darüber nachgrübelt, was man anziehen soll."

Was für eine absurde Situation! Hätte sie Tessa woanders kennengelernt, hätte sie die zierliche Frau sofort gemocht. Aber an diesem Ort durfte sie ihren Instinkten nicht vertrauen, denn sie hatten sie kläglich im Stich gelassen. Sie würde niemanden an sich heranlassen, und schon gar nicht jemanden, der den Mistkerl David vergötterte und ihn als Retter der Jungfrauen in Nöten darstellte.

Tessa sah aus dem Fenster, während Carolina sich anzog. „Falls Master David mich nicht auf die *Insel* gebracht hätte, wäre ich tot. Auch ich war zuerst wütend, so wie du."

„Und was hat er gemacht, dir den Lebenswillen eingevögelt?" Carolina spürte, dass Schamesröte ihre Wangen ergriff. Wie hatte sie nur diese grausamen Worte äußern können? Sie waren genauso schlimm, als hätte sie Tessa ins Gesicht geschlagen. Sie benahm sich wie eine herzlose Zicke.

„Verdammt, Tessa, es tut mir wirklich leid. Ich weiß nicht, warum ich das gesagt habe. Bitte verzeih mir.“ Sie schlüpfte in die Flip-Flops. „Ich bin völlig durcheinander.“

„In der Nähe der Master solltest du auf verbale Wutausbrüche verzichten. Sie ziehen Strafen nach sich. Und um deine Frage zu beantworten, Master David fand mich auf einer Brücke, von der ich mich hinunterstürzen wollte. Mein Mann war sechs Monate zuvor an Krebs verstorben. Und er hat mich nicht angerührt, bis ich ihn auf Knien angefleht habe.“

Carolina hätte sich am liebsten geohrfeigt. „Bitte entschuldige.“ Sie beschloss mitzuspielen, sich alles anzusehen, um einen Fluchtweg zu finden. Sie konnte nicht ernsthaft akzeptieren, an diesem Ort zu bleiben! Außerdem hatte sie Hunger, und vielleicht wartete Richard beim Frühstück auf sie. Er hatte ihr seinen Standpunkt mehr als deutlich gezeigt. Sie könnten heute nach Hause fahren, auf den neuen Erfahrungen aufbauen.

Tessa sah sie auf eine Weise an, die ihr klar zeigte, dass sie ahnte, was in ihrem Kopf vorging. „Versuch es ruhig, wenn du dich besser fühlst. Entkommen wirst du weder dir selbst noch den Mastern und erst recht nicht dem, was du Master Richard jahrelang angetan hast.“

Tessa führte sie in einen Raum am Ende des Ganges, der links neben der Tür lag, die nur von dem richtigen Fingerabdruck geöffnet werden konnte.

Nicht nur Master David saß an dem Tisch, es war die geballte Ladung Dominanz von acht Mastern. Richard glänzte durch Abwesenheit. Carolina verharrte stocksteif im Türrahmen wie eine Maus, die sich in der unsinnigen Hoffnung tot stellte, dass der Adler sie nicht bemerkte. Der Greifvogel könnte halb blind sein, er würde sie dennoch erfassen, denn das Herz schlug ihr bis zum Hals, in einer Lautstärke, die sie an den Bass eines Rocksongs erinnerte. Tessa sank anmutig auf die Knie, senkte den Kopf und legte die Handflächen auf ihre Oberschenkel. Es sah verflucht schön, elegant und stolz aus, wirkte weder deplatziert noch aufgesetzt. Wie wäre es, auf Richard in dieser Haltung zu warten, während ihr Puls vor Erregung raste, da sie nicht wusste, was *Master* Richard ihr antun würde? Während sie sich insgeheim danach sehnte, dass er sie bestrafte, weil sie ungezogen gewesen war? Aber es war nicht Richard, der sie betrachtete, sondern es waren erfahrene Master, deren Dominanz ihr über die Haut prickelte. Sie hätte dem Fluchtreflex nachgegeben, wenn Master David nicht aufgestanden wäre und ihre Taille umfasst hätte.

Sieh sie nicht an, gib ihnen keinen Grund, dich zu bestrafen.

„Wir wollen dich nicht fressen, Carolina.“

Halb mit Gewalt zog Master David sie in den Raum, presste auf ihre Schultern, und da ihre Beine sie sowieso kaum hielten, fiel sie fast auf den Boden. Nur Master David bewahrte sie davor, mit der Nase auf dem Parkett zu landen. So viel dazu, dass sie die Nerven behalten wollte. Ihre Nerven rannten mit Höchstgeschwindigkeit davon, nahmen zudem ihren Verstand mit; nur so konnte sie es sich erklären, dass ihr Körper mit Erregung auf die Situation reagierte. Das Top verbarg nicht ihre geschwollenen Nippel, und niemand würde ihr glauben, dass sie fror. Sie krampfte die Finger zusammen, denn sie zitterten unübersehbar. Und wenn bloß ihr Po nicht so schrecklich verführerisch brennen würde.

Master David ließ die Hände zum Glück auf ihren Schultern ruhen. Es war nicht richtig, dass seine Anwesenheit sie dermaßen beruhigte, als ob er sie beschützte. Er hatte Richard einer Gehirnwäsche unterzogen, und wenigstens sie sollte ein bisschen Geistesstärke beweisen, sich unempfänglich für seine Psychospielchen zeigen. Aber nein, sie lehnte sich in die Sicherheit, die seine Berührung ihr vermittelte, und saugte sie auf wie ein ausgetrockneter Schwamm.

Master David lachte leise, ein Indiz, dass er wusste, was in ihr vorging. Sie starrte gebannt auf den Boden, als könnte sie das vor den restlichen Mastern retten. Carolina verkrampfte die Schultern, und Master David hockte sich hinter sie, fasste mit den Händen unter das Top und zupfte in aller Seelenruhe an ihren Nippeln, während er sie mit einem Arm umschlang und unbeweglich hielt. Ihr war nur zu klar, wenn sie sich ernsthaft wehrte, würde er sie mühelos über den Tisch beugen und züchtigen. Der Gedanke erregte sie viel zu sehr, auch die Absurdität der Situation. Moderne Frauen gerieten nicht in diese Lage, und es war schlichtweg unangemessen, es zu genießen.

„Entspann dich oder ich zwing dich dazu. Ich habe kein Problem damit, dich mit gespreizten Beinen auf dem Tisch festzubinden, sodass wir dir zeigen können, wozu wir fähig sind."

Sobald Master David die Worte knurrte, gab sie innerlich nach und hörte auf, darüber nachzudenken, dass er über sie bestimmte. Obendrein war es ihren heimtückischen Brustwarzen egal, ob es sich nicht gehörte. Sie pulsierten stärker, zudem schoss der Reiz geradewegs in ihre Pussy. Er stimulierte sie, bis sie nachgab, seidenweich in seinen Armen lag, obendrein alles vergaß, was sie geplant hatte. Ihre Befürchtung, dass seine Hand tiefer und in ihre Shorts schlüpfen würde, er sie zum Orgasmus in einem Zimmer voller Fremder bringen würde, erfüllte sich nicht. Master David ließ sie los, und sie spürte die Blicke sämtlicher Kerle auf ihrem Körper, denn hochzusehen, traute sie sich noch immer nicht. Die Master wussten, dass sie sich insgeheim mehr erhofft hatte, so unanständig und unangemessen es auch erschien. Und einer von ihnen würde sich ausgiebig mit ihr beschäftigen. Sie würde wählen müssen.

„Steh auf und triff deine Entscheidung – dazu musst du sie dir zumindest einmal ansehen.“ Master David zog sie mit einem Ruck auf die Füße.

Leise Schritte zeigten ihr an, dass Tessa den Raum verließ. Carolina verschluckte die Hysterie, die sie befallen wollte. Master David verlangte ernsthaft, dass sie sich jemanden aussuchte, der die Erlaubnis erhielt, alles mit ihr anzustellen, wonach ihm gerade der Sinn stand.

Ihr Entschluss war schnell gefasst. Sie wählte nicht Master Alexander, obwohl sie zu ihm eine vergleichbare Bindung wie zu Master David verspürte, auch nicht den, der Richard ähnlich sah, und am allerwenigsten den Blonden, der sie als Einziger anlächelte. Sie entschied sich für den Master, dessen Augen dermaßen hart funkelten, als könnte er mit ihnen Glas zerschneiden, der seine Subs ebenso blutig mochte wie seine Steaks und der aus purem Vergnügen die Sub mit nacktem Arsch neben das Fleisch auf den heißen Grillrost setzte.

„Du entscheidest dich für mich, kleine Sub. Bist du dir sicher? Im Gegensatz zu Master David bin ich nicht nur dominant, sondern ein Sadist.“ Belustigung, die bei ihm gefährlich wirkte, schimmerte in den Tiefen seiner Pupillen.

Sie hatte bereits vermutet, dass er kräftig war, doch als er sich vor ihr aufbaute, empfand sie wie ein Erdmännchen, das vor einem Säbelzahntiger schlotterte.

Er trug die dunklen Haare raspelkurz, die Wangenknochen raspelscharf, und seine grünbraunen Augen raspelten ihr die Verteidigungsmechanismen aus dem Bewusstsein. Nur Süßholz raspelte er nicht.

„Sub Carolina, darf ich dir deinen Trainer Master Alec vorstellen?“ Master David unternahm keinen Versuch, das Amüsement aus seinem Tonfall zu verbannen.

Sie fühlte sich gleich einer Violine, der man die Saiten so sehr spannte, dass sie kurz vor dem Zerreißen standen.

„Du denkst, weil du mich abscheulich findest, du eine tiefe Angst vor mir verspürst, vermag ich dir keine Lust zu entlocken.“

Sie starrte auf ihre nackten Füße. Die Flip-Flops hatte sie ebenso verloren wie ihren Trotz und anscheinend auch ihren Verstand.

„Sieh mich an!“

Was für eine Stimme, dunkel und nachhaltig. Sie vermochte sich ihr nicht zu entziehen. Trotzdem erschien es ihr wie eine Ewigkeit, bis sie die Stärke fand, ihm Folge zu leisten. Millimeterweise betrachtete sie sein schwarzes T-Shirt, dessen drei Knöpfe offen standen. Sein Hals folgte, dann die schmalen Lippen, die im Moment spöttisch nach oben gezogen waren. Sie hastete seine Nase hoch und traf seinen Blick, realisierte mit fast schmerzlicher Gewissheit, dass sie einen fatalen Fehler begangen hatte. Nie im Leben war sie Master Alec gewachsen. Er würde genau das von ihr bekommen, was er wollte, und je mehr sie sich dagegen sperrte, desto größer wäre der Genuss für ihn.

Carolina hatte nicht den Hauch einer Ahnung, was in seinem Kopf vorging. Seine Mimik gab nicht preis, was er dachte. Er hatte verdammt lange Wimpern. Sie stand so dicht vor ihm, dass ihr Nacken von der starren Haltung schmerzte. Vielleicht sollte sie die harten Splitter in seinen Augen zählen? Wahrscheinlich besaß er nicht einmal einen Keller, in den er zum Lachen ging. Mr. Stahlnagel lachte nicht. Sich mit ihm *Shrek* anzusehen, würde ihm kein Amüsement entlocken.

„Zieh dich aus, ich möchte mir die Ware ansehen, die mir für die nächsten Wochen gehört."

Ihr Herz schlug wie eine Trommel des Unheils, und sie wich einen Schritt zurück. Er bewegte sich dermaßen schnell, dass sie es nicht kommen sah. Seine riesige Pranke umschloss ihren Nacken und hielt sie unbeweglich.

Knickknack, kaputt.

„Ich verwarne dich dieses eine Mal, weil du Grün trägst, unerfahren bist und gar keine Ahnung hast, worauf du dich einlässt. Tu es freiwillig, Kleines."

Niemals zuvor war ihr eine Handlung so schwer gefallen. Sie verachtete sich für die Schwäche, die für jeden im Raum klar sichtbar war, denn sie vermochte das Zittern nicht zu stoppen. Aber vor allem hasste sie sich für das Gefühl der Erregung, das um sie herumschlich, gleich eines hungrigen Schattens, der sich auf sie niederlegte, tiefer drang und sie aus dem eigenen Körper vertrieb. Master Alec hielt sie still und wischte ihr die Tränen von den Wangen.

„Ich kann nicht, Master Alec." Ihre Arme glichen Bleigewichten. Wenn sie nackt vor ihnen stand, gab sie zu, dass die Situation real war, dass sie eine Sklavin war und akzeptierte, was mit ihr geschah.

„Bitte, Master Alec."

Hilf mir. Ich will dir gehorchen, jedoch schaffe ich es nicht allein.

„Master Alec, erlaubst du?", fragte Master David weich. Er zog ihr das Top über den Kopf und half ihr aus den Shorts. Sie klammerte sich an Master David fest, presste sich an ihn, versuchte, in ihn hineinzukriechen.

„Du bist äußerst schüchtern."

Sie rechnete damit, dass Master Alec sie beleidigen würde, die Schwächen ihres Körpers ebenso enthüllte wie ihre Seele. „Zeig uns, was du zu verstecken versuchst." Er packte ihre Schultern. Seine Hände waren warm, kräftig, und er zitterte nicht im Geringsten. „Sofort, Carolina."

Am besten brachte sie es gleich hinter sich. Aberwitzigerweise fiel ihr ein, wie sie als Kind auf einem Drei-Meter-Brett gestanden hatte und in die Tiefe sprang, ohne darüber nachzudenken. Sie trat einen Schritt von Master David zurück, und ehe sie in den Abgrund stürzte, fing ausgerechnet Master Alec sie auf, denn er lächelte sie herzlich an und wirkte nicht mehr halb so schrecklich.

Mist.

„Sehr reizvoll. Mit dir kann ich eine Menge anfangen, hübsche, kleine Sklavin. Jetzt hör auf mich anzusehen, als würde ich planen, dir augenblicklich mit einer Peitsche die Haut in Fetzen vom Leib zu schlagen." Er deutete neben seinen Stuhl, sah sie spöttisch an, wartete darauf, dass sie nicht gehorchte.

Sie warf ihm einen Ausdruck ungetrübter Wut zu und sank auf das Parkett.

„Für den Blick erhältst du zehn Hiebe mit einem Instrument meiner Wahl. Du wirst während des Frühstücks still sein. Teste nicht meine Geduld." Master Alec ging zu der Anrichte.

Carolina hielt die Luft an, befürchtete, er würde mit einem Rohrstock zurückkehren. Doch er trat mit einer Augenbinde an sie heran, legte sie ihr um und verschloss sie vorsichtig. „Hier geht es hauptsächlich um Vertrauen, kleine Sub. Jetzt atme ruhig, und lass dich auf das Spiel ein. Handgelenke auf den Rücken."

Er wickelte erst etwas Weiches um die Abschürfungen, ehe er sie fesselte.

Richard betrachtete die Sklavin, die ergeben auf dem Boden kniete, unwissend, was sie erwartete. Softmanschetten fesselten ihre Hände hinter dem Rücken. Ihr Po ruhte auf den Fersen, der Kopf war hingebungsvoll gesenkt. Ein Beben lief über den schönen Körper. Er sah, wie sehr sie mit sich kämpfte, stumm zu bleiben. Ihre Lippen zitterten, dennoch schenkte sie ihnen ihr Vertrauen. Es musste ihr schwerfallen, denn sie war den Mastern ausgeliefert, zudem unerfahren, wusste nicht, welchen Schrecken sie entgegensah.

Er folgte ihren Schlüsselbeinen mit den Fingerspitzen, streichelte die samtige Haut und wischte ihr die Tränen mit den Daumen fort. Sie nahm einen zitternden Atemzug, um sich zu sammeln. Richard umfasste ihren Nacken und hielt ihr eine Erdbeere an den Mund. Mit leichtem Druck forderte er sie auf zu kosten. Wärme erfasste ihn, als sie akzeptierte und willig die sinnliche Frucht aß. Jetzt verstand er, was David ihm erklärt hatte. Es ging nicht darum, nur Schmerz auszuüben. BDSM war so viel mehr. Richard fasste es nicht, er hatte eine Erektion. Ihre Hingabe beeindruckte ihn tief.

Carolina atmete ruhiger. Er gab ihr ein Stück Toast mit Himbeermarmelade. Sie leckte über seine Finger sowie ihre Unterlippe, schenkte ihm ein süßes Lächeln. Ob sie ahnte, dass er es war? Er konnte nicht widerstehen und küsste sie sanft, knetete die verlockende Fülle ihrer Brüste. Als er ihre Nippel zupfte, entlockte er ihr ein Wimmern. David hatte ihm dargelegt, dass eine Augenbinde, kombiniert mit einer Fesselung, die Sinne der devoten Person unglaublich steigerte. Sie lehnte sich in die Berührung, und er beließ es bei der Zärtlichkeit. Für weitere Maßnahmen war später Zeit.

Die Anspannung entwich aus ihrem Körper, und sie presste sich gegen ihn. Richard traf den Blick von David, der ihn anlächelte. Der Kerl, der aussah, als futterte er Steine zum Frühstück, schüttelte den Kopf. Wieso sie ausgerechnet ihn als Master gewählt hatte, war Richard ein Rätsel. Niemals hätte er es für möglich gehalten. Was bezweckte Carolina damit? Sie musste vor Furcht vergehen, wenn sie ihn nur ansah. Oder reizte sie gerade das? Er hoffte nicht, denn er bezweifelte, dass er sich in einen knallharten Sadisten verwandeln könnte, der die Welpen seiner Feinde zum Abendessen verspeiste, die den Steinen in seinem Magen Gesellschaft leisteten. Doch er wusste, dass Alec ihr nur antun würde, was sie innerlich herbeisehnte. Er würde ihre Grenzen antesten, etwas, wozu Richard noch nicht bereit war. Er lächelte bei dem Gedanken, wie er sie gestern unter der Dusche verführt hatte. Sie hatte geahnt, dass er es gewesen war, aber sicher war sie sich nicht. Das hatte er deutlich gespürt.

Carolina blinzelte in die Morgensonne, froh, die Binde los zu sein. Die Unterhaltung der Master war an ihr vorbeigerauscht, ihre gesamte Aufmerksamkeit war auf den Master fixiert gewesen, der sie so liebevoll behandelt hatte und der nun gegangen war. Sie würde ihren sehr nackten Hintern darauf verwetten, dass es Richard gewesen war. Endlich schlug ihr Herz in einer normalen Geschwindigkeit, bis zu dem Moment, als Master Alec sie ansah – mit einem Ausdruck, der puren Sadismus versprach. Sie konnte sich nicht helfen und blickte Master David Hilfe suchend an.

Master Alec packte ihr grob in die Haare. „Du wagst es, einen anderen Master direkt anzusehen, während du unter meiner Obhut stehst?“

Sie öffnete den Mund, um sich zu verteidigen, aber nur ein unverständliches Gestammel kam von ihren Lippen.

„Anscheinend brauchst du verdammt nötig eine Züchtigung, anders kann ich mir dein Verhalten nicht erklären.“ Er beugte sich zu ihr, bis seine Nasenspitze ihre berührte. Sie vermochte dem gemeinen Glanz in seinem Blick nicht mehr standzuhalten und presste ihre Lider zu, als löse sich

Master Alec sich davon in Luft auf. Seine Handfläche klatschte auf ihren Venushügel, mit genügend Kraft, dass sie aufschrie und die Augen aufriss.

„Weichst du noch einmal unerlaubt meinem Blick aus, bestrafe ich dich mit einer Pussypeitsche, so lange bis du gehorsam tust, was ich von dir erwarte." Er zeigte auf den Boden.

Zu gern hätte sie ihm die Stirn geboten, doch stattdessen kniete sie sich dermaßen schnell auf das Parkett, dass sie das Gleichgewicht verlor und mit dem Gesicht direkt in seinem Schritt landete.

Ein Geräusch kam aus seiner Kehle, dass sich wie ein satanisches Grunzen anhörte. Sie wich von ihm zurück, als ob er eine Schlange in seiner Jeans beherbergte, ein verdammt großes und obendrein hartes Exemplar. Ihre Wangen glühten mit steigender Hitze, als läge sie unter einem Dampfgarer.

„Es tut mir leid, Master Alec, dass ich ungehorsam war und dich *dort* mit meiner Nase berührt habe."

Master David brach in lautes Lachen aus. Zu ihrem Entsetzen drohte Hysterie sie zu überfallen, und wenn das geschah, konnte Master Alec ruhig stählern wirken, sie würde sich nicht beherrschen können.

Konzentrier dich, Carolina, denk an etwas Ernüchterndes wie zum Beispiel die Anzeige auf der Waage.

„Sieh mich an, Sub." Wie Sandpapier raspelte seine Stimme über sie.

Falls sie ganz viel Glück hatte, behielt sie Haut auf ihrem Po, nachdem er mit ihr fertig war.

„Heute noch!"

Sie riss sich von dem Anblick seiner Knie los und sah ihn direkt an. Der sadistische Mistkerl grinste breit, und ihr Magen sank bis in ihre Fußspitzen, weil sein Ausdruck ihr klar aufzeigte, dass er jede Minute mit ihr genießen würde, im Gegensatz zu ihr.

Er zog ein Halsband aus seiner Jeans und legte es ihr um. Ihre Befürchtung, dass er es zu stramm ziehen würde, erfüllte sich nicht. Er hakte zwei Finger unter das weich unterfütterte Leder und testete, ob es genug Spielraum besaß. Dann befestigte er eine Leine an dem Ring, der sich an der Vorderseite befand. Wenn er erwartete, dass sie auf allen vieren hinter ihm herkroch, dann kannte er sie aber schlecht. Sie verkrampfte ihren Körper, lehnte sich zurück und verlagerte das Gewicht auf ihren Po, der auf den Fersen auflag, was den Mastern einvernehmlich ein Lachen entlockte, selbst dem nett aussehenden.

Master Alec packte ihr Kinn. „Willst du mir wirklich die Gelegenheit schenken, dir an Ort und Stelle deinen entzückenden Arsch mit Schmerz zu überziehen, obwohl der noch deutlich die Spuren von Master David trägt?" Er zog sie grob auf die Füße.

„Nein, Master Alec“, flüsterte sie gegen seine Brust. Schmunzelte er etwa? Sie traute sich nicht, ihm ins Gesicht zu sehen. Gebannt fixierte sie die gebräunte Haut oberhalb des schwarzen T-Shirts, bemerkte, wie muskulös er war, als sie fast mit der Nase an ihn stieß.

Gute Wahl, Carolina. Lass dir von Conan, dem Barbaren, den Po versohlen. Es kann dir wohl nicht hart genug sein.

Ob er so diabolisch war, wie er erschien, oder war es nur eine Facette seiner Persönlichkeit? Sie besaß nicht den Mut es herauszufinden, stattdessen trottete sie hinter ihm her. Und eine Facette ihrer Persönlichkeit begann das Spiel zu genießen. Master Alec passte auf, dass er nicht zu schnell ging, auch wenn er sich nicht umdrehte. Sie konnte sich nicht davon abhalten, ihm die Zunge herauszustrecken. Er wandte sich genau in diesem Moment um, und er tat etwas höchst Überraschendes. Er brach in lautes Gelächter aus. Master Alec brachte sie in ein Arbeitszimmer, schubste sie auf eine Couch und deutete auf den Roman, der auf der Sitzfläche lag.

„Lies ihn gründlich.“

Er entfernte die Handgelenksmanschetten und setzte sich an den Schreibtisch, schaltete ein Notebook ein und vertiefte sich in seine Arbeit. Sie vermochte sich nicht auf die Worte zu konzentrieren und starrte immer wieder zu dem Master, der ihr anscheinend keine Beachtung schenkte.

„Ich stelle dir nachher Fragen zu dem Inhalt, Sub. Für jede falsche Antwort züchtige ich dich mit dem Rohrstock.“

Carolina tauchte in die Romanwelt ein, bemerkte nach kürzester Zeit, wie sehr die Geschichte um eine Devote und ihren Master sie anmachte. Auch, dass sie nackt vor einem wildfremden Kerl saß, wirkte wie ein Aphrodisiakum.

Sie zuckte zusammen, als Master Alec sie ansprach.

„Bist du erregt, Carolina?“

Sie spürte, dass Röte sie ergriff, die in der Farbe dem Arsch der Sub aus dem Roman, die gerade von ihrem Master mit einer Gerte bestraft wurde, in Nichts nachstand. Der Hunger in Master Alecs Blick prasselte auf sie, ebenso die Gewissheit, dass er nicht zögern würde, sie über den Schreibtisch zu legen, den Gürtel aus seiner Hose zu ziehen und ihr unbarmherzig den Po zu versohlen, mit höchster Kompetenz.

„Ja, Master Alec.“

„Leg dich mit gespreizten Beinen auf den Schreibtisch.“ Er tippte etwas in sein Notebook, sah gebannt auf den Monitor und lächelte fies. Carolina kämpfte mit den inneren Dämonen. Sie schielte zur Tür.

„Ich bin ein Sadist, unschuldige Sub. Denk nicht mal dran.“

Der Gedanke, dass er sie verfolgte, sie einholte, sie für ihr Vergehen bestrafte, jagte ihr einen Schauder purer Begierde den Körper entlang. Sein höllisches Lächeln zeigte ihr deutlich, dass er es wusste. Sie saß noch immer auf der Couch, unfähig sich zu rühren.

„Wenn ich dich holen muss, Carolina, bestrafe ich dich zweimal. Einmal jetzt. Dann vergnüge ich mich mit dir, wie ich es vorhatte. Danach bestrafe ich dich ein zweites Mal." Er sah auf, und sein Blick bohrte sich in sie wie Messerspitzen. „Glaub mir, Kleines, das möchtest du nicht wirklich."

Carolina stand auf. Sie bezweifelte, dass ihre Beine sie tragen würden, und der Weg zum Schreibtisch wirkte unglaublich lang, als sie einen Schritt vor den anderen setzte. Erleichtert, dass sie den Master endlich erreichte, setzte sie sich auf die Längskante und legte sich auf das Holz, spürte die Platte überdeutlich unter der erhitzten Haut. Sie lag quer vor ihm, flach auf dem Rücken, und presste die Schenkel zusammen. Es entlockte ihm ein Schnauben. Jedes Mal, wenn er seine Masterfassade fallen ließ, beschleunigte es ihren Herzschlag, denn sie ahnte, dass ihr Verhalten ihm auf eine teuflische Weise gefiel, ihn dazu anspornte, sich geeignete Maßnahmen für sie auszudenken. Master Alec stand auf, und sie spannte die Muskeln an, befahl ihnen, dem Fluchtreflex nicht nachzugeben. Er umfasste ihre Knöchel, zog sie nach vorne, bis ihr Po fast an der Kante lag.

„Spreizen."

Sie brach in Tränen aus.

Master Alec betrachtete sie schweigend, dann beugte er sich zu ihr herunter. „Das Einzige, was du mit deinen Tränen im Moment bei mir erreichst, ist, dass mein Schwanz hart wird und mir der Gedanke immer besser gefällt, dir einen Grund für deine Tränen zu geben."

Ihren Versuch sich aufzurichten, unterband seine Hand, die er auf ihren Brustkorb legte. „Du verschränkst die Finger über deinem Kopf, zeigst mir jetzt sofort deine hübsche kleine Pussy … freiwillig."

Seine Stimme zog sie in den Bann, zwang sie, ihm Folge zu leisten. Carolina schloss die Augen. Seine Handfläche klatschte auf ihren Oberschenkel, mit einer Wucht, die ihr einen Schrei entriss.

„Dein Körper gehört mir." Dieses Mal landete der Schlag auf ihrem anderen Bein.

„Es tut mir leid, Master Alec."

Sie sah ihn an und wusste, dass es flehentlich wirkte. Zu ihrem Horror zog er einen rollbaren Hocker unter dem Schreibtisch hervor. „Ich gewähre dir eine Option, Süße. Entweder tust du jetzt, was ich erwarte, oder ich rufe zwei Wachen herbei, die dich in die Position bringen, die ich verlange." Er griff nach dem Telefon. „Sie werden Zeuge sein, wie du vor Schmerz und Lust schreist."

Sie verschränkte die Hände über ihrem Kopf und spreizte die Beine. Er schenkte ihr ein Lächeln.

„Sehr schön." Er setzte sich auf den Hocker und nahm zwischen ihren Schenkeln Platz. „Du bist klatschnass, Carolina. Warum?"

Sie presste die Lippen aufeinander und verfluchte sich für ihre Wahl. Wieso nur hatte sich nicht den freundlich aussehenden Master gewählt?

Weil Master Alec dich reizt wie ein Bungeesprung in die Tiefe.

„Ich verliere die Geduld mit dir, Sub." Er blickte auf seine Armbanduhr. „Für jede Sekunde züchtige ich dich mit meinem Gürtel. Ein, zwei, drei …"

Oh, Gott!

„Eine Kombination aus dir und dem Buch, Master Alec."

Er legte die Handflächen auf ihre Knie und atmete ein. „Ich kann deine Geilheit riechen, Carolina."

Welcher normale Mann sagte so etwas Verruchtes? Er festigte den Halt, ein stummes Indiz, dass sie weiterreden sollte, ihm ihr Innerstes darlegen musste. Die Option einer Wahl besaß sie nicht.

„In der Geschichte überwältigt der Master seine Devote. Er fesselt sie mit Gewalt auf dem Bett und versohlt ihr den Arsch, bis sie weint."

„Warum gefällt dir dieses Szenario dermaßen?" Federleicht berührten seine Fingerspitzen die Innenseiten ihrer Oberschenkel. Für Carolina fühlte es sich so an, als ob er sie mit glühend heißen Nadeln traktierte. Er stoppte kurz vor ihrer Scham.

„Weil der Master ihr die Entscheidungsgewalt nimmt, ihr gibt, was sie herbeisehnt, sie zwingt zu fühlen, sodass sie ihm nicht mehr ausweichen kann. Er schenkt ihr Lustschmerz, obwohl sie sich anfangs wehrt. Doch er überwindet ihre Barrieren, und sie lässt sich fallen."

Er streichelte über ihre Schamlippen, spreizte mit den Daumen ihre Labien und leckte ihre Klitoris. Sie schoss beinahe von dem Schreibtisch.

„Bleib liegen." Master Alec biss in die Innenseite ihres Oberschenkels. „Du hast keine Erlaubnis zu kommen, Carolina."

Dazu wäre sie sowieso nicht in der Lage.

Master Alec umfasste ihre Knie, drückte ihre Schenkel weiter auseinander und betrachtete sie ausgiebig. Sie wäre am liebsten vor Scham vergangen.

„Eine hübsche kleine, verdammt nasse Pussy." Er beugte sich tiefer und pustete auf ihr Geschlecht. Abermals setzte sie an auszuweichen.

„Du wirst dich nicht vor mir verstecken. Tust du das erneut, schleppe ich dich in die Eingangshalle und fessele dich mit gespreizten Beinen auf dem Boden, sodass jeder die Aussicht genießen kann."

„Es tut mir leid, Master Alec."
Er grinste sie an und biss ihr in den Bauch, fest genug, um ihr einen Schrei zu entlocken.
„Sei still, Sub." Master Alec führte die Hände an den Innenseiten ihrer Schenkel entlang und spreizte sie weiter. „Schließ die Augen, fühle, was ich dir antue."
Ihr Geschlecht pulsierte verlangend. Seine Zungenspitze berührte die Spitze ihres Kitzlers, ganz leicht leckte er sie. Sie verkrampfte die Finger ineinander.
Sie durchschaute seine Absichten. Sie wusste, er besaß keine Hemmungen, seine Drohungen in die Tat umzusetzen. Er hätte sie auch in die Lust getrieben, während Wachen sie festhielten, und danach würde es ihm eine sadistische Freude bereiten, sie in der Empfangshalle zur Schau zu stellen. Doch er wollte, dass sie sich ihm freiwillig hingab, ungefesselt vor ihm lag, weil sie das beschämte und unglaublich erregte. Er befriedigte seinen Sadismus nicht ausschließlich durch Schmerz.
Master Alec saugte fest an ihrer Lustperle, an ihren Schamlippen und drang tiefer vor mit seiner Zunge. Die Erregung überfiel sie mit Wucht, und Carolina entwich ein gieriges Stöhnen. Sie spürte, dass ihre Klitoris anschwoll. Hart lutschte er an der pulsierenden Knospe, bis sie aufhörte zu denken.
Hatte er verlangt, dass sie nicht kommen durfte? Er ließ sich Zeit, gab ihr das Gefühl, dass er sie lecken wollte. Da war nichts Zögerliches, Master Alec mochte, was er ihr antat.
„Sieh mich an." Er richtete sich auf, senkte sich zu ihr herab und betrachtete sie genau. Dann küsste er sie, und sie schmeckte sich selbst. Automatisch wollte sie seinen Nacken umfassen. Er knurrte gegen ihre Lippen. Carolina ballte die Hände zu Fäusten und legte sie wieder über ihrem Kopf ab. Fast wünschte sie sich, er würde seine Hose ausziehen, um sie zu ficken. Der Kerl konnte verdammt gut küssen. Seine Zunge tanzte um ihre herum, bis sie atemlos unter ihm lag. Sie hatte etwas von ihrer Selbstbeherrschung zurückgewonnen, den Orgasmus zurückgedrängt. Master Alec löste sich von ihr und nahm auf dem Hocker Platz. Er führte zwei Finger in ihr Geschlecht, leckte an den Seiten der pochenden Knospe entlang und biss leicht hinein. Carolina wehrte sich, bekämpfte die Erfüllung, während Master Alec sie mit Hand und Zunge fickte, es nicht zuließ, dass sie sich in den inneren Kokon zurückzog.
„Lass es geschehen, Carolina. Gib dich mir hin. Wenn du es nicht mehr aushältst, bitte mich, dass du kommen darfst."

Bei Richard hätte sie längst ihre Schenkel geschlossen, stattdessen ihn oral verwöhnt, damit er aufhörte, sie halbherzig zu befriedigen. Was Master Alec tat, war nicht halbherzig.

Es war verrückt, bei Richard hatte sie den Höhepunkt vorgetäuscht. Jetzt versuchte sie den Eindruck zu erwecken, dass sie keinen bekam. Sie erstarrte unter Master Alec, doch ihre pulsierende Vagina ließ nicht den Hauch eines Zweifels, dass sie gerade einen verbotenen Orgasmus erlebte, der nicht abebbte, und sie hatte vergessen, ihn anzuflehen. Er fixierte ihren Blick, und sie sah den Sadismus klar in seiner Mimik. Er hatte sie da, wo er sie von Anfang an haben wollte. Master Alec beugte sich über ihre Scham, leckte die geschwollene Perle, saugte sie so hart, dass es herrlich schmerzte, während er sie mit drei Fingern vögelte, bis sie erneut kam und dann in dem gefährlich sexy Ausdruck seiner Augen ertrank. Er richtete sich auf, thronte über ihr und zog ihren Oberkörper hoch, hielt sie, indessen ihr Herzschlag sich nicht zu entscheiden vermochte, ob es stehen bleiben oder doch lieber in diesem wilden Stakkato weitertrommeln sollte. Es entschied sich für eine Mischung aus beidem. Ehe sie sich davon abhalten konnte, umklammerte sie ihn, als hinge ihr Leben davon ab. Er war so warm, so muskulös, und er hatte eine Erektion. Sein Herz schlug gleichmäßig, und sie lauschte dem beruhigenden Klang.

„Für die unerlaubten Orgasmen bekommst du zehn Schläge, plus der drei, die du dir bereits verdient hast, und der zehn vom Frühstück. Du zählst laut mit, bedankst dich für jeden Hieb.“ Wenn eine Stimme lächeln könnte, dann würde seine es tun.

Dreiundzwanzig!

Sie würde sich nicht bedanken und mitzählen. Sie verkrampfte sich, und es entlockte ihm ein zutiefst sadistisches Lachen. Ihr verblieb nur zu hoffen, dass sie nach der Hälfte eine Bewusstlosigkeit rettete.

„Oh doch, du zählst mit. Falls du es nicht tust, fange ich bei null an, so lange bis du mir den Respekt erweist, den ich verlange und schlussendlich auch erhalte. Im Gegensatz zu dir, kleine Sub, besitze ich keine Hemmungen, mir zu nehmen, was ich will. Und noch etwas, süße Carolina, ich bin ein Master, der genau weiß, was er tut. Du wirst die Schläge durchhalten, die ich austeile, und jeden fühlen, bis wir fertig sind.“

Nach wie vor umklammerte sie ihn, sie vermochte sich einfach nicht zu helfen. Er gewährte ihr den Halt, streichelte ihr über das Haar, während sie gegen den Reiz kämpfte, sich auf den Rücken zu werfen, um Gnade zu flehen und obendrein in Tränen auszubrechen.

Seine Hände verließen sie genauso wie ihr Mut, als stände sie unter einer eiskalten Dusche, die ihr gerade den Schaum vom Körper spülte. Master Alec trat vom Schreibtisch zurück. Carolina sprang vom Tisch, schaffte zwei Schritte in Richtung Tür, ehe er sie packte. Er war hinter ihr, presste ihr die Arme an die Seiten und hob sie hoch. Zu allem Überfluss kam Master David durch die Tür. Seine Miene verhieß Unheil.

„Schwierigkeiten mit der Sub, Master Alec?"

„Respektlosigkeit, unerlaubte heftige Orgasmen, Fluchtversuch." Er seufzte, der Mistkerl.

„Orgasmen!" Master David schüttelte grinsend den Kopf.

Sie schrie aus vollen Lungen, dass sie widerliche primitive Schweine seien, die aus dem tiefsten Schlammloch gekrochen waren. Master David starrte sie einen Moment an, als könnte er nicht glauben, dass sie das gesagt hatte. Sie funkelte ihn an, wünschte sich, sie könnte ihn treten. Er ging zu einem Sideboard und kehrte mit einem Knebelball zurück. Sie presste die Lippen aufeinander. Master David lachte nur, packte ihr Kinn, zwang ihren Kiefer auf und schob den schwarzen Ball zwischen ihre Zähne. Zu zweit drückten sie Carolina mit dem Bauch nach unten auf die Querseite des Schreibtisches. Während Master Alec ihr Genick umfasste und ihr einen Arm auf den Rücken drehte, fesselte Master David ihre Fußgelenke an die Tischbeine. Sie hätte geschrien und geflucht, wenn sie nur gekonnt hätte, doch der Knebelball ließ nur erstickte Laute zu. Master David umklammerte ihre Handgelenke und zog ihr die Arme über den Kopf, sodass sie auf der Tischplatte ruhten. Er fixierte sie mühelos in seinem eisernen Griff. Master Alec stellte sich neben Master David, und sie musterten Carolina mit unbeweglichen Gesichtern. Sie warteten, bis sie ruhig liegen blieb, nicht mehr gegen ihr Schicksal ankämpfte.

„Ich löse den Knebel. Alles, was über deine Lippen kommt, sind Zahlen und dein Dank für die Bestrafung." Master Alec öffnete die Schnalle und wischte ihr mit einem Tuch den Speichel vom Kinn. Dankbar trank sie einen Schluck Wasser aus dem Becher mit dem Strohhalm, den er ihr an den Mund hielt. „Selbstverständlich darfst du schreien, denn du bist nicht in der Lage, dich zu beherrschen."

Beide Mistkerle lachten.

„Das stellen wir sicher. Genau daher rührt auch dein Ungehorsam, du hast es darauf angelegt. Manchmal sollte man sich vor den eigenen Wünschen fürchten, Carolina." Master Alec zog den schwarzen Ledergürtel aus den Jeansschlaufen. Der Widerling ließ sich Zeit. Mit jeder Sekunde drohte Panik sie zu überwältigen.

„Beruhige dich, Fiorella. Master Alec weiß, was er tut. Ich verspreche dir, dass es dir nicht zu viel zumutet. Du atmest ruhig ein und aus." Master Davids Mimik wirkte sanft, und er hielt den Blickkontakt, bis sie Master Alec anstarrte.

Der Sadist fixierte ihren Blick, wartete, bis sie nicht mehr Gefahr lief, in hysterisches Schreien auszubrechen, noch bevor er sie berührt hatte. Sie sah keine Wut in seinen Augen, nur Zuneigung.

„Sieh mich an, Fiorella." Master David betrachtete sie intensiv, dann nickte er Master Alec zu und pure Agonie traf sie auf die rechte Poseite.

Oh, ja. Master Alec wusste genau, was er ihr antat. Carolina hatte gedacht, das Paddel wäre schmerzhaft gewesen, doch die Flamme, die ihr über die Haut zuckte, belehrte sie eines Besseren. Master David drückte ihre Handgelenke, erinnerte sie daran, was von ihr erwartet wurde. Ihr Vorsatz, ihnen die Stirn zu bieten, erstickte gerade unter den tausend Nadeln, die erneut auf ihren Po schlugen, direkt oberhalb des letzten Treffers. Ein maskierter Kerl betrat den Raum und blieb neben Master David stehen.

„Zwei, Master Alec. Danke, Master Alec." Sie begriff, dass er ihr Zeit gab, um mit dem nächsten Schlag fertig zu werden. Der Gürtel landete diesmal auf der linken Seite.

„Zwei, Master Alec … danke, Master Alec."

Nach dem sechsten Feuerkuss war sie unfähig zu zählen, kämpfte mit den Tränen, und alle Empfindungen brandeten über sie, erschreckender als die Agonie auf ihrem Hinterteil. Master Alec verlangte nicht mehr, dass sie zählte, er beendete die Züchtigung schnell und gründlich, variierte die Heftigkeit des Schmerzes, sodass sie es aushalten konnte und nicht zerbrach. Das Schlimmste war, dass sie das Gefühl hatte, dass sie die Strafe verdiente, es ein Bedürfnis in ihr befriedigte, und als ob dies nicht reichte, fühlte sie sich obendrein sicher bei den Mastern.

Master Alec fasste zwischen ihre Beine. „Kleine Sub, du bist nass, trotz der Pein, die du gerade erleidest." Er massierte sanft ihre Perle, ein Kontrast zu der Lustqual. „Sag uns, warum du weinst. Es ist nicht nur vor Leid."

„Ich wünschte mir, ich hätte einmal die Chance gehabt, Richard zu schenken, was ihr von mir fordert. Keine Lügen sondern unverfälschte Begierde, die aus Liebe entsteht."

„Eine mutige, ehrliche Antwort, für die du eine Belohnung erhältst. Einer von uns dreien wird dich ficken, doch du wirst nicht wissen wer."

Erst jetzt erreichte der maskierte Kerl ihr Bewusstsein. Sie stahlen ihr die Sicht und erneute Agonie überrannte sie. Ihre Annahme, dass es bereits dreiundzwanzig Schläge gewesen wären, erwies sich als falsch.

Richard betrachtete die Sub, die meisterhaft bestraft wurde. Der Master war ein Könner und setzte die Hiebe präzise und mit einer Eleganz, die ihm den Atem raubte. Das war kein Prügeln, vielmehr ein erotischer Akt.

Die kleine Sub fiel immer weiter, bis sie losließ. Richard sah, wie der Schmerz und die Hingabe alles aus ihr lösten.

Richard war froh, dass die Master ihn an der Bestrafung teilnehmen ließen. Alte Erinnerungen krochen regelmäßig in ihm hoch. Sein Vater hatte seine Mutter einmal verprügelt, und er war zu jung gewesen, um ihr zu helfen. Sie hatte das Arschloch sofort verlassen, war noch in derselben Nacht mit Richard zu ihrer Schwester geflüchtet. Danach hatte er seinen Vater nie wieder gesehen. Seine Befürchtungen, dass ein Dominanter dem devoten Part Gewalt antat, erstarben gerade. Es war hinreißend, was Alec mit Carolina anstellte. Richard sah auch, wie genau die Master Carolinas Reaktionen beobachteten, wie sorgsam Alec den Gürtel platzierte.

Der letzte Rest des Widerstandes verging; in ihm und Carolina. Durch die verbundenen Augen konnte sie sich endgültig fallen lassen. Und sie tat es mit einer Wucht, die Richard direkt in den Schwanz fuhr. Diese vollkommene Unterordnung war wunderschön, weil er sah, wie sie nachgab, die Anspannung aus ihrem Körper verschwand, sie ergeben den Kopf sinken ließ. Er wünschte sich, Carolina würde es ihm allein schenken. Der Master trat zur Seite. Richard streichelte über die Striemen, während die Sub leise weinte, dann stöhnte, als er ihre Labien teilte und sanft die Klitoris rieb. Sie reagierte mit purer Wollust, zu aufgewühlt, um zu widerstehen. Der Master hatte die Schläge so platziert, dass sie den gesamten Po bedeckten. Richard folgte mit den Fingerspitzen dem roten Muster der Züchtigung. Die arme Kleine würde morgen Schwierigkeiten haben zu sitzen, doch die Haut war nicht durchbrochen, und es waren auch keine Blutergüsse entstanden. Der Master hatte genau das richtige Maß an Pein ausgeteilt, um die Sub in den Gehorsam und in die Hingabe zu bringen. Sie war ihnen hilflos ausgeliefert, sprach auf die leichteste Berührung an.

David hatte ihm erklärt, dass Schmerz und Lust den Körper überschwemmten und die Sub in eine Art Trance versetzten. Diese süße Devote war definitiv in einem entrückten Zustand.

Er schob die Handfläche unter ihr Geschlecht, und Carolina hob den Po an, drängte sich seiner Stimulation entgegen. Heiße Nässe erwartete ihn, lud ihn ein, sie tiefer zu erforschen. Richard begnügte sich damit, an den Seiten ihrer geschwollenen Klitoris entlangzustreicheln, sie mit zwei Fingern zu umkreisen.

Sie stieß Laute purer Begierde aus, die ihn weiter anschwellen ließen. Er hätte niemals gedacht, dass es dermaßen erregend war, seine Frau an den Rand eines Orgasmus zu bringen, sie zu reizen, bis sie wimmernd vor ihm lag, bereit, alles hinzunehmen, was er ihr antat. Die Master hatten ein wenig Zwang ausgeführt, weil sie es brauchte, um sich hinzugeben, und sie hatte schlussendlich ihre Barrieren überwunden, die sie sich selbst auferlegte. Richard verstand es, auch er hatte Mühe, die Mauern einzureißen, die ihn viel zu lange gefangen hielten, bis sie ihn beinahe unter sich begraben hatten, zusammen mit Carolina.

David, der sie festhielt, signalisierte ihm, dass er sie umdrehen sollte. Richard löste die Fußgelenksmanschetten, klapste Carolina auf das rote Hinterteil. Er umfasste ihre Schultern und half ihr hoch. Gott, sie war so hilflos, lag weich und unglaublich nachgiebig in seinen Armen. Als er sie an sich presste, fühlte er ihr schnell schlagendes Herz, wie sehr sie gleichzeitig fürchtete und herbeisehnte, dass die Master sie weiter befreiten, sich an ihre Grenzen herantasteten. Vertrauensvoll umklammerte sie ihn, und er drückte sie auf die Tischplatte.

„Schhhh", sagte Alec und streichelte ihr über die Stirn. Er zog ihre Arme nach hinten, hielt sie sicher. Richard pustete auf ihre erhitzte Scham, erinnerte sich daran, wie ihn Liam gestern kurz aus der Session geholt hatte. „Wenn du eine Frau oral befriedigst, tue es richtig oder lasse es. Du würdest es auch nicht genießen, wenn sie dich leckt und du die ganze Zeit das Gefühl hast, sie mag nicht, was sie tut. Das gilt für alles, was du mit der Sub vorhast."

Er presste die Knie der Sub auseinander und leckte die geschwollene Klitoris, dann saugte er sie in den Mund, biss leicht hinein. Sie drückte den Rücken ins Hohlkreuz, drängte sich wimmernd seiner Stimulation entgegen.

„Bitte, Master, bitte, ich muss … oh Gott."

Die kleine Devote lieferte ihnen kein Schauspiel. Sie kämpfte mit allen Mitteln gegen den Orgasmus, verlor in dem Moment, als er die Finger krümmte und ihren G-Punkt traf, von dem er bis gestern keine Ahnung gehabt hatte, wie man ihn fand. Richard zog sich die Hose aus und öffnete die Knöpfe seines Hemdes.

Alec zupfte an ihren Nippeln, bis sie lustvoll jammerte. Richard zog sie nach vorn und vergrub sich in ihr. Die Master ließen ihn allein mit seiner Frau. Er spürte, dass ihre Vaginalwände um seinen Schwanz pulsierten, da er sie über den Höhepunkt hinaus reizte, bis sie erneut kam, heftiger als zuvor. Tränen liefen ihre Wangen hinab, während sie schrie, in vollkommener Hingabe. Richard ergoss sich in ihr, merkte selbst, dass sich ein breites Grinsen auf sein Gesicht schlich, das nicht mehr weichen wollte.

Starke Arme hielten sie, und sie hörte das Schlagen seines Herzens, das sie wie die Melodie eines sinnlichen Liedes umhüllte. Carolina verspürte den unwiderstehlichen Drang zu sehen, wer sie dermaßen gekonnt geliebt hatte. Die Hände hatten sich gleichzeitig fremd und vertraut angefühlt. Er umfasste ihre Handgelenke, bevor sie die Augenbinde abreißen konnte. Carolina war zu erschöpft, um dagegenzuhalten. Er wickelte sie in eine Decke. Irgendwas in ihr schrie, dass es Richard war. Oder war es nur eine Hoffnung, die sie hegte?

„Richard, bitte, nimm mir die Binde ab.“

Er legte ihr einen Finger auf die Lippen, und sie war versucht hineinzubeißen. „Bitte, Master Richard.“

Sie sank auf die Knie, senkte den Kopf, während das Blut in ihren Adern rauschte wie ein Sturm in den Baumwipfeln, dem sie hilflos ausgeliefert war. Sie drohte unter der Wucht der Gefühle zu zerbrechen. Falls er sie abwies, würde sie im Wind davonfliegen, auseinandergerissen und entwurzelt.

Sanfte Hände entfernten den Stoff, und sie blinzelte, bis sie das vertraute Gesicht von Richard erkannte. Sie hatte sich vorgenommen, ihm ihre ganze Wut entgegenzuschreien, wenn sie ihm das nächste Mal in die Augen sah, stattdessen lehnte sie die Stirn gegen seinen Oberschenkel und brach in Tränen aus. Carolina weinte so heftig, dass sie glaubte, sie erstickte. Richard verblieb stumm, ließ sie gewähren, bis es endlich aufhörte. Als sie es wagte, zu ihm aufzusehen, bemerkte sie, dass ihm eine Träne die Wange hinunterlief.

„Wir beide reden jetzt, Carolina.“

Sein Tonfall war bestimmend, zeigte ihr deutlich, das Gespräch war erst beendet, sofern er es zuließ. Diesmal würde sie ihn weder anschweigen noch wütend aus dem Raum rennen können.

Er zog sie auf die Füße und schubste sie auf die Couch. Richard blieb stehen, sah mit funkelnden Augen auf sie herab. „Möchtest du nach Hause, Carolina?“

Sie musste mehrere Male schlucken, ehe sie den Mut fand, die Frage zu beantworten. Sie wusste, falls sie ja sagte, brach sie die Beziehung zu Richard ab. Er hatte zu extremen Mitteln gegriffen, um sie dazu zu zwingen, endlich ehrlich zu sein, vor allem zu sich selbst. In den gesamten vierunddreißig Jahren ihres Lebens hatte sie sich niemals so befreit gefühlt wie im Moment, wo sie sich in der Rolle einer Sklavin befand. Aber hatte sie den Mut, auf der *Insel* zu bleiben? Sich mit Master David und Master Alec auseinanderzusetzen? Und was erwartete sie in ihrem Heim, wo sie sich in die Carolina zurückverwandeln würde, die einsam hinter Mauern verweilte, die sie nicht zum Einsturz bringen konnte? Die langsam verhungerte, weil sie sich nicht traute, ihren Sehnsüchten nachzugeben? Erst jetzt wusste sie, wonach sie sich verzehrte. Sie wollte die Kontrolle abgeben. Und sie ahnte, die Master hatten nur die Oberfläche angekratzt.

„Nein", flüsterte sie. „Master, Richard, ich möchte nicht gehen." Noch war sie hin- und hergerissen zwischen ihrem Ehemann und dem Master.

Richard antwortete nicht sofort, er betrachtete sie intensiv, dann setzte er sich neben sie und zog sie in seine Arme. Sie umklammerte ihn, fand die Kraft bei Richard, die sie dermaßen dringend benötigte.

„Du warst immer bei mir, wenn meine Augen verbunden waren."

Richard sah sie an, und sie wusste beim besten Willen nicht, was er dachte.

Verflucht!

Er hatte den gleichen Effekt auf sie wie Master David und Master Alec. Sie korrigierte sich, bei ihm war es stärker ausgeprägt, denn sie liebte Richard, und nur allein die Vorstellung, dass Richard sie packte, sie über seine Knie legte und ihr den Arsch versohlte, bis sie weinte, jagte erneute Feuchtigkeit in ihr Geschlecht.

„Gott, Carolina, seit Jahren wünsche ich mir, dass du mich mit diesem Verlangen ansiehst."

Er küsste sie, nicht zärtlich, sondern mit einer Dominanz, die sie in eine hilflose bebende Person verwandelte.

„Du unterwirfst dich den Regeln des Hauses, wirst für ein paar Tage von David und Alec trainiert. Danach von mir für den verbleibenden Aufenthalt. Wenn ich aus diesem Raum gehe, bin ich Master Richard für dich. Später testen wir aus, wie viel Master Richard ich für angemessen halte."

„Bedeutet es, dass sie mich nehmen dürfen?"

Richard grinste sie an, es wirkte wie das Grinsen eines Wolfes, vor dem ein saftiges Schaf auftauchte.

„Master David oder Master Alec werden dich ... lieben, falls du diesen Wunsch verspürst. Ich verlange, dass du aufhörst zu fantasieren, dass ein anderer Kerl dich nimmt. Ich möchte, dass du es erlebst. Diese Woche ist frei für uns beide."

Sie wusste, was er damit meinte: Er hatte eine andere Frau gevögelt. Seltsamerweise blieb Eifersucht aus. „Warst du immer bei mir, wenn meine Augen verbunden waren?" Sie musste es einfach wissen.

„Was sagt dir dein Gefühl, Honey?"

Sie lächelte ihn an, und diesmal küsste er sie sanft.

„Verrate mir noch eins, Carolina. Warum zum Teufel hast du dich für Alec entschieden? Er macht selbst mir Angst."

„Ich dachte, ich könnte mit Mr. Stahlarsch den Bann brechen."

„Scheint nicht besonders erfolgreich gewesen zu sein, wenn ich mir den Zustand in Erinnerung rufe, in dem ich dich vorfand."

Er presste sie auf das Sitzpolster zurück. „Ich freue mich auf unsere erste Session, wenn all diese entzückenden Kurven mir gehören, für jegliche Lust und jeglichen Schmerz, die ich austeilen möchte. Nichts wird so sein, wie es war."

Ihr Magen schlug Purzelbäume. Die Veränderungen bei ihnen beiden ließen sich nicht verleugnen.

„Und da du ausgerechnet den Ledernacken ausgesucht hast, wird er derjenige sein, der mich in die Geheimnisse von Rohrstock, Flogger und Gerte einführt. Dein Arsch gehört mir, Liebes, mehr als du es dir bis jetzt vorzustellen vermagst."

Richard löste sich von ihr, und es war nicht ihr Ehemann, der auf sie herabsah, sondern Master Richard.

„Knie dich hin, Sub, und warte auf Master Alec." Master Richard streichelte ihr über die Schulterblätter. „Zu einem späteren Zeitpunkt reden wir ausführlicher."

Carolina lauschte seinen Schritten, als er aus dem Raum lief. Sie nutzte den Augenblick, um das Emotionschaos unter Kontrolle zu bekommen. Kein einfaches Unterfangen, wenn sich Angst, Begierde, Vertrauen, Selbstzweifel und Scham miteinander vermischten. Doch eines kristallisierte sich heraus und stellte alles andere in den Schatten: Die tiefe Liebe, die sie für Richard und Master Richard verspürte und die er ihr zeigte, legte sich balsamgleich auf sie, sodass sie ruhiger atmete – bis zu dem Moment, als Master Alec vor ihr auftauchte.

„Mr. Stahlarsch?"

Diese miese Petze!

Sein Tonfall war wie Samt, der mit kleinen Splittern versehen war, die sich ihr in die Haut gruben. Sie betrachtete seine Lederschuhe, dann die Jeanshose. Der Mistkerl ließ sie zappeln, ehe er ihren Nacken packte und sie auf die Füße zog. Er machte sich nicht die Mühe, die Leine zu befestigen. Er schob zwei Finger unter das Leder und zog sie mit sich.

Kommentarlos beförderte er sie in ihr Zimmer, warf sie auf das Bett. Sie blieb erstarrt auf dem Bauch liegen, obwohl sie sich am liebsten im Schrank versteckt hätte. Er entfernte das Halsband. Sie rechnete damit, dass er sie fesseln, obendrein erneut schlagen würde. Doch er tat etwas ganz anderes. Master Alec befahl ihr, sich über seinen Schoß zu legen, und das war wirklich der letzte Ort, an dem sie sein wollte. Aber da er sowieso bekam, was er verlangte, brachte sie es am besten sofort hinter sich. Carolina drapierte sich über seine muskulösen Beine und biss sich auf die Unterlippe, um nicht zu weinen, noch ehe seine Hand auf ihren armen Po knallte, der so unglaublich brannte.

Master Alec schnaubte amüsiert und legte die Handfläche auf ihren Po. Trotz der Hitze der geschundenen Haut spürte sie die Wärme seiner Berührung. Sie verkrampfte sich.

„Ein kleiner Ratschlag, freche Sub. Bei angespannten Pobacken sind Bestrafungen weitaus schmerzhafter." Furchtbar sanft streichelte er ihre Rundungen, bis sie sich entspannte. „So ist es gut. Bleib so!" Es waren keine Hiebe, die ihr Gesäß in ein erneutes Flammenmeer versetzten, sondern kalte Tropfen einer Lotion.

„Ouch!" Carolina versuchte, von seinem Schoß zu entkommen. Das verdammte Zeug intensivierte das Brennen um das Zehnfache.

Doch Master Alec packte ihren Nacken, und ein Schlag traf ihren Hintern. Seine Erektion presste gegen ihr Becken. „Du sprengst meine Gutmütigkeit." Noch während er redete, verteilte er die Creme und massierte sie gründlich in ihren mitleiderregenden Po.

Oh Gott, tat das gut. Inzwischen drängte sie sich seiner Berührung entgegen.

„Carolina."

„Master Alec?"

„Hör auf, dich zu rekeln."

Verlor der Master etwa seine Selbstbeherrschung? Sie rekelte sich weiter, und Master Alec steckte ihr einen eingecremten Finger in den Po. Das Rekeln gefror ebenso wie das Blut in ihren Adern, das sich plötzlich wie Eiswürfel in ihren Venen anfühlte.

Das Lachen von Master Alec brandete über sie.

Fiesling!

„Ah, kleine Sub, jetzt habe ich eine erneute Schamgrenze gefunden, an der ich ansetzen kann." Er hob sie von seinem Schoß, deckte sie zu und küsste sie auf die Stirn. Er legte sich neben sie.

„Was tust du da, Master Alec?"

„Ich warte, bis du eingeschlafen bist. Du brauchst Ruhe und Kraft für unser nächstes Aufeinandertreffen." Der Humor verschwand aus seiner Mimik. „Alles in Ordnung, Carolina?"

Abgesehen von ihrem Hintern, der brannte, als hätte sie sich in Feuerameisen gesetzt, einem Ego, das sehr gelitten hatte, dass sie sich geschämt hatte wie noch nie in ihrem Leben, ging es ihr ausgezeichnet.

„Ich danke dir für die Session, Master Alec."

Sein strahlendes Lächeln traf sie, und sie dachte, sie wäre zu aufgewühlt, um an ihn gekuschelt einzuschlafen, doch nach wenigen Sekunden übermannte Erschöpfung sie.

Kapitel 8

Als Carolina aufwachte, lag Master Alec nicht mehr neben ihr. Dieser Kerl verwirrte sie, da er ein Rätsel darstellte, das sie nicht zu entschlüsseln vermochte. Er kombinierte sanftes Verhalten mit Unerbittlichkeit, um sie zu zermürben. Seine Taktik wirkte. Grausam war er nicht, sondern unglaublich verführerisch.

Mistkerl! Doch sie war selbst schuld, sie hatte Mr. Eisenhart ausgesucht. Sie rief sich das kurze Gespräch mit Master Richard in Erinnerung. Zu gern hätte sie die Reise ab jetzt mit ihm in Angriff genommen, aber er wollte seine dominanten Tendenzen austesten und einiges dazulernen.

Was für ein aufregender Gedanke!

Rastlos lief sie auf und ab. Sie war es nicht gewohnt, untätig zu sein. Carolina starrte die Zimmertür an. Ob sie es wagen sollte? Niemand hatte ihr verboten, das Zimmer zu verlassen. Sie glaubte kaum, dass sie derartige Bedenken hegte, doch ihr Po erinnerte sie bei jedem Schritt daran, wieso das so war, und am liebsten hätte sie die Shorts ausgezogen.

Nur die Vorstellung, Master Davids oder – Gott bewahre! – Master Alecs Zorn zu erwecken, entflammte in ihr den Wunsch, sich im Bett zu verstecken.

Aber ihr Magen knurrte, und sie hasste Langeweile. Zum Teufel damit! Beherzt packte sie den Türgriff und trat in den Flur hinaus. Angeschlossen an das Esszimmer gab es einen Balkon, und frische Luft würde ihr guttun. Rechts neben ihr ging eine Tür auf, und der blonde freundlich aussehende Master ragte vor ihr auf. Er fasste sie an den Oberarmen, da sie strauchelte. Was hatten diese Kerle bloß an sich, das sie dermaßen verunsicherte?

„Carolina, ich bin Master Liam."

Wieso war sie dusselige Kuh nicht in ihrem Zimmer geblieben? War sie ein Schmerzjunkie, der den ultimativen Kick suchte, indem er sich irgendwelchen Dominanten sprichwörtlich vor die Füße warf?

Carolina, sag was!

„Ich wollte an die Luft, Master Liam." Interessant, so ein Brustkorb, der in einem weißen T-Shirt steckte. Ihr Magen knurrte laut.

„Mir scheint, das ist nicht das Einzige, was du brauchst." Er legte seinen Arm um ihre Schultern und führte sie den Gang entlang, klopfte an eine Tür zu ihrer Linken. Master David öffnete, die Haare noch nass von der Dusche, gekleidet in Schwarz. „Carolina, du bist Master Liam ins Netz gegangen." Er lächelte sie höchst verführerisch an. „Dir ist das Blut aus dem Gesicht gewichen. Ist alles in Ordnung?"

„Ich wusste nicht, ob ich mein Zimmer verlassen darf", murmelte sie in Höhe seiner Brustwarzen. Hatte sie denn jeglichen Kampfgeist verloren?

„Normalerweise halten wir die Subs im Keller gefangen und holen sie nur raus, wenn wir uns mit ihnen vergnügen wollen." Der Brustkorb vor ihr vibrierte, weil Master David in Lachen ausbrach.

So konnte das mit ihr nicht weitergehen. Carolina sammelte gerade ihren Mut zusammen, als Master David sie gegen sich zog und seine Hände auf ihrem Po platzierte; in den Shorts. „Ich hatte nicht mehr das Gefühl, dass du Fluchtgedanken schmiedest." Er streichelte ihren Po, der genauso heiß brannte wie ihre Wangen. „Vielmehr hatte ich den Eindruck, dass es dir auf der *Insel* gut gefällt, du deinen Aufenthalt genießt und unsere Bemühungen zu schätzen weißt."

Sag was! Etwas Intelligentes!

„Öhhhh."

„Öhhh?" Master David zog ihre Pobacken auseinander, und ihren Versuch von ihm wegzukommen, verhinderten sowohl seine kräftigen Hände als auch Master Liam, der hinter ihr stand. Warum war sie nicht in ihrem Zimmer geblieben?

„Was hat Alec mit ihr angestellt? Ihr die Fähigkeit geraubt zu sprechen?" Master Liam küsste sie hinter dem Ohr. „Ich bedauere es außerordentlich, dass du nicht mich gewählt hast, Carolina." Sein Atem streichelte über ihren Hals.

„Ich … ich bin gerne hier, Master David."

„Das freut mich zu hören. Jetzt suchen wir dir erst einmal was zu essen." Master David zog sehr langsam seine Hände aus ihren Shorts und legte ihr den Arm um die Schultern. „Komm, Fiorella, das Abendessen erwartet uns."

Sie würde in der Anwesenheit der Master keinen Bissen herunterbekommen. Die beste Diät aller Zeiten. Die Master führten sie in einen kleinen abgeschiedenen Garten, und sie kam sich ein wenig verloren vor. Ein paar Pärchen saßen an Gartentischen und ließen sich das Barbecue schmecken. Ihre Hoffnung, dass sie Richard irgendwo entdeckte, löste sich gerade auf. Wenigstens war Master Alec nirgendwo zu sehen.

Master David brachte sie zu einem Tisch, der etwas abseits an einen plätschernden Brunnen grenzte, in dem Seerosen mit Kerzen schwammen. „Leiste Tessa Gesellschaft, ich hole dir war zu essen." Er zwinkerte ihr zu. „Ich weiß, was du gerne isst."

Verlegen stand sie hinter der Bank mit den roten Polstern. Die Erinnerung, was sie Tessa für Worte an den Kopf geworfen hatte, war keine angenehme.

Tessa drehte sich zu ihr und klopfte auf den Platz neben sich. „Komm, setz dich, du siehst aus, als würdest du gleich umfallen."

Carolina setzte sich vorsichtig, atmete erleichtert auf, weil die Kissen weich waren.

„Anstrengender Tag?" Tessa grinste sie an, beugte sich zu ihr. „Wieso hast du ausgerechnet Master Alec gewählt?" Sie erschauerte.

„Frag mich was Leichteres. Ich dachte, ich würde ihn nicht mögen und aus Angst vor ihm seinen Bemühungen widerstehen." Carolina seufzte. „Blöde Idee."

Tessa reichte ihr ein Glas Wein. Carolina schüttete ihn in einem Zug hinunter. Master David hielt zwei gefüllte Teller in den Händen und stellte sie vor ihr und Tessa ab.

„Wir sehen uns später."

Carolina blieb nicht verborgen, wie Tessa Master David hinterhersah. Oh Gott, die Kleine war bis über beide Ohren verliebt. Ahnte Master David das? Sie schalt sich innerlich, Master David bemerkte alles. Und schon erreichte ihre Diät das Ende. Mit Heißhunger betrachtete sie die gegrillte Hähnchenbrust, den Pastasalat und die Champignons. Oh ja, Master David kannte all ihre Vorlieben. Sie konnte sich nicht mehr zurückhalten und biss in ein Stück Brot, das sie aus dem Korb fischte, der auf dem Tisch stand. In einvernehmlichem Schweigen genossen sie das köstliche Essen. Tessa schenkte ihnen Wein nach.

„Wie lange bist du schon hier, Tessa?"

„Seit neun Monaten."

Das war eine verdammt lange Zeit.

Carolina steckte sich den letzten Happen in den Mund. „Können wir beide noch mal von vorn anfangen?"

Tessa lachte sie an. „Du brauchst dich nicht wegen deines Verhaltens zu schämen. Ich habe am ersten Morgen Master David ins Gesicht geschlagen und ihm Beleidigungen an den Kopf geworfen, von denen ich bis dahin nicht ahnte, dass ich sie kannte." Sie betrachtete nachdenklich das Weinglas, das sie zwischen den schlanken Fingern hielt. „Ich war so angepisst. Ein halbes Jahr hatte ich gebraucht, um endlich genügend Mut aufzubringen, um mich zu töten, und dann kam Master David und verschleppte mich an diesen Ort." Tessas Wangen erröteten. „Robert wurde von einem Tag zum anderen krank, Hirntumor, und verstarb zwei Monate nach der Diagnose." Sie trank einen Schluck.

Carolina wusste nicht, was sie sagen sollte. Es gab keine Worte, die Tessas Leid erleichtern konnten.

„Nach seinem Tod habe ich nicht geweint, und eigentlich kam ich mit Robert zusammen ums Leben, bis Master David mich fand." Tessa stand auf und reichte Carolina die Hand. „Lass uns ein Stück laufen, dabei lässt es sich leichter reden."

„Dürfen wir das denn?"

Tessa warf den Kopf in den Nacken und lachte. Sie folgten einem Pfad, der sie tiefer auf das Grundstück führte. „Du kommst ohne Genehmigung nicht von der *Insel*. Master David vertraut dir, sonst würde einer der Aufpasser uns begleiten. Außerdem möchtest du nicht mehr fliehen." Tessa sagte es, ohne jeglichen Zweifel.

„Was hat Master David getan, um dich ins Leben zurückzuholen?"

„Oh, zuerst hat er mich nicht allein gelassen, irgendjemand war immer bei mir, und ich meine immer. Master David hat mich ständig berührt, wenn er derjenige war, der auf mich aufpasste, aber niemals intim, selbst als er mich gewaschen hat. Es hat mich in den Wahnsinn getrieben. Nach ein paar Monaten habe ich ihn angebrüllt, dass er mich endlich … ficken sollte." Tessa Gesichtsfarbe ähnelte einer Erdbeere. „Er hat mich gepackt, mich über seine Schulter geworfen, mich in sein Schlafzimmer gebracht und mir dermaßen hart den Arsch versohlt, dass ich anschließend eine Woche nicht sitzen konnte. Später hat er mich zärtlich geliebt. Ich habe geheult wie verrückt, das erste Mal nach Roberts Tod."

Carolina verstand es zu gut. Auch sie hatte die befreiende Wirkung von Schmerz und Tränen am eigenen Leib erfahren. Sie liefen einen Bogen und erreichten den Garten. Ihr blieb beinahe das Herz stehen, weil Master Stahlarsch neben Master David stand. Beide starrten sie an. Instinktiv griff sie nach Tessas Hand, und diese drückte sie ermutigend.

„Komm her, Carolina."

Ihr Mund litt an spontaner Austrocknung. Master Alec setzte sich auf die Bank, zog sie auf seinen Schoß, und dort verblieb sie für die nächste Stunde, während er sie mit Eis fütterte und neckte, jedes Mal gemein lachte, wenn sie sich verkrampfte.

Was war das für ein seltsamer Sadist?

Kapitel 9

Richards Rachenraum glich der Wüste Gobi, das hinderte ihn aber nicht daran, dass ihm der Schweiß am ganzen Körper ausbrach. Gott, er wusste jetzt schon, er wäre niemals in der Lage, einen Menschen mit einer Peitsche zu schlagen. Wie musste sich erst die süße Devote fühlen, die frei im Raum gefesselt stand?

Master Alec wirkte bedrohlich wie der Terminator, gekleidet in Leder, es fehlte nur die Sonnenbrille.

Hasta la vista, Baby.

Er wäre fast zurückgewichen, als Alec an ihm vorbeilief, um die Peitsche zu holen. Richard stieg die Schamesröte ins Gesicht, denn Alec hatte sie ihm vorhin zusammen mit einer Schutzbrille in die Hand gedrückt, bevor er Grace geholt hatte. Alec hatte Richard gezeigt und erklärt, wie er sie schwingen musste, hatte ihn nachdrücklich darauf hingewiesen, dass er niemals einen Schlag unterbrechen durfte, wenn er die Schnur in Bewegung setzte.

Richard hatte sich beinahe selbst mit dem Ding geschlagen und wusste, wieso eine Brille sinnvoll war. Hätte er keine getragen, wäre er jetzt blind wie ein Molch. Seine Befürchtung, dass Alec ihm eine Kirsche auf den Kopf legte, um sie meisterhaft herunterzuschlagen, erfüllte sich nicht. Allerdings demonstrierte Alec ihm, was er für ein Könner war, indem er einen Sandsack schlug, auf dem Linien aufgezeichnet waren, die Alec genau traf.

„Eine Peitsche wirkt bedrohlich und übt auf die meisten Devoten eine unwiderstehliche Faszination aus. Ein Dom könnte mit jedem Schlaginstrument verheerende Schäden verursachen, doch nur dieses Instrument versetzt den überwiegenden Teil der Subs in diesen Zustand, allein durch ihren Anblick."

Alec benutzte bei dieser Session eine dunkelbraune Schlangenpeitsche, die einen flexiblen Griff besaß.

Grace folgte Alec mit den Augen, so weit es die Fesselung zuließ. Wäre Richard an ihrer Stelle, wäre er bereits in Tränen ausgebrochen. Er war Manns genug, es zuzugeben. Im Raum herrschte eine absolute Ruhe, wenn man von dem hektischen Atmen von Grace absah. Er war warm und geräumig. Alec hatte die Manschetten mehrere Male überprüft, sich sehr viel Zeit genommen, Grace zu beruhigen. Es war Graces erste Erfahrung mit einer Peitsche. Die dunkelhaarige Devote mit den grünen Katzenaugen zitterte. Alec nickte Richard zu, und sie traten gemeinsam an sie heran.

„Grace, wie lauten deine Wörter?“ Alecs Stimme war sanft, es tat seiner Dominanz keinen Abbruch.
„Rot und gelb, Master Alec.“
„Möchtest du sie sagen, kleine Grace?“ Alec umfasste ihre Wangen und küsste sie leicht auf den Mund.
„Nein, Master Alec, aber ich habe Angst.“ Sie zuckte zusammen, als schämte sie sich, dass sie es gesagt hatte.
„Du vertraust mir?“
Richard konnte die Bindung, die zwischen dem dominanten und dem devoten Part bestand, in diesem Moment beinahe sehen. Grace nahm einen tiefen Atemzug und lehnte sich in Alecs Berührung. Richard wurde es nicht leid, diese Hingabe zu betrachten, das atemberaubende Vertrauen.
„Ja, Master Alec“, flüsterte sie.
Alec nickte ihm zu. Richard presste sich an den Rücken von Grace, umfasste ihre kleinen kecken Brüste, knetete sie zärtlich, bis sie seufzte, ihre Nippel heiß und geschwollen unter seinen Fingern lagen. Er platzierte eine Hand auf ihrer Kehle und fühlte den rasenden Puls unter seinen Fingerkuppen. Alec ging vor ihr auf die Knie, packte ihre Hüften und küsste sie auf den flachen Bauch. Grace hatte eine unglaublich helle, zarte Haut. Ihr Po war etwas üppiger, es machte sie umso verführerischer. Die Schenkel waren schlank, die Taille schmal.
Sie wirkte zerbrechlich, und doch besaß sie eine außerordentliche Stärke, denn sonst würde sie nicht hier stehen. Die gespreizten Beine ließen den Mastern leichten Spielraum, und Richard spürte ihre Erregung, während Alec sie leckte. Sie fiel in die Fesselung, und ihr Körper spannte sich an, als verwandelten sich ihre Muskeln in Stein.
Alec löste sich von ihr. Ihr entwich ein Laut purer Frustration, der Richard ein Schmunzeln entlockte. Sie stand kurz vor dem Orgasmus, doch noch gewährte Alec ihn ihr nicht. Zuerst musste sie den Schmerz ertragen, den sie fürchtete und gleichzeitig herbeisehnte. Der Master deutete ihm an, zurückzutreten. Die Kleine schluchzte auf, als Richard ihr seine Berührung entzog. Er unterdrückte den Reiz, sie vor dem Terminator zu beschützen, sie loszubinden, um mit ihr zu fliehen. Alec warf ihm einen vielsagenden Blick zu, als wüsste er genau, was in Richards Gehirn vorging. Der Master nahm die Peitsche, entrollte sie aber nicht, und umrundete Grace mit langsamen Schritten. Er blieb vor ihr stehen und legte ihr den Peitschenknauf unters Kinn. Er schenkte der Devoten ein Lächeln, das dermaßen sadistisch erschien, dass es Richard ein Schaudern entlockte, das ihm wie ein Eisschwall die Wirbelsäule entlangfloss.

Ob er es jemals schaffte, so eine Ausstrahlung zu erlangen? Allein die Vorstellung, dass Carolina auf diese Art erzitterte, nur weil er sie anlächelte, jagte ihm diesmal einen erregenden Schauder über den Körper. Alec trat zurück, verblieb aber im Sichtfeld von Grace und entrollte die Peitsche. Grace bebte so heftig, dass Richard sich wunderte, dass sie nicht das Codewort rief. Doch Alec sah durch ihre Angst, eine Fähigkeit, die Richard noch nicht besaß. Er vertraute dem Master, denn er hatte ihm keinen Anlass gegeben, an seinem Können zu zweifeln. Richard stellte sich so, dass er ihr Gesicht sehen konnte. Sie wirkte auf eine eigenartige Weise entrückt, und er erinnerte sich an die Warnung von Liam, dass Richard es als unerfahrener Dom niemals riskieren durfte, dass eine Sub in diesen Zustand geriet und er mit der Strafe fortfuhr.

„Ab da besteht deine Rolle darin, sie zu einem schreienden glücklichen Orgasmus zu bringen. Nur ein Master weiß, was er ihr in dieser Verfassung an Schmerz antun darf."

Er hatte viel gelernt, und die Tage vergingen wie im Flug. Richard lehnte sich an die Wand, sodass er diesmal die Rückseite von Grace sah. Alec trat hinter sie, schätzte den Abstand ein. Die Schnur zischte durch die Luft und landete quer auf dem hübschen Arsch.

Der Master hatte nicht von ihr verlangt, dass sie stumm bleiben sollte, und Grace zuckte schreiend zusammen. Richards Zusammenzucken stand ihrem nicht nach. Er presste die Lippen aufeinander, weil ihm beinahe ein Keuchen entwichen wäre.

„Ganz ruhig, Grace. Nimm einen tiefen Atemzug." Alecs Stimme wirkte hypnotisch, und Richard atmete ebenso tief ein wie die kleine Sub, ehe er sich abhalten konnte.

Der Körper von Grace glänzte vor Schweiß; auch Richard bemerkte, dass Tropfen seine Wirbelsäule hinabliefen und sich zwischen seinen Arschbacken sammelten.

Alec holte erneut aus, diesmal landete die Schnur zwei Zentimeter unterhalb des ersten Feuerkusses. Grace stellte sich auf die Zehenspitzen und schrie lauter als beim vorherigen Mal. Er sah die Feuchtigkeit ihrer Pussy, denn sie lief an den Innenseiten ihrer Schenkel hinab. Richards Erektion pulsierte in seinen Boxershorts. Die Peitschenschnur knallte auf die rechte Seite und umwickelte die linke Hüfte von Grace.

„Noch einmal, Grace. Ich bin sehr stolz auf dich."

Das Leder zischte punktgenau auf die andere Seite. Ihr ganzer Körper bebte.

„Du hast genug, Kleines." Alec sah Richard an, als er es sagte.

Es stimmte, und auch Richard hatte genug. Verdammt, er zitterte genauso wie Grace. Als er sich vor sie stellte, um sie festzuhalten, brauchte er die Berührung ebenso sehr wie sie. Alec löste erst die Manschetten an den Knöcheln, dann an den Handgelenken. Die Sub lag in Richards Armen. Alec schmunzelte, weil sie sich umklammerten, als planten sie sich niemals wieder loszulassen. Er machte eine Kopfbewegung Richtung Bett. Richard hob Grace hoch, froh, dass seine Geleebeine nicht nachgaben. Er legte die Devote auf die Decke, bettete ihren Kopf auf seinem Schoß, fixierte ihren Blick, und Master Alec brachte effektiv zu Ende, was er vorhin begonnen hatte. Er berührte sie kaum mit der Zunge, da kam Grace bereits heftig. Richard küsste sie leicht auf die Lippen und überließ sie Alecs erfahrenen Händen. Er selbst brauchte eine Dusche, obendrein einen Drink. Einen großen.

Vor der Tür traf er auf David. Sein Freund betrachtete ihn intensiv und klopfte ihm auf die Schulter. „Richard, setz dich auf die Terrasse, ich hole uns einen Scotch. Dein Teint ist so blass wie der Arsch einer Devoten, bevor er Bekanntschaft mit meiner Handfläche macht."

Seufzend sank Richard auf einen der gepolsterten Korbstühle, froh über den milden Abend. Er lachte, weil eine Sub kreischend durch den Garten rannte, verfolgt von ihrem Dom, der ein breites Grinsen auf dem Gesicht trug. Die beiden verschwanden aus seinem Sichtfeld.

Sein Leben hatte sich in den letzten Tagen grundlegend geändert. Noch immer war er hin- und hergerissen, ob er die richtige Entscheidung getroffen hatte, die unendlich schwer wog. Stand es ihm zu, dass er einfach über Carolina bestimmt hatte? Würde sie ihm jemals verzeihen? Vielleicht hasste sie ihn für seine Taten und würde auf eine Scheidung bestehen, sobald sie zu Hause eintrafen und ihr Verstand nicht länger überfordert war von den Ereignissen.

Benahm er sich wie ein tyrannischer Ehemann, der seiner Frau Gewalt antat, um sie zu zwingen, sich zu benehmen, wie er es wollte? Sie hatte nicht verängstigt gewirkt, als er sie das letzte Mal gesehen hatte, stattdessen war sie lebendig gewesen, hatte mit einer Sinnlichkeit und Selbstsicherheit gestrahlt, die er ewig nicht mehr bei ihr wahrgenommen hatte.

Wenn er ehrlich war, bereute er seine Entscheidung nicht. Er zuckte zusammen, als David hinter ihm auftauchte und ihm ein Glas mit Scotch reichte. Der Kerl bewegte sich leise wie ein Gepard. Schweigend genossen sie die ersten Schlucke.

„Wie fühlst du dich?"

Wenn Richard das nur wüsste. „Verwirrt, überwältigt und glücklich."

David schmunzelte. „Die Session mit Alec war intensiv und hat dich erschreckt!"

„Das kann man wohl sagen. Ich bleibe lieber bei einem mit der Hand ausgeführten Spanking." Richard machte kurzen Prozess mit dem Inhalt seines Glases. „Wie geht es Carolina?“, platzte es aus ihm heraus. Er hielt es nicht eine Sekunde länger aus, auf Davids Meinung zu warten.

David reichte ihm einen schmalen Ordner. „Lies selbst.“

Carolina verkniff sich den Triumph nicht und lachte schallend, weil Master Alec ihren Schmetterball verfehlte. Sein Blick rammte in sie, und ihr Mund wurde plötzlich trocken. Sie griff nach der Wasserflasche und trank einen großzügigen Schluck.

Du tanzt mit dem Teufel. Warum hast du zugestimmt, ausgerechnet Tischtennis mit ihm zu spielen? Denk nicht daran, was er mit dem Schläger tun könnte! Ganz schön blöd, dem Gegner eine derartig verführerische Waffe in die Hand zu geben.

Ihr Match hatte eine Menge Zuschauer angelockt. Nicht nur die Devoten klatschten ihr Beifall, sogar ein paar der Dominanten standen auf ihrer Seite. Vielleicht hätte sie dem Master nicht verschweigen sollen, dass sie Mitglied des Tischtennis-Teams der Highschool gewesen war.

Du hast ihn gleich. Nicht zittern. Lass dich nicht davon verunsichern, dass er dich ansieht, als ob er dir an Ort und Stelle die Shorts herunterziehen möchte, um dir den Arsch zu versohlen.

Verdammter Mist, ihre Glieder zitterten. Master Alec lächelte sie an, auf eine Weise, dass sie fast den Schläger fallen ließ. Es war nicht die Frage, ob er sie damit bearbeiten würde, sondern wann. Carolina sah ihm direkt in die Augen und platzierte ihren Aufschlag präzise und knapp hinter dem Netz, ganz und gar nicht dorthin, wohin sie sah. Master Alec verfehlte den Ball.

Ob es angemessen war, wild jubelnd um die Platte zu rennen? Die Subs brachen in lautes Gekreische aus und ließen sich nicht davon beirren, dass Master Alec sie ansah, als verfolgte er den Plan, sie zu grillen.

Master Alexander hob Carolina von den Füßen und gratulierte ihr zu dem Sieg. „Deine Belohnung wird … kreativ sein“, flüsterte er ihr zu.

Warum hatte sie Master Alec nicht einfach gewinnen lassen? Sie wusste, wieso, weil sie wollte, dass er sie bestrafte, ihre devote Seite weiter erkundete. Sie vertraute Master Alec, so verrückt das auch war. Sie traf seinen Blick, wissend, dass ihre Mimik pure Provokation ausdrückte. Er hielt ihr die Hand hin, und sie nahm sie vertrauensvoll. Ein charmantes Lächeln erhellte sein Gesicht. Was hatte er vor? Ihr wäre es lieber, er würde sie mit seinem Steinblick evaporieren.

Master Alec brachte sie in ihr Badezimmer, entledigte sie der Shorts und des Tops, fesselte ihre Handgelenke an einen Ring in der Wand, ließ ihr aber Freiraum. Er zog ihren Kopf an den Haaren zurück, küsste sie mit einer Leidenschaft, die ihre Beine in Gelee verwandelte.

„Sieh mich an." Master Alec zog sein schwarzes T-Shirt aus, und die Jeans folgte.

Oh … mein … Gott!

„Gefällt dir der Anblick?"

Wem könnte das nicht gefallen. Muskeln, wohin sie sah. Was verspeiste der Kerl zum Frühstück? Subies auf Toast?

„Jetzt dreh mir den Rücken zu, und streck mir den Arsch entgegen." Ihren Gehorsam stellte weder er noch sie infrage. „Zwanzig Schläge, die du laut mitzählst."

Der Tischtennisschläger traf sie mitten auf den Po.

„Eins, Master Alec."

„Mhhmmm, wie fügsam du sein kannst."

Nach dem zehnten Streich vergaß sie, zu zählen. Nach dem letzten wünschte sie sich, er würde sie ficken, so ungehörig der Gedanke auch erschien.

Master Alec drehte das Wasser auf, das im ersten Moment eiskalt auf ihren überhitzten Körper prasselte. Doch nach einigen Sekunden erreichte es eine angenehme Temperatur, und sie seufzte wohlig auf.

„War ein harter Tag für dich, kleine Sub. Entspann dich." Er presste seine nackte Vorderseite an ihre Rückseite und begann, sie zu waschen, massierte ihre Nackenmuskeln, bis sie schnurrte. „Ich stimuliere dich gleich anal, bereite dich vor, sodass Richard dir zukünftig … *dort* Lust entlocken kann, falls er es begehrt. Sag mir, wenn es zu viel wird." Seine Lippen berührten die empfindliche Stelle hinter ihrem Ohr. „In welche Körperstelle werde ich eindringen und sie stimulieren?"

Fiesling.

„In meinen Anus, Master Alec", würgte sie hervor. Sie spürte förmlich, dass er breit grinste.

Dieser Master ängstigte sie, denn er behandelte sie nicht, wie sie es erwartet hatte. Er zeigte ihr eine zärtliche Seite, die sie völlig überraschend traf, sie verwirrte, und sie war am Ende ihrer emotionalen Kraft angekommen.

„Hast du geglaubt, ich renne den ganzen Tag mit einer Peitsche durch die Gegend und schlage jede Frau blutig, die ich sehe?" Er seifte ihren Busen sanft ein, zupfte leicht an ihren Nippeln, die überempfindlich zwischen den geübten Fingern lagen. „Du bist eine verflucht empfängliche Devote, und ich wünschte mir, ich könnte dich behalten."

Ohne Umschweife schäumte er ihren brennenden Po ein, lachte gemein, als sie zusammenzuckte, da er den Schmerz zu neuem Leben erweckte. Carolina presste die Lippen zusammen, um sowohl das Wimmern als auch unbedachte Worte zu unterdrücken.

„Sprich, Carolina."
„Wieso mich? Ich bin weder besonders hübsch noch herausragend."
„Was ist an dir nicht hübsch?" Er biss in ihren Nackenmuskel, fest genug, dass sie den Reiz verlockend in ihrer Scham spürte. Wenn er doch nur aufhören würde, ihre Brüste zu liebkosen. Es trieb sie in den Wahnsinn.
„Ich bin zu üppig, zu langweilig."
Er kniff in ihre Nippel, der scharfe Lustschmerz entlockte ihr ein Stöhnen. Sie legte impulsiv den Kopf zurück, rieb ihren Po an seiner Erektion.
„Ich bin ein Mann, Carolina, der eine Frau in seinen Armen will, die erträgt, was ich mit ihr anstelle. Du, kleine Sub, bist alles andere als langweilig. Du reagierst auf Dominanz mit einer Wildheit, die extrem widersprüchlich zu deinem schüchternen, unsicheren Wesen ist."
Er umfasste ihre Kehle, streichelte zart mit den Fingerspitzen über ihren schrecklich rasenden Puls. Seltsamerweise hatte sie keine lähmende Angst vor Master Alec, sondern eine stimulierende.
„Dein Arsch und deine vollen Brüsten laden einen Sadisten ein, sie entsprechend zu behandeln. Ich lehne zu zerbrechliche oder zu füllige Subs ab, die körperlich nicht fit sind, zusammenbrechen würden, falls ich meinen Sadismus auslebe. Richard hat mir erzählt, dass du drei Mal die Woche joggst und dass er dich jedes Mal, wenn er deinen hüpfenden Busen sieht, am liebsten über den nächstbesten Baumstamm beugen würde, um dich zu ficken." Er lachte leise, während er den Schaum in ihre Scham einmassierte und gleichzeitig mit seiner großen Hand ihren Hals umspannte. Die hilflose Haltung und die Sicherheit, die sie bei ihm spürte, verwandelte sie in ein willenloses Bündel.
„Master Richard wird dich in der Zukunft gründlich und so oft nehmen, wie es ihm gefällt. Er wird dich schlagen, dich lecken und deinen Gehorsam durchsetzen, wann immer es ihm beliebt, egal wo ihr seid. Fange an, ihn als Master anzuerkennen. Denn er besitzt inzwischen genügend Erfahrung, um sich durchzusetzen. Du solltest ihn nicht herausfordern. Meine Ausbildung ist gewissenhaft." Seine seifigen Finger schlüpften zwischen ihre Pobacken, massierten ihren Anus, und dann drang er mit einem Finger ein. „Dein Herzschlag hat sich bei dem Gedanken an Richard beschleunigt. Du liebst ihn aus ganzem Herzen, und wenn die Woche um ist, wirst du es ihm auch zeigen. Ich kann dich zum Orgasmus bringen, so oft ich es will, doch dein Ehemann ist der, den du eigentlich begehrst." Er entfernte seine Hände, spülte mit der Handbrause den Schaum ab. Master Alec nahm eine Tube von der Ablage, und sie sah

entsetzt den Plug, der daneben lag. Der Mistkerl hatte die Utensilien bereits vor dem Tischtennisspiel in ihrem Badezimmer deponiert.

„Bitte, Master Alec.“

Ein brennender Schlag traf ihren Po, mit einer Stärke, die einen Schrei von ihr forderte. Sie konnte nirgendwo hin, und tief in ihrem Inneren wusste Carolina, sie genoss alles, was Master Alec tat.

„Sei still, Sub.“

Sie biss sich auf die Unterlippe, um das Schluchzen zu verhindern. Doch der Master wusste ihre Furcht zu nutzen, er verteilte das Gel erst auf ihrer Scham, streichelte die Seiten ihrer Klitoris, innen an den Labien entlang und führte zwei Finger in ihre Vagina.

Vergessen war die Angst. Carolina begann, auf die Stimulation des erfahrenen Masters anzusprechen. Das Gel traf auf ihren Anus. Master Alec drang mit dem Daumen ein, bewegte ihn vorsichtig.

„So ist es gut, Carolina.“

Er zog die Hände zurück, und sie lehnte die Stirn gegen den Fliesenspiegel, spürte die Kälte angenehm auf der erhitzten Haut. Master Alec wusch sich die Hände. „Für den Fall, dass du unerlaubt kommst, kleine Sub, ficke ich dich zur Strafe.“

Sie grinste breit, auch wenn der Master es nicht sehen konnte, schließlich war sie physisch und emotional auf die höchsten Gipfel geklettert, und nie im Leben war ihr Körper in der Lage, in diesem Zustand einen Orgasmus zu erreichen. Sie war zu gehemmt und würde unmöglich auf eine Stimulierung *dieser* Körperstelle ansprechen. Das ging nicht.

Und dann führte der Master den Plug ein, langsam und behutsam, dennoch unerbittlich. Er fixierte sie mit einem stahlharten Arm, lachte sadistisch bei ihrem Wimmern.

Bei den Heiligen, es war ein unglaubliches Gefühl. Sein Lachen vibrierte gegen ihren Nacken, denn das Brennen und seltsame Empfinden verschwand, zurück blieb ihre Pussy, die pulsierend nach Stimulation verlangte.

„Carolina, du bist gierig. Schade, dass ich es nicht bin, der dich das erste Mal in den Arsch fickt. Die Ehre gebührt Richard.“

Die schamlosen Worte erhitzten sie zusätzlich. Master Alec befahl ihr, die Beine zu spreizen. Er hielt den Plug fest, und mit der anderen Hand fand er zielsicher ihre Lustperle. Sie wusste, sie war verloren. Ihr Körper erwachte zum Leben, mit einer Leidenschaft, die ihr den Atem raubte.

Er biss ihr in die Schulter, zog den Eindringling raus, nur um ihn erneut einzuführen. Ihre Knie sackten weg, bis sie nur noch von den Manschetten gehalten wurde.

Der Mistkerl hatte es von Anfang an gewusst. Das Sextoy intensivierte die klitorale Reizung, bis sie die leichteste Berührung tief in ihrer Vagina spürte. Das Verbot, nicht kommen zu dürfen, steigerte zudem das Verlangen, einfach nachzugeben. Wenn sie ehrlich war, reizte sie die Konsequenz.

Sie hörte auf zu denken, als ihre Seele auf Master Alec reagierte, ihm obendrein die Kontrolle überließ.

„Kleine Sub, du gehörst zwar Richard, aber im Moment bist du mein." Master Alec kniff in ihren Kitzler, bewegte den Plug in ihrem Anus, und sie verlor den Kampf, der von Beginn an zum Scheitern verurteilt gewesen war. Ein entsetzliches, maskulines Lachen kam aus seiner Kehle.

„Äußerst ungehorsam, Carolina. Was soll ich jetzt nur mit dir anstellen?" Er öffnete mit einer Hand die Schnellverschlüsse und hielt sie mit einem Arm auf den Füßen. „Bitte mich darum."

Sie erinnerte sich an Richards Worte, dass er wollte, dass sie wenigstens ein Mal mit einem anderen Mann schlief. War es auch ihr Wunsch? Sie erkannte, dass Master Alecs Aufforderung seine Art war, sie um Erlaubnis zu bitten. Er drehte sie um, und sie wünschte sich, der knallharte Sadist würde sie ansehen. Aber es war Alec, der Liebhaber. Carolina realisierte mit einer Wucht, die ihr den Atem raubte, dass es einfacher wäre, wenn Master Alec sie über den nächstbesten Tisch beugen würde und sich aneignete, was sie insgeheim herbeisehnte.

Doch diesen Luxus gönnte er ihr nicht. Sie musste es aussprechen, vor sich selbst, ohne eine Möglichkeit, sich zu verstecken, wie sie es all die Jahre getan hatte. Sie dachte an die unzähligen Male, die sie Richard betrogen hatte, nicht mit einem anderen Mann, sondern mit Fantasien, dass ein Fremder sie vögelte, der eine verdächtige Ähnlichkeit mit Hugh Jackman aufwies. Wie oft sie sich mit ihrem Vibrator vergnügt hatte, weil sie bei Richard keine Erfüllung fand. Zu masturbieren, hatte den Drang nach einem Orgasmus befriedigt, aber ihr Innerstes blieb unerfüllt. Ständig hatte sie sich gewünscht, dass Richard wissen müsste, was sie sich heimlich wünschte. Dennoch hatte sie immer nur Richard geliebt, und ihre Sehnsüchte sofort unterdrückt.

Sie war nicht allein daran schuld, dass sie sich auseinandergelebt hatten. Richard bot ihr eine Gelegenheit. War es das, was sie wollte? Master Alec sah sie an, mit einer Intensität, die sie erschreckte. Er würde es nicht zulassen, dass seine Partnerin auch nur eine Kleinigkeit vor ihm verheimlichte.

„Ich möchte dich, Master Alec." Ihre Stimme erinnerte an einen Frühlingshauch, dabei wogen die Worte schwer wie ein Schneesturm. Wenn sie es nicht besser wüsste, hätte sie geglaubt, ein Aufblitzen von

Freude in den unergründlichen Tiefen des Sadisten zu erspähen. Wahrscheinlich war es nur eine Wunschvorstellung. Vielleicht sollte sie analytisch an die ganze Sache herangehen.

Master Alecs Mundwinkel zuckten, erweckten in ihr den Verdacht, er lese ihre Gedanken. Er drehte das Wasser ab, nahm ein Handtuch und trocknete sie gründlich ab. Sie nutzte die Zeit, um durchzuatmen, malte sich aus, was gleich passieren würde. Wie liebte ein Sadist eine Frau? Würde er sie über einen Tisch beugen, grob in sie eindringen, sie hart nehmen? Er hob ihr Kinn an und küsste sie dermaßen heiß, dass sie sich an ihm festklammerte. Master Alec hob sie auf die Arme und warf sie auf das Bett in ihrem Schlafzimmer. Ob er sie fesseln würde? Doch Master Alec umfasste ihren Nacken, und warm lagen seine Lippen auf ihren. Er leckte an ihrer Unterlippe entlang. Sie öffnete den Mund, seufzte wohlig, als seine Zunge ihre traf.

Er behielt die Kontrolle, aber gleichzeitig war er unendlich zärtlich, ganz anders als in ihrer Vorstellung.

Oh Gott. Der Vorsatz, Master Alecs Liebestechnik zu analysieren, löste sich in Luft auf, stattdessen drängte sie ihr Becken gegen seins, während er sie streichelte, mit einer Leidenschaft, die ihr den Atem raubte.

Ihre Handgelenke fanden sich schlussendlich in den Manschetten wieder, und Master Alec legte ihr eine Binde um, obwohl sie sich wehrte. Sie wollte ihm in die Augen sehen, wenn er sie in Besitz nahm.

„Reize nicht meinen Sadismus, kleine Sub." Sie hörte ihm an, dass er lächelte. Er stand auf, und Panflötenmusik flutete durch den Raum. Sie liebte diese Stücke. Carolina war bewusst, dass sie verflucht viel über sie wussten, vielleicht zu viel.

Sie zuckte zusammen, als warme Hände ihre Beine entlangglitten, sie überall berührten, gefolgt von heißen Lippen. Was war das für ein seltsamer Sadist, der sie dermaßen liebevoll behandelte? Oder war es gar nicht Master Alec?

Sie unterdrückte die Worte, denn es würde den Zauber zerstören. Er leckte ihren Hals und biss in die zarte Haut, saugte so fest, dass sie sich aufbäumte.

Grundgütiger!

Gleichzeitig massierte er ihren Kitzler, der überempfindlich reagierte. Früher hätte sie Richard weggestoßen, doch darauf ließ der Master sich nicht ein. Nicht nur ihre Handgelenke waren gefesselt. Seine Handlungen fesselten sie. Er erzwang ihre Lust und erhielt sie in einer Heftigkeit, die sie erschreckte. Er kniete zwischen ihren Schenkeln, presste eine Handfläche auf ihren Bauch und stimulierte sie, bis der Orgasmus beinahe einsetzte. Er nahm sie mit einem Stoß, und sie schrie, als der Plug das Gefühl intensivierte, bis sie es in ihrem gesamten Unterleib fühlte. Das erste Mal in ihrem Leben bekam sie einen vaginalen Höhepunkt, spürte deutlich, wie sein Schwanz ihren G-Punkt reizte. Sie schluchzte Richards Namen, während ihr Tränen die Wangen hinunterliefen.

Er selbst verbiss sich seine Schreie und erreichte leise seine Erfüllung. Ihr Liebhaber küsste sie zum Abschied sanft auf die Lippen, ehe er aufstand. So sehr sie sich bemühte, zu hören, ob er aus dem Raum lief, es gelang ihr nicht. Nur die Musik umfloss sie.

Master Alec befreite sie von der Binde und dann von dem Plug. Carolina glaubte, es sei Richard gewesen, der sie geliebt hatte, doch ein Zweifel verblieb.

Richard lehnte sich von außen an die Tür und unterdrückte den Reiz, sie aufzureißen, Alec zum Teufel zu schicken und Carolina in seine Arme zu reißen. Aber es wäre töricht, es war noch zu früh. Bis jetzt hatten die Master der *Insel* mit allem Recht gehabt. Carolinas Zügellosigkeit erfüllte ihn mit einer tief gehenden Zufriedenheit, hatte sie doch auf die leichteste Berührung von ihm reagiert, seinen Namen geschrien, als sie den Orgasmus erreichte, obwohl sie befürchtete, dass es Alec war, der sie vögelte. Die Master weigerten sich, Carolina zu ficken, setzten nur Hände, Mund, Zunge und Sextoys ein. Sie meinten, es würde Carolina noch überfordern, sie mit ihren Schwänzen zu vögeln. Dass sie es als Verrat an Richard ansehen würde, so unsinnig es auch erschien, selbst da sie in ihrer Lust danach verlangt hatte. Er war verdammt froh, dass er bald mit Carolina in einen der Bungalows ziehen würde.

Die Sehnsucht nach ihr zerriss ihn. Er liebte sie so sehr. Hoffentlich erwiderte sie das Gefühl. Wenn sie es nicht tat, würde es ihn umbringen.

Kapitel 10

Richard betrachtete die Gerte, die er hielt: schwarz, flexibel, respekteinflößend. Falsch angewandt konnte sie verheerenden Schaden anrichten, nicht nur physisch, sondern auch seelisch, was durchaus schlimmer sein konnte. Sie erschreckte und reizte ihn zugleich. Alec sah ihn ebenso intensiv an wie Rachel, die über einem Strafbock lag. Die Kleine zitterte jedes Mal, wenn Master Alec sie nur mit seinem Blick streifte, als befänden sich Sensoren in ihrer Haut. Richard legte ihr eine Handfläche zwischen die Schulterblätter, spürte ihre Anspannung. Er grinste über sich selbst, weil er an Alec oft als Master Alec dachte, als wäre Richard eine Sub. Gott sei Dank konnte niemand in sein Gehirn eindringen und diese seltsamen Gedanken öffentlich zur Schau stellen.

„Ganz ruhig, Rachel.“ Ihm schwirrte der Kopf von dem Anatomiekurs. Alec hatte kein Blatt vor den Mund genommen.

„Der weibliche Körper stellt nur für einen Idioten ein Mysterium dar. Die Seele ist eng verknüpft mit ihren individuellen Lustpunkten, und sie ist es, die du überwinden musst, um zum Ziel zu kommen. Sorge dafür, dass die richtige Stimmung herrscht. Im Falle von Carolina musst du sie überwältigen. Sie sehnt sich nach Zwang und Verführung. Falls du willst, dass dein Schwanz reicht, versetze sie in einen Zustand, an dem er genügt. Bring die inneren Barrieren zum Einsturz. Du bestimmst über ihre Erfüllung, denn die Sub begibt sich in deine Verantwortung. Respektiere es.“ Alec hatte ihm eine Hand auf die Schulter gelegt. „Ihre Liebe zu dir ist verdammt stark. Wenn sie in Ekstase ist, Ängste verspürt oder verzweifelt ist, ruft sie jedes Mal nach dir, unbewusst und mit einer Leidenschaft, die ich selten gesehen habe. Du bist ein glücklicher Mann, Richard.“ Master Alec hatte gelacht. „Ein geübter Dom hat eine Menge Spaß, bis er das Ziel erreicht. Die Sub erkennt ihr Vergnügen in manchen Fällen nicht sofort. Und das ist verflucht anregend.“

Richard wusste, welche Körperstellen er nicht verletzen durfte, spürte die Hemmung, es durchzuziehen, überdeutlich. Zum Glück hatte Alec für heute nur Rachels Po zur freien Zone erklärt. Die Vorstellung, ihr mit der Gerte auf die Brüste zu schlagen oder auf den Bauch, ließ seine Nackenhaare zu Berge stehen.

Er legte die Gerte zur Seite, begann Rachel zu streicheln, ihre Haut zu sensibilisieren. Er brauchte das ebenso wie sie. Die Anspannung wich nicht nur aus ihren Muskeln, auch aus seinen. Er sah die Feuchtigkeit auf der hübschen Pussy glitzern. Richard schlug ihr ein paarmal mit der Handfläche auf die knackigen Backen, während er die Nässe auf ihrem

Kitzler verteilte. Er konnte fühlen, wie sehr es sie erregte, dass sie sich ihnen auslieferte. Röte kroch ihr über den Leib, ihr Fleisch erwärmte sich nicht nur an den Stellen, die er traf. Er liebte dieses Gefühl, wenn seine Handfläche auf der nachgiebigen Fülle auftraf, seine Hand erhitzte und der Körper der Sub glühend zum Leben erwachte. Inzwischen akzeptierte er dieses Verlangen in sich, sah es nicht mehr als pervers an, sondern als Geschenk an den devoten Part.

Als Rachels Arsch brannte, hockte er sich zu ihr und betrachtete intensiv ihr Gesicht. Das kleine Biest lächelte ihn süß an. Ihre Augen waren klar, noch weinte sie nicht. Es war für ihn nicht leicht, sie zum Weinen zu bringen, so wie sie es brauchte.

Er hatte an Kissen geübt, an Schaufensterpuppen, und nun würde er das erste Mal eine Sub mit einer Gerte schlagen. Spanken mit der Hand liebte er, das hier war so anders. Richard erinnerte sich daran, dass er selbstbewusst wirken musste, auch wenn er sich unsicher fühlte.

„Hat die Sub einen Grund, dir zu misstrauen, ist die ganze Session zerstört.“ David hatte ihm an Sub Lilly demonstriert, wie er eine Bestrafung mit einem Rohrstock ausführte und an Sub Andrea eine Belohnung durch Lustschmerz. Beide Frauen, die gelbe Steine trugen, hatten geweint. Lillys Tränen waren von Reue und Schmerz geprägt, Andreas dagegen von einem schreienden Orgasmus.

Er war verdammt froh, dass Rachels Stein grün war. Richard führte den ersten Schlag leicht aus, dennoch hinterließ der Treffer eine helle Strieme.

„Eins, Sir Richard.“

Rachel war so süß, und sie erinnerte ihn an Carolina, die auch ein delikates Wesen besaß. Rachel und er atmeten einvernehmlich tief ein. Master Alec kämpfte damit, nicht in Lachen auszubrechen, Richard sah es ihm deutlich an. Überhaupt schien Alec ihm ein beträchtliches Vergnügen zu bereiten, Rachel und Carolina mit sanfter Pein zu quälen. Vielleicht brauchte er eine Pause von den Subs, die auf starken Schmerz standen. Den zweiten Feuerkuss setzte Richard auf die linke Seite. Er hatte es geschafft, sie genau zu platzieren.

„Zwei, Sir Richard.“ Rachel atmete aus. „Und grün, Sir Richard.“ Sie kicherte.

Alec schüttelte schmunzelnd den Kopf. Richard unterdrückte den Reiz, an seinen Hintern zu fassen, über den Streifen verliefen, verursacht von David. Ihm war danach nicht zum Kichern zumute gewesen, stattdessen hatte er beim dritten und finalen Hieb nur mit Mühe einen Schrei zurückgehalten, indem er sich dermaßen fest auf die Unterlippe biss, dass sie blutete.

„Die Dominanten und Master der *Insel* kennen Schmerz nicht nur vom Hörensagen.“ David war unerbittlich in seiner Forderung, dass jeder die Schlagwerkzeuge am eigenen Leib erfuhr. Eins wusste Richard definitiv, er war kein Masochist und nicht ein Milligramm devot. Sein Respekt vor der Hingabe des demütigen Parts wuchs durch die selbst erlebte Agonie immens, ebenso die Lust, diese herrliche Pein kontrolliert auszuführen, das Vertrauen zu erfahren, besonders von Carolina. Und die Peitsche konnte ihm gestohlen bleiben.

Auch hatte er gelernt, dass kein Sadist in ihm steckte, sondern er eher auf milde Qual abzielte. Aber er liebte es, mit der Scham der Sub zu spielen. Da stellte Carolina eine verflucht erotische Herausforderung dar, sie war schüchtern und schämte sich unglaublich schnell. In dieser Hinsicht war er doch ein Sadist.

Richard konzentrierte sich auf Rachel, die diesmal leise wimmerte, als die Gerte sie traf. Der Feuerkuss prangte stärker auf den Rundungen. David war echt ein Bastard, seine Striemen würden ihn noch die gesamte Woche zieren.

Er spürte, sah und wusste, wann Rachel genug hatte. Alec nickte ihm zu. Anscheinend machte er seine Sache gut. Es war Zeit, Rachel für ihr Vertrauen zu belohnen. Sein Verlangen, eine andere Frau zu nehmen, war erloschen, er sehnte sich nur nach Carolina, aber die entzückende Rachel zu befriedigen, nachdem er den Schmerz von ihr eingefordert hatte, erfüllte ihn mit Lust und einem inneren Frieden.

Richard wollte ihr ins Gesicht sehen, wenn sie kam, die Röte auf ihren Wangen, die ihn so reizte, und ihr süßes Lächeln. Auch musste er sich vergewissern, dass er ihr nicht zu viel zugemutet hatte. Alec löste die Schnellverschlüsse der Manschetten, und Richard half ihr auf die Füße.

„Alles in Ordnung, Kleines?“

„Ja, Sir Richard.“ Nervös sah sie zu Alec, erweckte den Eindruck, flüchten zu wollen.

Der Mistkerl amüsierte sich über Rachels Angst und sah sie mit einem Ausdruck an, als verfolgte er den Plan, jeden Zentimeter ihres Körpers mit Striemen zu überziehen. Rachel bebte in Richards Armen, und er rechnete fast damit, dass sie hinter ihm Zuflucht suchen würde.

„Leg dich mit dem Rücken auf das Bett“, sagte Richard sanft.

Die Master der *Insel* hielten nichts davon, den devoten Part im Ungewissen zu lassen, was er zu tun oder zu unterlassen hatte.

„Eine Sub zu bestrafen, weil sie nicht erraten konnte, was du dir von ihr gewünscht hast, ist ein mieses Verhalten. Klare Anweisungen, die du durchsetzen musst. Kündige niemals eine Strafe an und ziehe sie unbegründet zurück.“ David war ein guter Lehrmeister, ebenso wie Alec.

Als Rachel ihre Nase gegen Richards Brustkorb presste, schlich sich ein Lächeln auf Alecs Gesicht. Rachels Schüchternheit reizte ihn, Richard sah es ihm deutlich an. Rachel legte sich gehorsam auf das Bett, und auf dem hübschen Antlitz stand anschaulich ihre Erregung, gepaart mit Angst. Sie atmete schnell. Alec hielt ihre Handgelenke in einer Hand. Richard nahm den großen Vibrator.

„Du darfst so oft kommen, wie du willst", sagte Richard.

Die Kleine wusste noch nicht, was sie erwartete. Sie wollten sie so oft zum Höhepunkt treiben, bis sie alles um sich herum vergaß und aus Ekstase schrie.

„Das ist eine verdammt durchdringende Erfahrung, für beide." Alec hatte gemein gegrinst, so wie er es in diesem Moment tat. Alec beugte sich über sie, und Rachel schloss ihre Augen. Alec kniff ihr hart in die Nippel. „Möchtest du erneut bestraft werden, diesmal durch mich?" Alecs Stimme glich einem Windhauch, frisch aus Sibirien.

Rachel verharrte stocksteif, hörte sogar auf zu atmen. Ihre Lider flogen auf. Richard schaltete das Sextoy ein.

Oh!

Er wählte die mittlere Stärke. Das Ding vibrierte bereits jetzt verflucht intensiv. Vielleicht war er doch ein Sadist, denn er merkte, dass er fies lachte, als er die weiche Spitze an ihren Venushügel hielt. Rachels Becken ruckte nach oben, und sie versuchte auszuweichen. Aber sie konnte nirgendwo hin. Richard kniete zwischen ihren Schenkeln, und sie musste alles erdulden, was sie ihr antaten. Er tauschte mit Alec einen einvernehmlichen Blick aus, ehe er Rachel seine gesamte Aufmerksamkeit schenkte. Dies war eine besonders gemeine *Strafe*, denn sie beinhaltete keinen Schmerz, sondern sie würden Rachel überreizen, bis die Orgasmen alles von ihr forderten.

„Ich habe mir keine Bestrafung verdient?" Unsicher sah sie zu ihnen.

Master Alec lachte weich. „Wir bestrafen dich, weil wir Lust dazu haben, süße Rachel. Das ist Grund genug."

Ihr Mienenspiel war preisverdächtig.

Ihr ekligen Monster, stand ihr fast auf der Stirn geschrieben.

„Rachel, du wirst so oft kommen, wie wir es verlangen." Richard legte Nachdruck in seinen Tonfall. Er lächelte in sich hinein, gestern hatte er vor dem Spiegel geübt.

David hatte ihm einen Vortrag über Körpersprache gehalten. „Wenn du gut bist, Richard, reicht es, die Sub anzusehen, um ihr ein Beben zu entlocken, ihren Puls zu beschleunigen und ihr den ersten sexuellen Impuls zu geben." David hatte nach der verfluchten Gerte gegriffen und Richard mit einer derartigen Überlegenheit in die Augen gesehen, dass er sich vorkam wie ein Soldat, der in seinem ersten Gefecht Conan, dem Barbaren, gegenüberstand. Sein Herzschlag hatte sich nicht nur beschleunigt, ihm war der Schweiß aus allen Poren gebrochen.

„Zieh dein Höschen aus“, sagte David spöttisch, hatte bei den Worten jedoch nicht gelächelt, und Richard hatte mit einem Fluchtreflex gekämpft.

„Du musst nutzen, was die Sub dir anbietet. Betrachte sie genau, ihre Atmung, ihre Pupillen, ob sie zittert, die Hände anspannt. Du, mein Freund, verspürst in diesem Moment Angst vor mir, obwohl du mir wahrscheinlich kräftemäßig gewachsen bist.“ David trat dicht an ihn heran. „Warum trittst du nicht den Rückzug an?“

„Weil ich dir vertraue.“

„Nicht nur das, du vertraust mir nicht nur, du weißt auch, dass ich dein Vertrauen nicht missbrauchen, niemals die Beherrschung verlieren und dich im Zorn züchtigen würde. Eine Sub schenkt dir noch mehr, denn sie ist dir körperlich weit unterlegen. Du könntest sie zu allem zwingen, doch dein Ziel ist, dass sie es freiwillig tut.“ David hatte gemein gelacht. „Beuge dich über die Lehne der Couch.“

Richard graute es bereits jetzt davor eines Tages, Bekanntschaft mit einem Rohrstock zu machen. Ihm verblieb nur die Hoffnung, dass nicht Master Alec die Ehre erhielt, sie an seinem Arsch auszuprobieren.

Rachel bog den Rücken zu einem Hohlkreuz durch und kam zum ersten Mal. Richard beließ den Vibrator auf ihrer zuckenden Klitoris, und die kleine Sub versuchte verzweifelt, der Stimulation zu entkommen. Er schob ihr das große Sextoy in das Geschlecht, bewegte es ein und aus, nur um es dann rauszuziehen, ihren Kitzler damit zu umkreisen und ihr einen erneuten Höhepunkt zu entlocken.

Er schaltete auf die nächsthöhere Stufe, und Alec musste Kraft aufwenden, um Rachel zu bändigen.

„Fessele ihre Beine, Richard. Weit gespreizt.“

Rachel strampelte ernsthafter, um sich ihm zu entwinden.

„Möchtest du dein Wort sagen?“

Sie erstarrte in der Bewegung. „Es tut mir leid, Master Richard.“

Wann hatte er den Status des Masters erreicht?

So ängstlich hatte Rachel ihn noch nicht angesehen. Er spürte ihr Zittern, als er ihre Wade umfasste.

Alec streichelte ihr über die Wange. „Alles in Ordnung, Kleines?“

„Ja, Master.“

Richard befestigte die Softmanschetten. Alec tat das gleiche mit ihren Handgelenken, und der Master hatte die Hände frei. Und er machte regen Gebrauch davon.

Rachel erweckte beinahe sein Mitleid. Richard schaltete den Vibrator eine Stufe höher, und Rachel schrie ihre Erlösung in den Raum, bis sie selbst das nicht mehr schaffte. Diese Art der Bestrafung gefiel Richard sehr.

Richard musste Rachel nach der Session festhalten, da sie sonst zu Boden gegangen wäre. Die tränenüberströmten Wangen entfachten seine beschützende Seite, sodass er sie dicht an sich presste.

Alec überraschte ihn erneut. „Wasch sie, und ich hol euch was zu essen. Verbring Zeit mit ihr. Sie beantwortet gerne deine Fragen."

Rachel atmete erleichtert auf, sobald Alec das Zimmer verlassen hatte. Richard vermochte sich nicht zu helfen und schmunzelte. Sie sah ihn vorwurfsvoll an.

„Er macht mir Angst. Dabei ist er immer nett zu mir." Ihre blauen Augen funkelten. „Vielleicht ist es gerade das. Sue hat er vorgestern hart bestraft."

„Sie hatte es verdient." Sue hatte einen Orgasmus vorgespielt. Was war er froh, dass er nicht Sue gewählt hatte. Sie wirkte wie ein fertig gemaltes, zu perfektes Gemälde, absolut uninspirierend und kalt. Rachel hingegen strahlte pure Lebendigkeit aus.

„Richard." Sie lächelte ihn an, die Session war vorbei. Im Moment waren sie zwei gute Freunde. „Sue ist nicht, wie sie erscheint, sie hat ihre eigenen Dämonen aus der Vergangenheit. Andernfalls hätte David sie längst der *Insel* verwiesen. Sie hat sich bis jetzt noch niemandem geöffnet. Irgendwas belastet sie. Sue lässt nicht einmal David an sich heran."

Richard schaltete die Dusche ein, wusch Rachel, die wimmerte, als er nur in die Nähe ihres Venushügels kam. „Halt still, sonst lass ich Master Alec mit dir speisen."

Rachel warf ihm einen Blick ungetrübter Empörung zu. Vorsichtig spülte er den Schaum von ihrem Körper, wickelte sie in ein großes Handtuch und zog ihr einen flauschigen blauen Morgenmantel über, der genau zu ihren Augen passte.

Zum Glück stand das Essen bereit. Rachel fiel wie eine Verhungernde über den italienischen Pastasalat und das Huhn her. Richard verstand es zu gut. Sie aßen in einvernehmlichem Schweigen. Er lachte bei ihrem verzückten Gesicht, als sie die weiße Schokoladenmousse verspeiste, die mit Himbeermark lockte. Richard freute es, dass sie nicht so tat, als hätte sie keinen Hunger, und dass sie keine Hemmungen verspürte, in seiner Anwesenheit zu essen. Dieses seltsame Verhalten hatte er bei einer Menge Frauen beobachtet, sogar bei Carolina. Der Gedanke an übermorgen jagte einen vergnügten Impuls durch seinen Körper, denn dann würde er mit Carolina in einen der Bungalows ziehen.

Rachel tupfte sich die Lippen ab und nahm einen tiefen Zug aus der Bierflasche. „Jetzt geht es mir besser. Das war ein intensives Erlebnis." Sie errötete erneut auf diese entzückende Weise, die ihn so sehr an Carolina erinnerte. Er vermisste sie dermaßen, dass es wie glühende Nadeln schmerzte, die sich in sein Fleisch bohrten.

„Was hat dich an diesen Ort geführt, Rachel?"

„Mein damaliger Freund hatte vor drei Monaten einen Urlaub für uns auf der *Insel* gebucht."

Ein gehetzter Ausdruck lief über ihr Gesicht, und er fasste nach ihrer Hand.

„Du brauchst dich mir nicht zu offenbaren, falls du nicht willst. Ich würde gern mehr von dir erfahren und was in einer devoten Frau vorgeht, aber es steht dir frei, meine Fragen zu beantworten."

„Master David sieht es als Therapie an, dass ich darüber rede. Ich mag dich, helfe dir und Carolina aus vollem Herzen."

Richard fiel ein Stein von der Seele, denn wenn er die Sichtweise einer Sub kannte, würde er zukünftige Fehler bei Carolina vermeiden können. Sie prosteten sich mit den Flaschen zu.

„Ich wusste nicht, dass ich devot bin. Bei jedem Partner, den ich hatte, fehlte etwas. Sie vermochten es nie, mich restlos zu befriedigen. Als Tyler mir diesen Urlaub vorschlug, war ich Feuer und Flamme, gleichzeitig unheimlich nervös, sobald ich auf der *Insel* eintraf. Master David hat mich verhört und mir Fragen über mein Sexleben gestellt, die ich selbst mit meiner besten Freundin nicht diskutiert hätte. Gott, was war das peinlich."

Traurigkeit blitzte in ihren Augen auf. Richard fütterte sie mit dem Rest der Mousse.

„Ich hatte keine Ahnung, dass Tyler BDSM damit gleichsetzte, mich ans Bett zu binden und mir ins Gesicht zu schlagen, als ich nicht gehorchen wollte." Rachel stellte die Flasche ab, weil ihre Hände zitterten. „Master David und Master Liam kamen in den Bungalow gestürzt. Ich dachte, sie würden ihn umbringen. Mit den Subs sind sie so vorsichtig, verlieren niemals die Fassung. Master Alec hat die Bestrafung von Tyler übernommen. Am folgenden Tag haben sie ihn rausgeworfen. Ich habe ihn nie wieder gesehen. Master David schickte jemanden zu meiner Wohnung, der all seine Sachen entfernt hat. Tyler hat sich nicht einmal getraut, mich anzurufen."

„Es wundert mich, dass du nicht sofort nach diesem Erlebnis abgereist bist."

Sie warf lachend den Kopf zurück. „Das wollte ich auch. Ich stand bereits bei David im Büro, da hat er mich gepackt, mich über seine Knie gelegt und mir den Arsch versohlt." Sie errötete bis zu den Haarspitzen. „Danach musste er mich kaum berühren, da bekam ich den stärksten

Orgasmus, den ich bis zu diesem Zeitpunkt je hatte. Ich blieb die vollen zwei Wochen."

Sie sah ihm in die Augen. „Es war nicht einfach für mich zu akzeptieren, dass ich es gerne mag, im Bett die Kontrolle abzugeben und Schmerz zu erfahren. Dass es mich unglaublich anregt, mich in die Hände eines Dominanten zu begeben. Hier auf der *Insel* kann ich meine Bedürfnisse in einer sicheren Umgebung ausleben. Ich bin nicht der Typ, der sich in eine Bar setzt und sich bei einem One-Night-Stand vergnügt. Ich vertraue den Mastern und vor allem Master …" Sie stockte.

„… Liam", beendete er den Satz für sie. „Du liebst ihn."

Schockiert starrte sie in die Nacht hinaus. „Anscheinend bist du schon mehr Master als dir bewusst ist. Ich dachte, es würde niemand bemerken."

„Ich befürchte, die Master wissen es, außer vielleicht Liam."

„Als ich zu Hause war, versuchte ich, diese neu geweckten Gelüste zu bekämpfen und zu ignorieren. Master David hat mich persönlich eingeladen. Sobald ich Liam sah, war mir, als klaute mir jemand den Boden unter den Füßen."

Rachel und Liam würden perfekt zusammenpassen. Er beschloss, David um Rat zu fragen. Eventuell könnte er Liam einen Schubs in die richtige Richtung geben.

Rachel teilte bereitwillig ihre Empfindungen mit Richard, die Angst, die so köstlich erschien, die sie bei den Sessions brauchte, die nur erträglich war, wenn man vertraute.

Richard hoffte, bald mit Carolina, ein offenes Gespräch zu führen. Gnade ihr Gott falls sie versuchte davonzurennen, wie sie es früher immer getan hatte, dann hätte er keine Hemmungen, sie an das Bett zu binden und sie mit einem Vibrator zu bestrafen, bis sie nicht mehr laufen konnte.

Kapitel 11

Carolina starrte auf den Boden, als ob das Parkett geheime Glyphen zierten, die ihr eine Lösung aus der Misere böten. Zu gern hätte sie das Arschloch Master David angesehen und ihn mit ihrem Blick in seine atomaren Bestandteile zerlegt. Doch so schwer es ihr fiel es zuzugeben, sie traute sich nicht. Stur presste sie ihren nackten Po auf ihre Fersen. Wenn er glaubte, dass sie sich freiwillig nach vorn beugte, ihre Arme ausstreckte, sodass alle sie *dort* sehen konnten, dann kannte er sie aber schlecht.

Master Davids theatralisches Seufzen versprach Unheil. „Du hegst Bedenken, Stellung drei einzunehmen!“

Sie biss sich auf die Lippen, um das Schnauben zurückzuhalten. Position eins war schlimm genug gewesen. Er hatte sie aufgefordert, mit schulterbreit gegrätschten Beinen, obendrein mit hinter dem Nacken verschränkten Fingerspitzen zu verharren, damit die Master sie inspizieren konnten. Master Alec hatte sie nicht nur mit den Augen inspiziert, seine *Inspektion* schloss seine Hände ein, die ihre Nippel in pulsierende Spitzen gezwungen hatten. An seinem Gürtel hing eine Peitsche, und Carolina stand wie erstarrt. Master Alec hatte mit den Fingerkuppen ihre Schamlippen gespreizt und war mit einem Finger in ihr begieriges Geschlecht getaucht, während alle Master sie ansahen. Der fiese Master hatte sichergestellt, dass ihr sehr gefiel, was er ihr antat.

Position zwei war dagegen fast eine Erleichterung. Auf dem Boden zu knien und ihren Po auf den Fersen abzulegen, verbarg zwar nicht ihre Pussy, doch irrsinnigerweise fiel ihr diese Haltung nicht mehr so schwer. Frustriert bemerkte sie ihre zitternden Hände. Zudem hatte sie nicht gewusst, dass diese Pose nahtlos zu der dritten Stellung führte. Sie versuchte standzuhalten, unbeteiligt abzuwarten, was als Nächstes geschehen würde. Wenn sie mit Master David und Master Alec allein gewesen wäre, hätte ihre Beschämung bereits das Limit erreicht. Aber eine Reihe Master umringte sie, und die meisten davon kannte sie nicht, sodass ihre Schamgrenze eine neue unbekannte Höhe erlangte. Sie schielte zu der fantastisch aussehenden Devoten neben ihr, die keine Hemmungen besaß, die geforderte Position einzunehmen. Warum nur musste sie neben ihr sein? Sue war perfekt, demütig, anmutig, sexy und verdammt sinnlich, und sie hasste Carolina aus irgendeinem Grund, das hatte sie ihr deutlich angesehen.

„Carolina, sieh mich an.“ Master Davids Stimme tropfte wie Eiswasser in ihr Bewusstsein. Es brachte nichts, ihn zu ignorieren.

Sie war wahnsinnig zornig, wusste, dass es klar auf ihrem Gesicht stand und eine Bestrafung nach sich ziehen würde. Sie fand in Master Davids Miene nicht, womit sie gerechnet hatte. Er sah verdächtig verständnisvoll aus. Sie glaubte nicht, dass es ein gutes Zeichen darstellte, vielmehr war es eine Falle. Obendrein beging sie den Fehler, Master Alec anzusehen. Seine Augen funkelten mit einer derart sadistischen Freude über ihren Ungehorsam, dass sie sich beinahe flach auf den Boden geworfen hätte.

„Äußere dich, Sub." Master David hockte sich auf die Fersen, rückte so nah, dass seine Nasenspitze fast ihre berührte.

„Ich schäme mich", flüsterte sie.

„Wieso?"

Was war das für eine blöde Frage? Sie hätte ihm am liebsten in die Nase gebissen. Dann könnte sie ihn fragen, warum das wehgetan hatte. Sie presste die Lippen aufeinander. Seine Pupillen verengten sich, und er packte mit einer Hand in ihr Haar, mit der anderen um ihren Nacken, zog sie nach vorn und zwang sie in die geforderte Haltung. „Master Alec, zehn Strafschläge mit dem Rohrstock", sagte er weich.

Sie kannte ihn gut genug, um zu wissen, je sanfter er wirkte, desto masteriger war er. Sie kämpfte bereits jetzt mit den Tränen. Das Instrument der Strafe jagte ihr eine Heidenangst ein, dazu noch geführt von Master Alec. Würde er diesmal seinen Sadismus an ihr ausleben? Sich nicht zurückhalten? Mit dem Stock könnte er ihr mühelos blutige Striemen verpassen.

„So wenig Vertrauen, Carolina. Du enttäuschst Master David und mich." Master Alec stand hinter ihr. Nichts hatte sie auf die Pein vorbereitet, die ihren Po erfasste. Die Master forderten sie nicht auf mitzuzählen, stumm zu bleiben oder still zu verharren. Sie hätte es nicht gekonnt. Master David hielt sie in Schach, während Master Alec nach dem ersten Hieb innehielt.

Es schmerzte nicht nur beim Aufprall, nein, Sekundenbruchteile später fühlte es sich an, als hätte Master Alec zwei Mal zugeschlagen. Sie holte zitternd Luft, verbiss sich den Schrei und wusste bereits jetzt, dass es ihr nicht erneut gelingen würde. Die Qual war zu durchdringend. Master Alec traf jede Seite fünf Mal, mit einer Präzision, die sich auch in der Härte der Schläge zeigte. Er schaffte es, jede Feuerzunge ein wenig mehr brennen zu lassen als die vorherige. Längst schrie und weinte sie hemmungslos, vergessen war ihre Scham, dass die Master zwischen ihre Beine sehen konnten. Alles, was verblieb, war die intensive Pein, die nicht nur ihren Po erfasste, sondern auch ihre Seele, in ihr das Bedürfnis weckte zu gehorchen, nicht aus Angst, aber aus dem demütigen Verlangen heraus, sich ihren Mastern offenzulegen.

Master Alec zog ihren Oberkörper nach hinten, sodass sie an ihm lehnte, während Master David seine Stirn gegen ihre presste und ihr die Tränen mit den Daumen wegwischte.

„Sag mir, warum wir dich so hart bestraft haben, Fiorella."

„Weil ich nicht nur ungehorsam war, sondern euch ausgewichen bin, nicht aussprechen wollte, wieso ich mich schämte."

Master Davids warmer Blick forderte sie auf weiterzureden.

„Ich fühle mich unzulänglich und habe euch meine Hingabe vorenthalten."

„Ein Verhalten, das du so lange perfektioniert hast, bis du Richard beinahe verloren hättest. Ständig weichst du aus, sprichst nicht aus, was du herbeisehnst. Du kanntest die Konsequenzen deines Handelns."

Sie hatte es getan, obwohl sie gewusst hatte, die Master würden sie bestrafen, aber nicht auf diese unerbittliche Weise. Sie hatte erneut vergessen, mit wem sie es zu tun hatte.

„Es tut mir leid, Master David … Master Alec." Ihre Worte waren kaum verständlich, da sie heftig weinte. Erst jetzt bemerkte sie, dass sie inzwischen allein mit Master David und Master Alec war, die Carolinas Reaktion vorausgesehen hatten.

Master Alec zog sie dichter an seine Brust, streichelte sie mit den Händen, die ihr gerade noch entsetzliche Pein zugefügt hatten.

Die Männer warteten geduldig, bis sie ruhiger atmete. Sie wunderte sich selbst, wie schnell es ging. Vielleicht lag es daran, dass zwei Master sie berührten und Carolina ein Gefühl der Geborgenheit vermittelten, das sie auch während der Strafe verspürt hatte. Die Erkenntnis schlich auf schmalen Pfaden in ihr Herz. Die Sehnsucht nach Richard stieg an. Sie wollte mit ihm diese Wege beschreiten, sich ihm offenlegen, schlussendlich in seinen Armen weinen, nachdem Master Richard sie gezwungen hätte, ihm alles zu geben. Inzwischen war sie sich sicher, dass nur Richard mit ihr geschlafen hatte.

Master David wich zurück, gab ihr den Raum, den sie brauchte. Sie sank mit dem Oberkörper auf das Parkett, legte die Stirn auf den Boden, die Arme gestreckt nach vorn und verblieb in der demütigen Haltung, bis eine absolute Stille sie erfasste. Auch sie kam mit leisen Schritten, die sich zuerst in einer ruhigeren Atmung zeigten, bis die Ruhe ihre Seele ummantelte und sie ganz erreichte.

„Kleine Fiorella, sieh mich an."

Sie traf Master Davids Blick. Die Wärme in seinen Augen jagte ihr einen freudigen Schauder den Körper entlang, der sie fast ihren brennenden Po vergessen ließ, bis Master Alec die Haut streichelte, mit den Fingerkuppen seine Zeichnung berührte. Die Position überließ ihm alles. Schlussendlich belohnte er sie für ihr Leid und ihre Hingabe.

Seine Finger glitten tiefer. Er beugte sich über sie. „Du bist wunderschön, Carolina. Benutze niemals in meiner Anwesenheit deine Beschämung dir selbst gegenüber als Ausrede, dich meinen Befehlen zu widersetzen."

Sie vermochte sich kaum auf das Gesagte zu konzentrieren, weil Master Alec mit langsamen, gleichmäßigen Bewegungen ihre Scham massierte, hart ihre Klitoris rieb.

Falls er verlangte, dass sie nicht kommen dürfte, würde sie sterben. Zu aufgeputscht, obendrein unkontrollierbar fühlte sie sich. Master David kniete vor ihr, öffnete seine Hose, sodass ihr seine Erektion entgegensprang. An den Schultern hob er sie an, bis sie auf Händen und Knien ruhte. Sie nahm den prächtigen Phallus zwischen die Lippen und beinahe biss sie ihn, als Master Alec ihr zuraunte, sie solle jetzt loslassen.

Sadistischer Bastard!

Carolina kam augenblicklich und heftig, gehalten von Master David, stimuliert von Master Alec.

Sie rechnete damit, dass Master Alec Richards Wunsch in die Tat umsetzte, doch es waren nur seine Hände, die sie weiterhin berührten. Master David überließ ihr die Kontrolle, verlangte nicht von ihr, dass sie seinen Schwanz so weit in ihre Mundhöhle aufnahm, bis sie würgte.

„Deep Throat wird überbewertet, Fiorella. Mir liegt nichts daran, meine Sub in die Übelkeit zu treiben." David umfasste ihren Nacken und lächelte sie an. „Dich kann ein Master lesen wie ein Buch."

Sie saugte fest an der Spitze. Er verstummte, gab sich ihr ganz hin. Im Moment fühlte sie sich wie ein Master, denn sie hatte die Macht, ihm Vergnügen zu schenken. Das hatte sie schon immer geliebt. Sie schloss die Lider, froh, dass Master David nicht darauf bestand, dass sie ihn ansah. Sie leckte an der samtigen Haut entlang. Es faszinierte sie, dass diese weiche Verpackung eine Härte enthielt, die Frauen vor Wonne schreien lassen konnte, wenn der Mann sein Handwerk verstand.

Master Alec streichelte ihre Brüste und neckte ihre Nippel, ungewohnt sanft. Die Sub, die Master Alec für sich gewann, war zu beneiden. Er war kein herzloser Sadist, sondern spürte die leiseste Empfindung auf und nutzte sie für seine Bedürfnisse. Doch auch bei ihm stand die Unversehrtheit des devoten Parts an oberster Stelle. Mit ihm zu spielen, war ein besonderes Vergnügen, gleich einem Tanz mit dem Teufel der Lüste.

Ob Master Alec sie nicht attraktiv genug empfand, um sie zu nehmen? In diesem Moment presste er sein Becken an ihren Po, und sie fühlte seine Erektion. An ihr lag es anscheinend nicht. Vielleicht wusste er, dass sie es zwar zulassen würde, sich hinterher aber schämen würde. Master David einen Blowjob zu verpassen, widerstrebte ihr dagegen in keiner Weise. Absurd? Auf der *Insel* war alles anders. Sie glaubte nicht, dass sie zu Hause jemals an einen anderen Mann denken würde außer an Richard … an Master Richard. Denn er war es, den sie wollte.

Master Alec stellte sich vor sie hin, zog seine Hose aus und masturbierte. Gott, was für ein Anblick.

Sie hörte auf zu grübeln, gab Master David ein wenig von dem zurück, was er ihr geschenkt hatte. Vorsichtig wog sie die Schwere seiner Hoden in der Hand, leckte sanft über die empfindlichen Körperteile und saugte sie in ihren Mund. Master David belohnte sie mit einem ungezügelten Stöhnen. Offensichtlich mochte er diese Art von Lustschmerz. Sie massierte langsam seinen Schwanz, nahm ihn erneut zwischen die Lippen, kreiste mit der Zunge um seine Eichel und lutschte fester.

Carolina umfasste seine Pobacken. Sein Arsch war prachtvoll, hart und maskulin. Sie konnte nicht widerstehen, fasste stärker zu, ließ ihn ihre Fingernägel spüren. Die Muskeln verkrampften unter ihren Fingerspitzen. Master David stand kurz vor dem Höhepunkt.

Master Alec spritzte keuchend seine Lust auf ihren Rücken.

Carolina öffnete den Mund weiter und übergab Master David die Kontrolle. Master David griff in ihr Haar, bewegte sich schneller, bis er sich in ihr ergoss.

Sie hielten Carolina eine Weile, dann wischte Master Alec mit einem nassen Tuch seine Spuren von ihrem Körper. Master David brachte sie in ihr Zimmer. Sie spürte noch, dass er sie auf die Stirn küsste und sie zudeckte, ehe tiefer Schlaf sie überwältigte.

Kapitel 12

In Carolinas Magen nistete ein Schwarm Schmetterlinge. Nervös lief sie in dem Holzbungalow auf und ab. Tessa hatte sie vor einer gefühlten Ewigkeit an diesen Ort gebracht, ihr mitgeteilt, dass ihr Urlaub mit Master Richard jetzt begann. Carolina betrachtete entgeistert die Uhr, die auf dem Sideboard stand. Es konnte nicht sein, dass lediglich zehn Minuten vergangen waren. Sie hatte keinen Blick für die geschmackvolle Einrichtung. Mit einem Seufzer fiel sie auf das breite anthrazitfarbene Sofa, griff nach einem der hellblauen Kissen und presste es sich gegen das Gesicht. Ihr war, als wäre sie ein Teenager, der auf sein erstes Date wartete. Frustriert warf sie das Kissen auf die Sitzfläche und sprang auf. An dem Gestell der Couch waren Ringe und Manschetten angebracht. Ihr Herz machte einen Satz, wenn sie an das Schlafzimmer dachte und an die Truhe, die unter dem Fenster thronte. Sie war mit einem dicken Schloss versehen. Sie ahnte, dass dort all die Instrumente verborgen waren, die ihr Master an ihr ausprobieren wollte. Und ihr Master war Richard.

Irgendwie konnte sie sich nicht vorstellen, dass er mit ihr all die Dinge tun würde, die Master Alec und Master David von ihr verlangt hatten. Er war ihr sanfter Ehemann, forderte niemals etwas von ihr.

Sehr witzig, Carolina. Er hat dich in ein BDSM-Resort verschleppt, dich züchtigen lassen, weil es ihm gefiel.

Sie umrundete den Esstisch aus dunklem Holz und sah sich darauf liegen, gefesselt, gespreizt, während Master Richard einen Vibrator in sie hineinschob, bis er sie zum Orgasmus zwang. Allein der Gedanke fügte zu den Schmetterlingen einen Poltergeist hinzu.

Und dir gefällt es hier gut, gib es endlich zu. Wenn es funktioniert, rettet es deine Ehe mit dem Mann deiner Träume.

Aber ob sie Richard als Master ernst nehmen konnte? Sie vermochte sich nicht vorzustellen, dass er sie spankte, bis sie weinte, ihr Befehle erteilte, um ihren Gehorsam zu erzwingen.

So sah sie ihn einfach nicht. Die Tür flog auf. Richard stand im Türrahmen. Er verharrte für einen Augenblick, und seine Präsenz füllte den Raum. Sein Äußeres wirkte wie immer, die dunklen Haare waren zerzaust, die blauen Augen erinnerten sie an einen Sommertag. Er trug Jeans und ein schwarzes T-Shirt. Ihr Mann war ein verdammt gut aussehender Kerl. Richard musterte sie eindringlich.

„Position zwei."

War diese samtige, bedrohliche Stimme seine, die ihr ein Schaudern entlockte? Er betonte die Silben, sodass sie sich wie eine schreckliche

Liebkosung anhörten, gleichzeitig mit einer Genugtuung, die nach dem Schaudern einen Hitzeschauer verursachte.

Carolina hatte gehofft, sie würden reden, vielleicht zusammen etwas essen. Dann würde Richard ihr ein paar Klapse auf den Po geben, und sie würden vorsichtig ihre neuen Rollen erkunden.

Sein ganzes Erscheinungsbild änderte sich. Ihr schnell schlagendes Herz gesellte sich zu den Schmetterlingen und dem Poltergeist. Seine Augen verengten sich, er hechtete fast auf sie zu. Carolina vermochte sich nicht zu helfen, sie wich rückwärts aus, bis sie die Wand erreichte.

Ihr sanfter, gutmütiger Ehemann drängte sie an das Holz, ehe er sie küsste. An seinem Kuss war nichts Sanftes, er zwang ihren Mund auf, und seine Zunge traf ihre. Seine warme Hand schob sich unter das Top. Ihre Pussy reagierte leidenschaftlich mit Feuchtigkeit auf seine Dominanz.

Gut, er hatte seinen Standpunkt klargemacht. Er wollte Sex, bevor sie redeten. Aber sie dachte nicht daran, sich auf den Boden zu knien. Richard trat von ihr zurück, als gewährte er ihr noch einmal Gelegenheit, Gehorsam zu zeigen. Trotzig sah sie ihn an. Richard packte sie an den Haaren. Bevor sie realisierte, was er vorhatte, beförderte er sie in das Schlafzimmer und warf sie bäuchlings auf das Bett.

Mit einer Bewegung zog er ihr die dämlichen Shorts bis zu den Knöcheln, als hätte er niemals etwas anderes getan, und drehte ihr den Arm auf den Rücken.

„Das wird jetzt wehtun, Carolina. Du verdienst es und bekommst genau das von mir, was du schon jahrelang brauchst. Danach nimmst du Position zwei ein.“

Er sagte es mit einer Sicherheit, die ihren Zorn schürte. Doch ehe sie ihrem Unmut Ausdruck verleihen konnte, knallte seine Handfläche quer auf ihren Arsch, mit einer Härte, die ihr die Luft aus den Lungen trieb. Richard hatte geübt und musste ein verdammt eifriger Schüler gewesen sein. Er gewährte ihr keine Gelegenheit, sich zu sammeln. Der Schmerz landete auf der rechten Seite, erwischte anschließend die linke Pobacke. Und die ganze Zeit strahlte Richard eine Ruhe aus, die sie nicht teilte. Carolina schrie, heulte, beschimpfte ihn, versuchte sich aus seinem Griff zu lösen. Er presste ihr sein Knie auf die Lendenwirbel, und jetzt machte er richtig ernst. Agonie brandete auf ihrem Hinterteil. Ihr Widerstand nutzte ihr nichts, stattdessen schnaubte er amüsiert, während er sein Werk fortsetzte, bis ihr gesamter Po sowie ihre Oberschenkel in Flammen standen. Sie hörte auf sich zu wehren, akzeptierte, was ihr Master ihr antat. Denn er gab ihr das, was sie brauchte.

Master Richard streichelte über die heiße Haut, zog ihr die Shorts und das Top aus, indessen sie wie betäubt auf dem Bett lag und Tränen ihr Gesicht benetzten.

„Spreiz deine Beine."

Sie tat sofort, was er verlangte, weil sie keinerlei Zweifel hegte, dass er sie fesseln würde, falls sie es nicht freiwillig tat. Carolina lag flach auf dem Bauch, und er kniete zwischen ihren Schenkeln.

„Du bist klatschnass, Carol."

Sie hörte Stolz in seiner Stimme, Freude und Lust. Sie rechnete damit, dass er sie augenblicklich nehmen würde, aber Master Richard tat es nicht, stattdessen schob er ihr von hinten eine Handfläche unter das Becken und tauchte mit einem Finger in ihre Pussy, während er mit dem Daumen ihren Kitzler rieb.

„Du kommst nur, wenn ich es dir erlaube, Sub." Niemals zuvor hatte er in diesem Tonfall mit ihr geredet. Es lag eine ruhige Dominanz in der Tonlage, in den sanft gesprochenen Worten. Es war absurd: Als sie das letzte Mal wissentlich mit ihm Sex gehabt hatte, hatte sie ihm Erfüllung vorgespielt, und jetzt war sie kaum in der Lage, sich zu beherrschen. Und das Verbot gestaltete die Befriedigung weitaus begehrenswerter. Der Finger in ihrer Scham bewegte sich ein und aus, während er mit dem Daumen an den Seiten ihrer Lustperle entlangstrich, sie umkreiste, und dann massierte er genau den Punkt, der sie über die Klippe schubste. Sie hob das Becken an, drängte sich der Stimulation entgegen, und der Orgasmus krachte in sie – mit einer Intensität, die ihr die Luft zum Atmen raubte. Master Richard stimulierte sie weiter, dehnte den Höhepunkt aus, bis das Pulsieren abebbte.

Richard merkte, dass er breit grinste. Zum Glück konnte Carolina es nicht sehen. Er presste sein Knie auf ihre Lendenwirbel, sodass er fester zuschlagen konnte. Er tat es mit Freude. Es tat verdammt gut, ihr den Arsch zu versohlen, bis sie schlussendlich weinen würde. Sie verdiente es ebenso wie er. Als sich ihr Po unter seinen Schlägen erhitzte und unglaublich errötete, jagte Befriedigung über ihn wie bei einem wilden Ritt auf einer Stromschnelle. Seine Hand brannte wie die Hölle, vielleicht hätte er lieber ein Paddel nehmen sollen, aber das hätte ihn nicht auf dieselbe Weise zufriedengestellt. Die Züchtigung am eigenen Leib zu spüren, war immens erfüllend. Anfangs hatte sie ihn als Master nicht ernst genommen, ihre fatale Fehleinschätzung bereute sie im Augenblick enorm. Der Ausdruck in ihren Augen war preisverdächtig gewesen, als sie erkannte, dass er es bitterernst meinte; eine Mischung aus Bestürzung und Lust. Er fühlte keinen Zorn auf Carolina, solange er sie bestrafte, stattdessen eine fantastische Ruhe. Zuerst loderte die Erinnerung an ihre vorgespielten Orgasmen in ihm hoch, doch mit jedem Streich verlor sie an Schrecken. Im Moment konnte sie ihm nicht ausweichen, weder physisch noch psychisch. Die stille Wut und Verzweiflung, die aus ihrem Verhalten resultierten, verblassten, bis nichts mehr davon übrig blieb. Alles strömte von ihm, bis nur Carolina und er verblieben. Mit jedem Feuerstreich näherten sie sich einander, bis sie beieinanderstanden und ineinanderflossen. Er spürte den Augenblick, als der gleiche Friede sie überkam, denn nicht nur ihre Körper berührten sich, sondern endlich auch ihre Herzen und Seelen. Ohne das Training auf der *Insel* hätte er sich niemals dazu bringen können, Carolina sowie sich selbst in diesen Zustand zu versetzen. Bei den letzten Schlägen ließ er sie los, so wie sie innerlich losließ, seine Handfläche nicht nur ertrug, vielmehr herbeisehnte. Es war wunderschön, dass sie sich ihm hingab.

Richard streichelte über den glühenden Arsch, während er zwischen ihren gespreizten Beinen kniete. Sie lag flach auf dem Bauch, zu überwältigt, um sich ihm zu verwehren. In dieser Verfassung könnte sie ihm keinen Orgasmus vorspielen, zu rigoros hatte er sie entblättert, den Schutz von ihr gezerrt, bis sie ihm endlich das gab, wonach nicht nur er sich all die Jahre gesehnt hatte, sondern auch seine geliebte Carolina, die zudem seine Sub war. Ihr Becken ruckte nach oben, als er ihre Pussy berührte, die unglaublich feucht war. Inzwischen konnte er all die Zeichen deuten, und Carolina stand bereits jetzt vor dem Höhepunkt. Vielleicht besaß er eine größere sadistische Ader, als er angenommen hatte, denn ihr die Erfüllung zu verbieten, obwohl er wusste, dass sie den Orgasmus nicht zurückhalten konnte, erfüllte ihn mit reiner gemeiner Freude. Sie wehrte sich kurz, versuchte erfolglos, die Befriedigung aufzuhalten, indem sie sich verkrampfte. Schlussendlich gab sie auf, und er spürte ihre Vaginalmuskeln, die um seinen Finger zuckten, das Pulsieren ihrer Klitoris und das unverfälschte Stöhnen, das in einem heiseren Schrei gipfelte.

Bei den Heiligen!

Er musste sich zusammenreißen, um nicht sofort in sie einzudringen. Ein Master zu sein, war verdammt schwierig. Elende Selbstbeherrschung! Er würde keine zwei Minuten durchhalten.

Er räusperte sich, um unheilvoll zu klingen.

„Das war ein unerlaubter Orgasmus, Sub."

Sie murmelte etwas in die Bettdecke, das sich wie ein „Willst du mich verarschen?" anhörte. Seine Hand knallte auf ihren Arsch, und sie schrie auf. Zur Hölle, wenn sie nicht endlich gehorchte, würde er zu einem Paddel greifen. Er schüttelte sein geschundenes Körperteil, unterdrückte das Verlangen daraufzupusten. Aus reiner Boshaftigkeit kniff er ihr in die pralle Pobacke. Er liebte ihren Hintern und hatte es nie verstanden, was sie um Gottes willen daran auszusetzen hatte. Weibliche Popos in jeder Form waren dazu gemacht, einen Mann in einen Kerl zu verwandeln, der damit kämpfte, seine Beute nicht an den Haaren in seine Höhle zu zerren, um sich dort mit ihr zu vergnügen, so wie ihm der Sinn danach stand. Aber ihre Selbstkritik weitete sich auf ihre gesamte Figur aus, bis sie es gleich einer Waffe benutzt hatte, um sich ihm zu versagen. Er ähnelte auch nicht einem dieser anabolikaverseuchten zwanzigjährigen Unterwäschemodels, und es betrübte ihn kein bisschen. Er hatte eine Schwäche für ihren sanft gerundeten Bauch, wie sich ihr voller Busen in seinen Händen anfühlte. Er liebte die Weichheit einer Frau, nicht den harten Körper eines Kerls. Wenn sie joggte, musste er immer an sich halten, ihr nicht das T-Shirt vom Leib zu reißen und sie über den nächstbesten Baumstamm zu werfen. Vielleicht hätte er das einfach tun sollen. Diese Option hielt er sich für die Zukunft offen.

„Position zwei", wisperte er in ihr Ohr. Ihre Tränen machten ihn dermaßen an. Er vermochte sich nicht zu helfen.

Richard stand auf und verschränkte die Arme vor der Brust. Sie lag einen Moment erstarrt, doch sie erkannte schlussendlich, dass sie ihm gehorchen würde, es tief in ihrem Inneren wollte. Es zuzugeben fiel ihr schwer. All diese Emotionen erfasste er in ihrem tränenüberströmten Gesicht, als sie sich drehte und ihn ansah.

„Funkel mich ruhig an wie ein störrischer Esel, Sub. Du erhöhst deine Bestrafung mit jeder Sekunde deiner Aufsässigkeit."

Er ging gemächlich zu der Truhe, die an der Wand lehnte, spürte seinen Schwanz, der schmerzhaft gegen seine Jeans presste, überdeutlich, ebenso ihren Blick, der ihm folgte. Beinahe wünschte er sich, dass sie weiterhin versuchte, sich ihm zu widersetzen, denn im Geist verabreichte er ihr bereits einen Analplug.

Richard schloss den Deckel auf und musterte betont gebannt den Inhalt, als erblickte er die Sachen zum ersten Mal. Dabei hatte er alle Utensilien selbst hineingetan, solche, die er sich ausgesucht und auch ein paar, die David ihm empfohlen hatte.

Er hörte, dass sie sich bewegte, und drehte sich zu ihr. Sie sank auf die Knie, spreizte die Beine und setzte ihren herrlichen Po auf die Fersen. Die Handflächen lagen auf den Oberschenkeln. Die Position wäre beinahe perfekt, wenn sie ihn nicht angesehen hätte, als laserte sie ihm gerade die Haut vom Körper.

Sie sah so süß aus in ihrem hilflosen Zorn.

Jetzt fang bloß nicht an zu lachen.

Carolina presste die Lippen aufeinander, und er sah, wie hart sie daran arbeitete, ihm nicht an den Kopf zu werfen, was sie von ihm dachte. Er ging zu ihr, blieb so dicht vor ihr stehen, dass er sie fast berührte. Ein Beben lief über ihre hübschen Schultern.

Ein wenig ängstlich, die kleine Sub. Es entlockte ihm ein Schmunzeln.

Carolina hatte nicht die geringste Ahnung, wer dieser Kerl war, der sie so einschüchterte. Wo war ihr Richard, den sie mit Leichtigkeit einschätzen konnte? Sie sah die gewaltige Erektion, die sich gegen seine Jeans presste. Anscheinend hatte er auf einen Slip verzichtet. Ihr Hintern brannte, als wäre sie in ein Lagerfeuer gefallen. Zu keiner Sekunde hatte sie geahnt, dass ihr sanfter Richard zu so einer herrlich gemeinen Tat fähig wäre.

Es ist nicht nur dein Ehemann, der vor dir steht, sondern auch dein Master. Master Richard.

Allein der Gedanke jagte erneut erregende Schauder über ihre Haut. Niemals zuvor hatte sie durch Richard einen dermaßen intensiven Orgasmus erfahren wie von Master Richard. Sie ahnte, es war nur die Spitze seines neu erlernten Repertoires. Und er war noch lange nicht fertig in seiner Wissbegier. Er würde noch viel lernen während ihres Besuchs auf der *Insel*. Obendrein war es mit Sicherheit nicht ihr letzter Aufenthalt an diesem Ort. Ihr entwich beinahe ein Kichern bei der Vorstellung, mit Master Richard einen solchen Urlaub zu planen. Sie war mittlerweile ehrlich genug, vor sich selbst zuzugeben, dass sie alles gemocht hatte, was Master David und auch Master Alec ihr angetan hatten. Doch erst bei den Schlägen, ausgeführt von der Hand ihres geliebten Ehemanns, hatte es sie bis in die versteckteste Zelle ihres Körpers berührt. Die Liebe hatte gefehlt. Erleichterung durchsummte sie, dass die wichtigste Empfindung von allen stärker in ihr tobte als jemals zuvor. Sie wollte, dass Master Richard sie fickte, sie im Anschluss zärtlich liebte.

Sie lehnte die Stirn gegen seinen Oberschenkel, errötete bei der Erinnerung, dass sie Master David gebissen hatte, als er es von ihr verlangte. Der Mistkerl hatte zurückgebissen und ihren Po mit Bissmalen bedeckt. Überhaupt wunderte sie sich, dass ihre Haut vorhin makellos gewesen war, als sie in den Spiegel blickte. Oh ja, die Master der *Insel* wussten, was sie taten. Sie hinterließen keine bleibenden Spuren, genau, wie sie es ihr versprochen hatten. Außerdem hatte sie ihren Po anders betrachtet, war zum ersten Mal froh, dass er verführerische Polsterungen aufwies. Komplimente eines Masters, ausgeführt durch Gerte und Flogger, waren erstaunlich gut für das Selbstbewusstsein einer Sub. Nicht einer der Dominanten hatte jemals eine Sklavin aufgrund ihres Aussehens beleidigt, egal ob sie dünn oder füllig gewesen war.

Master Richard berührte sie an der Wange, erteilte ihr die Genehmigung zu sprechen.

„Master Richard." Es wunderte sie, wie leicht es ihr von den Lippen kam. Sie legte den Kopf in den Nacken, um ihn anzusehen. Das warme Leuchten in seinen Augen ließ sie beinahe erneut in Tränen ausbrechen. Dabei hatte sie den Vorrat für die nächsten Wochen aufgebraucht. Andererseits hatte sie bis vor Kurzem ihre Emotionen verwahrt, die dieser Tage aus ihrem Stauraum ausbrachen, als könnten sie es kaum erwarten, endlich Tageslicht zu sehen.

„Darf ich dir Erleichterung verschaffen … mit dem Mund?"

Master Richard warf ihr einen amüsierten Blick zu, ehe er lauthals lachte. Ewig nicht mehr hatte sie ihn dermaßen befreit gesehen. Was war denn daran komisch? „Ah, meine kleine, schüchterne Sub. Ich verlange unverblümtere Worte."

Sie presste ihr Gesicht gegen sein Bein. Dirty Talk war noch nie ihr Spezialgebiet gewesen. Er wusste es ganz genau. Master Richard hatte sich getraut sie zu spanken, bis sie letzten Endes zu sich selbst fand, da sollte sie in der Lage sein, wenigstens das für ihn zu tun.

„Darf ich deinen Schwanz lutschen, bis du schreist … Master Richard?" Flammende Röte ergriff ihre Wangen, sie spürte es deutlich.

Oh Gott.

„Und wenn du fast kommst, höre ich auf, und dann möchte ich, dass du mich fickst, bis wir gemeinsam schreien."

„Das begehrst du also."

Der Mistkerl amüsierte sich beträchtlich. Sie fasste nach dem Reißverschluss seiner Jeans, zog den Schieber hinunter und öffnete den Knopf. Sie machte sich erst gar nicht die Mühe, die Hose über seine Hüften zu ziehen. Seine Erektion sprang ihr förmlich entgegen. Sie nahm ihn sofort in den Mund und saugte ganz vorsichtig an der Spitze, denn sie ahnte, falls sie nicht langsam an die Sache heranging, würde er augenblicklich die Beherrschung verlieren, an Ort und Stelle Erfüllung finden, so erregt, wie er war. Die Adern auf seinem Penis traten deutlich hervor. Sie hatte die Länge und die Dicke seines Schwanzes immer als perfekt empfunden. Ein Tropfen Samen benetzte ihn, und sie leckte ihn ab. Er stöhnte dermaßen maskulin, dass ihr Körper mit purer weiblicher Lust reagierte. Richard hatte sich niemals in ihren Mund ergossen, jetzt wünschte sie sich, er würde es tun. Ficken könnte er sie zu einem späteren Zeitpunkt. Sie vermochte sich einfach nicht zu entscheiden. Das brauchte sie auch nicht, weil Master Richard die Kontrolle übernahm.

Er fasste sie an den Schultern, zerrte sie auf die Füße und verfrachtete sie auf das Bett. Sein glühender Blick ließ nicht von ihr ab, als er sich ungeduldig aus der Jeans befreite, beinahe dabei hinfiel und das T-Shirt in die nächstbeste Ecke warf.

Ein wenig unbeherrscht, der holde Master!

Er packte ihre Handgelenke mit einer Hand und zog ihr die Arme über den Kopf. Seine Lippen trafen ihre, und er küsste sie lange und tief. Master Richard leckte ihren Hals entlang, biss in ihren rechten Nippel und beruhigte den köstlichen Schmerz mit seiner Zunge.

Carolina spürte seine Erektion an ihrem Geschlecht, drängte sich ihm entgegen. Master Richard wollte davon nichts wissen und bestrafte sie, indem er die andere Brustwarze zwischen seinen Zähnen erfasste, zubiss, bis sie wimmerte vor herrlicher Pein.

„Du magst das, kleine Sub."

Diesmal saugte er an ihrem Hals und kniff gleichzeitig in die zarten Spitzen ihrer Brüste. Die Qual war pure Lust! Sie wollte ihn so sehr, wollte, dass er sie endlich nahm.

„Bitte, Master, bitte, fick mich."

Sie biss ihm in die Schulter, so hart, dass er stöhnte und mit einem Stoß in sie eindrang.

„Es ist verboten, seinen Master zu beißen und ihm Befehle zu erteilen."

Irgendwann hatte er das Mastergesicht verloren; es war Richard, der sie ansah, dermaßen liebevoll, dass sie ihn zuckersüß anlächelte, ehe sie abermals die Zähne in seiner Schulter vergrub.

„Du Biest." Er hielt inne und streichelte ihre Wangen, bevor er sie sanft küsste, sie umarmte, als wäre sie das Kostbarste, das er besaß.

„Alles in Ordnung, Kleines?"

Unfähig zu sprechen, begnügte sie sich mit einem Nicken. Er lächelte teuflisch. „Dann ist gut, denn ich bin noch nicht fertig mit dir." Er bewegte sich langsam und packte von Neuem ihre Handgelenke. „Die Liste deiner Verfehlungen ist lang."

Master Richard schob eine Hand unter ihren Po und grinste gemein, als sie von dem Schmerz wimmerte, weil er über die wunde Haut rieb. Die Qual vermischte sich mit dem Gefühl seines Schwanzes. Niemals zuvor hatte sie so intensiv gespürt. Ständig dachte sie das, seitdem sie auf der *Insel* verweilte. Sie liebte die berauschende Empfindung der Hilflosigkeit, denn es war Master Richard, der sie benutzte, der Master, dem sie bedingungslos vertraute. Er entfernte die Hand von ihrem Po, massierte stattdessen ihre Klitoris, bis sie erneut kam, heftiger als beim letzten Mal. Sie pulsierte um ihn, schrie seinen Namen und bäumte sich auf. Die ganze Zeit hielt er ihren Blick gefangen. Gebannt betrachtete sie die Träne, die seine Wange hinuntertropfte, kostbar wie ein Diamant. Er hob ihren Oberkörper an, presste sie an sich und brüllte seine Erlösung in den Raum.

Sie spürte Master Richards rasenden Herzschlag, der ihrem nicht nachstand.
„Hast du die Badewanne gesehen?", fragte er sie lächelnd.
„Dient sie dazu, arme hilflose Devote zu bestechen?"
„Hilflos?" Er rieb den Bissabdruck auf seiner Schulter. „Bleib genau so liegen, Carolina. Du siehst einfach hinreißend aus." Richard entzog ihr die Decke, unter der sie sich verstecken wollte. Von einer Sekunde zur nächsten war es Master Richard, der über ihr thronte. „Mein Körper, Sub. Du wirst ihn nicht vor mir verstecken."
„Ja, Master Richard."
„Es sei denn, du möchtest, dass ich dich übers Knie lege." Viel zu begierig betrachtete er sie. Die Schmetterlinge, die Steppschuhe trugen, kehrten zurück, die Vorstellung reizte sie mehr, als gut für sie sein konnte, wenn sie in Betracht zog, wie köstlich ihr Po bereits brannte. Diese Art von Schmerz war herrlich.
„Unersättliche Sub." Master Richard streichelte ihre Wange. „Deinem Master derart lüsterne Blicke zuzuwerfen, zieht Konsequenzen nach sich."
Sie streckte ihm die Zunge raus, als er sich umdrehte. Er ging in die kleine offene Küche und holte Sekt aus dem Kühlschrank. Ihren füllte er mit Pfirsichsaft auf, genau, wie sie es mochte. Die Geste beruhigte sie immens. Master Richard verwandelte sich nicht in einen Tyrannen, der vierundzwanzig Stunden am Tag über sie bestimmte.
Sie konnte sich nicht daran erinnern, wann sie das letzte Mal zusammen gebadet, einfach nur beieinander gelegen hatten, ohne sich unwohl zu fühlen, und sich nur der Anwesenheit des anderen erfreuten wie an einem kostbaren Geschenk. Ein Geschenk, das nicht selbstverständlich war, sondern zerbrechlich wie die Seelen, die die Liebe verband.
Richard brachte die Getränke und zwei Stücke Schokoladenkuchen ins Badezimmer. Sie hörte das Plätschern des Wassers, begleitet von dem Duft nach Orangen. Welche Frau konnte widerstehen, von dem eigenen Mann verführt zu werden mit Schlägen und Kuchen? Lachen sprudelte aus Carolina wie Perlen in einem Sektglas.
Master Richard stand auf einmal neben dem Bett, setzte sich zu ihr, umarmte sie und fiel in die Heiterkeit ein. Es besaß den gleichen reinigenden Effekt wie die Sturzbäche an Tränen, die sie in der letzten Zeit vergossen hatte.
„Master Richard, ich möchte niemals mehr meine Emotionen vor dir verstecken."
„Das lass ich ab jetzt auch nicht mehr zu." Er zog sie hoch und führte sie in das Badezimmer. Er half ihr in die im Boden eingelassene Badewanne. Ihr wohliger Seufzer verwandelte sich in ein Wimmern, als das heiße

Wasser auf ihren armen Po traf. Zur Hölle, tat das weh. Das sadistische Schnauben von Master Richard vibrierte gegen ihren Nacken. Er küsste ihre Schultern und biss sanft in ihren Hals. Master Richard umfasste ihre Kehle. Sie lehnte warm und geborgen an ihm. Sie kostete die Stille aus, die nicht nur im Raum herrschte, sondern auch ihre Seele ergriff, bis sie sich wie Seide fühlte, ohne harte Kanten, fließend und leicht.

Master Richard reichte ihr das Glas. Sie genoss die Kühle des prickelnden Getränks, verschlang anschließend den Kuchen frei von jeglichem schlechten Gewissen und spürte, dass Master Richard lächelte.

„Bereit zu reden, Kleines?"

Carolina hatte diesen Moment gleichzeitig herbeigesehnt und gefürchtet. Was, wenn sie die Probleme zerredeten? Hinterher genauso dastanden wie am Anfang?

Die Befürchtung, dass Richard die ganze Schuld bei ihr sah, erfüllte sich nicht. Er übernahm einen Großteil der Verantwortung. Zu einfach wäre es, seine Bürde zu akzeptieren, sie anzunehmen, somit die eigene Last zu erleichtern. Es wäre eine Lüge. Sie selbst war verantwortlich für ihre Handlungen und nicht Richard. Sie hatte immer den bequemen Weg gewählt, dabei die Konsequenzen ignoriert, bis es zu spät war.

Sie redeten über die Einsamkeit, die sie beide gespürt hatten, und darüber, wie sehr sie sich auseinandergelebt hatten. Richard presste sein Gesicht gegen ihre Schulter. „Ich hatte eine unglaubliche Angst, dich zu verlieren, befürchtete, ich hätte zu viel riskiert, doch ich war so verzweifelt."

„Es tut mir leid", wisperte sie.

„In der Zukunft machen wir es besser. An den Punkt, an dem wir uns befanden, kehren wir nicht zurück. Falls du es versuchst, kleine Sub, bestrafe ich dich als Mann und als Master", sagte er unendlich weich. „Einverstanden?"

„Ja, Master Richard."

„Dein Herzschlag hat sich gerade beschleunigt." Master Richard umfasste ihren Busen, knetete ihn und zupfte an den Nippeln, zuerst sanft, dann fest. Sie wollte sich zu ihm drehen, doch er befahl ihr stillzuhalten.

Richard verteilte die Seife auf ihren herrlichen Brüsten, massierte sie, genoss das Gefühl der Fülle, dass sich die zarten Spitzen erhärteten. Früher hätte er sie von hinten genommen und sich in die Erfüllung gefickt. Jetzt nahm er sich die Zeit, sie nur durch die Berührung seiner Hände in die Wollust zu treiben. Manchmal war es Zeit für einen Quickie, doch in Zukunft würde es die Ausnahme bleiben. Er zwirbelte ihre Nippel, bis sie hart zwischen seinen Fingerkuppen lagen. Er kniff hinein, wartete einen

Moment und verringerte den Druck. Carolina legte den Kopf in den Nacken und presste stöhnend den Hinterkopf an seinen Brustkorb.

Die Sorgen der letzten Wochen und Monate waren durch das intensive Gespräch zwar nicht ganz verschwunden, aber die Last wog beträchtlich weniger. Er fühlte sich wie frisch verliebt.

Carolina machte ein Geräusch, eine Mischung aus Schmerz und Lust, das direkt in seinen Schwanz fuhr. Er bemerkte die Verbindung, die zwischen ihnen herrschte, nicht nur zwischen Mann und Frau, sondern auch zwischen Dom und Sub, zwischen Geliebtem und Geliebter, zwischen Master und Sklavin.

Sie bewegte ihren herrlichen Arsch und lachte frech.

„Wenn du nicht stillhältst, fessele ich dich. Du hast bestimmt die Ringe gesehen."

Sie waren im Boden eingelassen, strategisch günstig angebracht und praktischerweise bereits mit Fesselvorrichtungen ausgestattet. Ihr Herz machte einen Satz bei der Vorstellung. Er spürte es unter der Handfläche. Die kleine Sub mochte Fesseln, überließ ihm gern die Kontrolle. Er biss ihr in den Hals und fasste zwischen ihre Schenkel. Richard fühlte ihre Geilheit auf der Hand. „Dreh dich um."

Er umwickelte ihre Handgelenke mit dem Bondagetape. Verflucht! Sie wirkte dermaßen zufrieden und ängstlich, dass er hart mit einem Schmunzeln kämpfte, das sich unbedingt auf sein Gesicht schleichen wollte. David hatte ihm versichert, dass er instinktiv spüren würde, wie weit er gehen durfte. Noch fehlte ihm die Sicherheit eines erfahrenen Dominanten, jedoch hatte er in den letzten Tagen eine Menge gelernt. Auch war es ein Vorteil, dass er Carolina vertraute. Nicht nur das Vertrauen des devoten Parts war wichtig. Das erkannte er in diesem Moment klar. Ihre Augen weiteten sich, als er nach dem Rasierschaum und einem Nassrasierer griff.

„Nicht, Richard."

Er schlug ihr auf den Venushügel, nicht hart, aber scharf genug, um ihr den Ernst der Lage zu vermitteln.

„Bitte nicht, Master Richard."

„Möchtest du dein Safeword sagen?"

Unsicher beäugte sie die Utensilien in seinen Händen.

„Dachte ich es mir doch. Stütz dich mit den Füßen ab, und spreiz deine Schenkel für mich."

Er verteilte den Schaum auf ihrer Scham, und es war ein unglaublich berauschendes Gefühl, dass sie sich ihm auf diese Weise hingab. Nicht nur für ihn, wenn er die Erregung betrachtete, die auf ihrem gesamten Körper zu sehen war. Ihre Wangen waren gerötet, die Lider halb geschlossen, und er spürte, wie sehr sie sich bemühte, stillzuhalten.

„Ein wenig empfindlich, wie mir scheint." Er sah sie, wie er hoffte, drohend an. „Kein Wort kommt über deine Lippen."

Sie warf ihm einen Blick ungetrübter Empörung zu. Das konnte er nicht ungeahndet lassen. Richard biss in ihren Bauch. Carolina quietschte erschreckt, traute sich wohl selbst nicht und kniff die Augen zu. Richard presste den Mund zu, um nicht vor Lachen loszubrüllen. Es war verflucht hart, ein Master zu sein.

„Lachst du etwa?" Sie verstummte augenblicklich, als er den Nassrasierer auf ihrem Venushügel ansetzte und die Klinge in Wuchsrichtung der Haare führte.

„Die letzte Verwarnung, Sub. Das nächste Mal hole ich Master Alec, der dich mit äußerstem Vergnügen einer Wachsbehandlung unterziehen würde."

Carolina erblasste, und sein Schwanz schwoll an.

Es war verdammt anregend, ein Master zu sein. Vor allem wenn man eine kleine Devote vor sich hatte, die man wie ein Buch zu lesen vermochte. Das Biest streckte ihm die Zunge raus. Anscheinend machte er das mit dem Masterblick gut, weil sie stärker erbleichte. Sie hatte auch jeden Grund dazu. Er ließ sich Zeit mit der Rasur, und mit den Sekunden stieg ihre Anspannung. Da konnte sie noch so sehr versuchen, es zu verbergen. Der Erfolg tendierte gegen null.

„Dreh dich um." Er wisperte die Worte mehr, als dass er sie sagte. Ihre Pupillen weiteten sich. Er hatte genügend Spielraum bei der Fesselung gelassen. „Leg dich über den Rand." Ihr Arsch wirkte durch die Nässe noch verführerischer. Wassertropfen folgten den Konturen der prallen Backen. Er berührte sie mit den Fingerkuppen und zog die Spur nach. Carolina erschauderte von dem leichten Reiz.

Das Kerzenlicht warf wunderbare Schattenspiele auf ihre samtige Haut.

„Du bist wunderschön, Carolina."

„Wirklich?"

Er biss schmunzelnd in ihre Pobacke.

„Entschuldige, Master Richard, ich soll ja still sein." Ihre Schultern bebten, weil sie versuchte, nicht zu lachen. Ob sie sich bei Master Alec auch so benommen hatte? Er hoffte nicht, sie war seine Carolina mit all ihren Facetten.

Er raubte ihr die Sicht mit einer Binde. Kopfschüttelnd nahm er das schmale Lederpaddel in die Hand und schlug ihr auf die rechte Seite ihres Hinterns. Noch als sie jammerte, kippte er die Kerze, und das Wachs landete direkt oberhalb des Abdruckes.

Carolina konnte nicht wissen, was sie getroffen hatte, und atmete schnell, während sie den Sinnesreiz analysierte. Ein erneuter Schmerz, der diesmal genau auf der geschundenen Körperstelle landete. Ihr Wimmern reizte seinen Sadismus, den er in diesem Moment erkannte. Sein Schwanz pochte verlangend. Es war eine Kerze, die extra für BDSM hergestellt wurde, und Richard achtete darauf, sie nicht zu tief zu halten. Er hatte es an seinem Unterarm ausprobiert. Der Schmerz war sehr leicht. Es sollte nur eine Einleitung sein für eine Session, die er gemeinsam mit David abhalten wollte.

„Sei still!" Sein Mastertonfall erfüllte seinen Zweck, Caroline verblieb stumm, und er konnte förmlich sehen, dass sie mit dem Reiz kämpfte, zu fragen, was er tat. Er tropfte weitere Hitze auf ihren Po und fasste zwischen ihre Schenkel. Höchst erregt, die kleine Sub. Jetzt war es Zeit, die Ruhe zu durchbrechen.

„Wie fühlt sich das Kerzenwachs an?"

„Überraschend und warm. Ich habe mich erschreckt, und als das Wachs direkt auf den frischen Schlag getroffen ist, hat es gebrannt, sich mit dem Schmerz des Paddels auf eine anregende Weise verbunden."

Er knibbelte die Wachstropfen ab, befahl ihr, sich umzudrehen. Er löste die Augenbinde. Sie spannte sich an, als sie merkte, was er vorhatte, ganz so, wie sie es früher getan hatte. Doch als er fest über ihre Klitoris leckte, sie saugte und leicht hineinbiss, wurde sie zu Samt unter seiner Zunge und seinen Händen, bis sie den Orgasmus erreichte, sich ihr Körper lustvoll anspannte und sie seinen Namen schrie.

„Habe ich dir erlaubt, zu kommen?"

Ihre grünbraunen Augen funkelten erbost. Richard richtete sich auf und zog sie in eine kniende Position. Er erstickte ihre Worte mit seinem Schwanz, den er ihr in den Mund schob. Dieser Knebel gefiel ihm viel besser als einer aus Leder. Er fickte abwechselnd ihren Mund und rieb seine Erektion zwischen ihren Brüsten. Richard dehnte die Erfüllung aus, zwang sich, immer wieder aufzuhören. Der Kontrast ihres warmen Mundes und der Fülle ihrer Brüste trieb ihn beinahe in den Wahnsinn. Durch die Fesselung konnte sie nicht eingreifen, musste erdulden, dass er sie benutzte. Ihre Wangen leuchteten rot, er sah ihr die Orgasmen deutlich an. Er presste die weichen Kugeln zusammen und rieb seinen Phallus dazwischen, spielte gleichzeitig mit ihren Nippeln, so fest, wie er sich das früher niemals getraut hätte. Er steckte ihr den Schwanz erneut in den Mund. Sie wimmerte, und er packte ihr Haar. Seine Hoden pochten, und sein Körper verkrampfte sich, als ein unglaublich intensiver Höhepunkt ihn fortriss. Wellen reiner Ekstase liefen über ihn, und er ergoss sich das erste Mal in der gemeinsamen Partnerschaft in ihre Mundhöhle.

Die Gefühle überwältigten Carolina. Ihre Pussy pulsierte, und sie lächelte bei dem Gedanken, wie Master Richard sie das erste Mal in ihrer Beziehung richtig geleckt hatte. Zuerst erschien es wie immer, sodass sie erstarrt war – bis zu dem Moment, als Master Richard hochgesehen hatte, mit einem verflucht sexy Ausdruck in den Augen. Er hatte in ihre Lustperle gebissen, sie überall mit der Zunge berührt und sie schier um den Verstand gebracht. Doch da hörte die Erregung nicht auf.

Sie hatte es sehr genossen, dass er sie anschließend benutzte, so wie es ihm gefiel. Die Hilflosigkeit durch die Fesselung und seine Kraft hatten etwas in ihr freigesetzt, das sie weiter erkunden wollte. Carolina hoffte, er würde sie nächstes Mal auch an den Fußgelenken fesseln, sie spreizen, so weit es ging.

Und das Wachs!

Wie wäre es, wenn er über ihr stünde und sie sähe, wie die Tropfen auf ihren Körper flossen, ihre Nippel trafen oder sogar ihren Venushügel?

Master Richard lag keuchend auf ihr, und sie hätte ihn so gern umarmt. Er küsste sie sanft auf die Lippen und löste endlich das Bondagetape.

Nach dem Bad nahmen sie sich Zeit, sich gegenseitig einzucremen.

Master Richard zeichnete die Male auf ihrem Po zunächst mit den Fingerkuppen nach, bevor er die Creme gründlich einmassierte. Dabei brummte er sadistisch, als sie zuerst versuchte, der brennenden Berührung auszuweichen. Der Laut war so maskulin, so verheißungsvoll, dass sie wie ein Eiszapfen erstarrte. Wann hatte er gelernt, seine Stimme auf diese Weise einzusetzen? Carolina war sich sicher, er war einer der gelehrigsten Schüler, die die *Insel* jemals gesehen hatte. Ihr wurde heiß bei dem Gedanken, was er noch alles einstudiert hatte, und welche Wege sie zusammen beschreiten würden.

Bis jetzt hatte sie eher milde Pein erlitten. Diese erwies sich als tief gehend genug. Ob Richard eine Sub mit einem Rohrstock geschlagen und ihr Male zugefügt hatte, die nicht sofort verblassten? Vor wenigen Stunden hätte sie es ihm nicht zugetraut. Nun traute sie es ihm nicht nur zu, sie war sich sicher, dass er damit umzugehen wusste.

Master Richard cremte ihren Busen ein und hielt inne. „Was immer du auch denkst, Citronella. Du kannst dir nicht ausmalen, was ich mit dir vorhabe."

Er schmunzelte geheimnisvoll, und die Erregung erwachte neu. Gott, sie verwandelte sich in eine dauergeile Sklavin, deren Gedanken sich nur um Sex und Unterwerfung drehten.

„Darf ich sprechen, Master Richard?"

Er grinste breit und sah wie der Richard aus, den sie seit Jahren kannte. Sie liebte diesen Mann, liebte ihn dafür, dass er zu diesen drastischen Mitteln gegriffen hatte, um sie zurückzugewinnen.

„Du darfst, Kleines. Die Session ist vorbei. Aber wenn du zu frech bist …“

Ein dominanter Ausdruck traf sie, der sie unglaublich anmachte. Gut, dann war er für die restliche Nacht eben Master Richard.

„Ich habe eine Fantasie …“ Konnte sie es wirklich aussprechen? War es nicht zu albern? Was würde Master Richard von ihr denken?

„Zu lange haben wir unsere Wünsche voreinander geheim gehalten. Es lag nur zum Teil daran, dass wir selbst nicht wussten, was wir wollten. Keine Geheimnisse mehr.“

Master Richard legte sich neben sie, und sie bettete ihren Kopf auf seiner Schulter. Es fiel ihr leichter, wenn sie ihm nicht in die Augen sehen musste. Hemmungen und Schüchternheit hatten sie fest im Griff.

„Muss ich dich spanken, bis du redest? Ein Knopfdruck und Master Alec steht in der Tür, und er hat höchst innovative Verhörmethoden.“

Scherzte er? Sie wusste es nicht. Zur Hölle damit. Die *Insel* war der einzige Ort, den sie kannte, wo sie ihre unanständige Fantasie erfüllen könnte.

Master Richard verblieb stumm, während sie redete, streichelte ihr über die Schlüsselbeine, und das Herz schlug ihr bis zum Hals, als das letzte Wort gesagt war.

„Ich spreche mit David“, sagte er mit rauer Stimme.

Plötzlich lag sie auf dem Rücken, und er stützte die Hände neben ihrem Kopf ab. „Du weißt ja gar nicht, wie heiß dein Wunsch ist. Nur daran zu denken …“ Er küsste sie fest auf den Mund. „Wenn David es ermöglichen kann, dann wird dich niemand retten.“

Es dauerte eine ganze Weile, bis ihr erschöpfter Körper endlich entspannte und sie an Master Richard gekuschelt einschlief.

Kapitel 13

Jemand zog ihr die Decke weg, dabei war sie nicht bereit aufzustehen, würde am liebsten den gesamten Tag zusammen mit Richard im Bett verbringen. Carolina presste sich auf die Matratze.

„Aufstehen. Wir unternehmen nach dem Frühstück einen Ausflug." Richard klang fröhlich und ausgeruht. Seit wann war er wach?

Carolina schielte zur Uhr. Es war gerade sieben. Sie hatte sich auf einen gemütlichen Morgen gefreut, auf langes Ausschlafen, einen Brunch gegen elf. Master Richard verfolgte eigene Pläne, bei denen sie kein Mitspracherecht erhielt. Früher hätte sie sich einfach umgedreht, an Richards Bitte keinen zweiten Gedanken verschwendet. Aber es war keine Bitte, sondern ein Befehl. Die Zeit tickte spürbar vorbei, während Master Richard sie anstarrte, sie spürte es deutlich. Störrisch presste sie die Augen zu, bis ein brennender Hieb auf ihren Po die Schläfrigkeit vertrieb.

„Hey!"

Ein weiterer Schlag traf diesmal ihren Oberschenkel, schärfer als der vorherige. Sie verspürte das Bedürfnis, ihn zu treten.

„Carolina." Er knurrte ihren Namen, und sie erstarrte. „Für jede Sekunde, die du ab jetzt trödelst, bestrafe ich dich mit meinem Gürtel."

Sie sprang auf die Füße und wäre beinahe in ihrer Eile auf dem Boden gelandet. Starke Hände stoppten ihren Fall. Master Richard mochte seine neue Rolle viel zu sehr. Spöttisch zog er die dunklen Augenbrauen hoch, während ihm das pure Vergnügen auf dem Gesicht stand. „Du hast zehn Minuten." Sie fasste es nicht, er drückte auf eine Stoppuhr. „Danach komm ich und hol dich."

Sie streckte ihm die Zunge raus und rannte kreischend ins Bad. Atemlos lehnte sie sich gegen die Tür. Sie hörte, dass er auf und ab lief, wie ein Raubtier, das auf seine Beute wartete. Ob er schon mit David gesprochen hatte? Ihre zitternden Finger waren kaum in der Lage, den Zahnputzbecher zu halten.

Beruhige dich, es wird nicht sofort geschehen. Sie brauchen zumindest ein wenig Vorbereitungszeit.

Tessa hatte recht gehabt, keine Kleider zur Auswahl zu haben, sparte viel Zeit. Sie kniete vor Master Richard genau in dem Moment, als die Stoppuhr piepste. Carolina wusste nicht, ob sie erleichtert oder enttäuscht sein sollte. Andererseits war der Tag verdammt lang, und ihn bereits am Morgen mit einem brennenden Arsch anzufangen, auf dem sie noch deutlich Master Richards Handfläche von gestern spürte, war nicht die intelligenteste Idee.

Master Richard stand so dicht vor ihr, dass seine schwarze Cargohose ihr gesamtes Blickfeld einnahm. Er berührte ihr Haar mit leichter Hand. „Du darfst neben mir zum Frühstücksraum kriechen, Sklavin."

Das meinte er doch nicht ernst!

Sie legte den Kopf in den Nacken und sah seine zuckenden Mundwinkel. Sie biss ihm in den Oberschenkel und landete flach auf dem Rücken unter ihm.

Er riss ihr die Shorts herunter, und ein dermaßen maskulines Geräusch kam aus seiner Kehle, als er ihre Beine spreizte und sie nass vorfand, dass sie den erregenden Laut in ihrer Pussy spürte.

„Gott, Carolina."

„Sub reicht völlig … Master Richard."

Master Richard öffnete seine Hose, machte sich nicht die Mühe, sie auszuziehen, sondern zog sie nur über die Hüften. Er drang mit einem Stoß in sie, fickte sie hart und schnell, genau, wie sie es brauchte. Er rieb ihre Klitoris, und sie kam sofort, zusammen mit Master Richard.

„Du bist gekommen." Master Richard strahlte sie an.

„Du auch, Master."

Gemeinsam brachen sie in Lachen aus, bis ihnen die Tränen die Wangen hinabliefen. Master Richard half ihr auf die Füße.

„Tu mir einen Gefallen, Carolina." Ominös sah er sie an.

„Was?"

„Beiß doch bitte Master Alec ins Bein, wenn er vor dir steht. Es würde mich interessieren, auf welche Weise er dich bestraft."

Sie wusste nicht, ob er es ernst meinte, und lehnte sich in die Umarmung ihres Ehemannes, der ihr in diesem Augenblick erregend fremd erschien.

Sie schlenderten die mit Bruchsteinen ausgelegten Pfade, die zum Haupthaus führten, entlang.

„Master Richard, ich habe es mir anders überlegt mit meiner Fantasie."

„Zu spät, Kleines. David weiß Bescheid und fand die Idee sehr anregend. Er macht bereits Pläne."

Das Herz rutschte ihr in die Flip-Flops und sprang mit einem Satz zurück, als sie den Frühstücksraum im Erdgeschoss des Haupthauses betraten. Master David und Master Alec waren die einzigen Anwesenden. Die Blicke von ihnen prallten gegen Carolina. Sie versuchte, mit Master Richard zu verschmelzen.

„Fiorella." Master David stand grinsend auf.

Was war das nur für eine absurde Situation!

Und warum musste sie immer rot anlaufen, bis jeder Stier in der Umgebung auf sie aufmerksam wurde? Master David küsste sie auf die

Stirn. Master Alec tat es ihm gleich, auch wenn er es sich nicht verkneifen konnte, ihr in den Po zu kneifen.

Sadistischer Bastard.

Doch in seinem Gesicht sah sie nur Zuneigung. Sie plumpste erleichtert auf den Stuhl und wäre beinahe von der Sitzfläche geschossen.

Zur Hölle, tat ihr Po weh.

Maskulines Gelächter umschwirrte sie wie ein lästiger Junikäfer. Sie griff nach einem Brötchen und erstarrte. War das einer Sub gestattet?

„Sei einfach du selbst. Uns ist es zu anstrengend, vierundzwanzig Stunden am Tag Master zu sein.“ Master David legte ihr das Brötchen auf den Teller. „Aber du musst jederzeit damit rechnen, dass wir dazu Lust haben.“ Er zwinkerte ihr zu und trank einen Schluck Kaffee.

Master Alec war Teilhaber in Master Davids Architekturbüro und arbeitete von der *Insel* aus. Er hielt sich im Hintergrund, und Richard hatte ihn an diesem Ort zum allerersten Mal getroffen, hatte er ihr gestern erzählt. Die Männer unterhielten sich über laufende Projekte, und Carolina hing ihren Gedanken nach. Sie war froh, dass sie sich nicht an dem Gespräch beteiligen musste. Zu viel war auf sie in den letzten Tagen eingestürzt. Das Wissen, dass Master David und Maser Alec sie intim berührt hatten, machte ihr zu schaffen; auch, dass es ihr so sehr gefallen hatte.

„Carolina.“ Master Alecs Stimme torpedierte sie aus ihren Überlegungen. „Du hast keinen Grund, dich zu schämen.“

Wirklich nicht?

Master Richard fasste ihre Hand und drückte sie. „Nicht den Geringsten, Kleines. Jetzt iss, wir gehen gleich wandern und analysieren deine Bedenken.“

Ihr fiel ein Geröllbrocken in der Größe von Arkansas vom Herzen. Heute würde ihre Fantasie nicht wahr werden. Dem Himmel sei Dank, und doch spürte sie tief in ihrem Inneren Enttäuschung.

Es war seltsam, Wanderschuhe an den Füßen zu tragen, obendrein ein Hikingoutfit anzuziehen, bestehend aus einer Caprihose und einem dünnen Langarmshirt, beides in Grün. Sie hatte sich bereits an die leichte Bekleidung gewöhnt. Sie beschloss, Master Richard während der Wanderung als Richard anzusehen. Richard sprühte sie mit Insektenspray ein, verstaute die Wasserflaschen und den Lunch in dem Rucksack und schulterte ihn.

Er meldete sie bei den Wachen ab, die sie ermahnten, auf den Wegen zu bleiben. Das Tor schwang auf. Carolina konnte es sich nicht verkneifen und warf Master Joe aus sicherer Entfernung einen dunklen Blick zu. Sie schmunzelte bei dem Gedanken, dass sie nachher mit Richard freiwillig auf die *Insel* zurückkehren würde. Als sich das Tor das letzte Mal hinter ihr geschlossen hatte, hatte sie mit Fluchtgedanken gespielt. Ihr Leben hatte sich innerhalb einer Woche grundlegend geändert.

Sie folgten einem gewundenen Pfad und blieben an einer Lichtung stehen, um die San Gabriel Mountains zu bewundern. Carolina liebte den Anblick, der sie mit Ehrfurcht erfüllte. Die Luft war frisch und belebte ihre angespannten Nerven. Unerwartet fühlte sie sich gehemmt, denn sie hatte nicht die geringste Ahnung, was Richard dachte. Sie war dem Irrtum erlegen, ihren Ehemann zu kennen, der jetzt ein Mysterium darstellte, wenn auch ein verdammt verführerisches. Ob sie sich ebenso verändert hatte?

Plötzlich analysierte sie jeden Blick von ihm, seine Körperhaltung, die Art seines Lächelns. Bedeutete es Gefahr? Hatte sie etwas Unüberlegtes getan und er bereitete ihre Bestrafung vor, bis ins Detail?

„Meine kleine Citronella." Er zog sie an sich und hielt ihre Schultern. „Ich freue mich bereits darauf, deinen gesamten Körper mit einem Flogger zu bearbeiten, bis wir beide schweißgebadet sind."

„Vielleicht erhältst du keine Gelegenheit, weil ich mich von jetzt an mustergültig benehme."

Er drängte sie gegen einen Baum. „Ich brauche keinen Grund, um dich zu züchtigen, wenn ich es will." Er lachte ziemlich sadistisch. „Ich tue es, weil ich es kann und du es herbeisehnst."

Oh.

Hatte Richard schon immer dermaßen maskulin gewirkt? Sie musste sich an ihm festhalten, da ihre Knie sich als etwas instabil erwiesen.

„Und außerdem, Carolina, wirst du ungehorsam sein." Er küsste sie fest auf den Mund, löste sich von ihr und warf ihr einen Masterblick zu. Als ob das noch nötig wäre! Es dauerte einen Augenblick, bis sie in der Lage war, ihm den gewundenen Pfad entlang zu folgen. Sie hob ein paar Tannenzapfen auf und bewarf höchst respektlos ihren Master. Er drehte sich ihr zu. „Ich habe für heute Abend eine gemeinsame Session mit Master Alec gebucht. Er hat mich gebeten, ihm von deinen Verfehlungen zu berichten, sodass er die Strafe dafür in seine Behandlung einbauen kann." Er betrachtete die Tannenzapfen, während ein beunruhigender Ausdruck sein Gesicht erfasste. Sie konnte sich zu gut vorstellen, was er sich ausdachte.

Das meinte er nicht ernst, oder? Er bückte sich erneut und steckte drei große Exemplare in den Rucksack. Ihre Hoffnung, dass Master Alec nicht mehr Hand an sie legte, löste sich in Rauch auf, ebenso wie ihr Mut. Richard tätschelte ihren Hintern.

Fieser Kerl!

Sie fasste nach Richards Hand. Sie fühlte sich ihm so nah wie seit Jahren nicht. Die Bruchstücke fügten sich ineinander, bis sie ein Ganzes ergaben. Schweigend liefen sie nebeneinander her. Es war ein friedliches Schweigen, als hätte der Sturm sich gelegt, die Natur aufatmete, um neu zu erblühen.

„Verzeihst du mir, Carolina?"

„Das Gleiche könnte ich dich fragen. Als du mich auf die *Insel* hast verschleppen lassen, dachte ich, ich würde dich hassen. Doch in Wahrheit verstand ich von der ersten Sekunde an, warum du es getan hast. Als Master Alexander mich auf den Tisch gepresst hat und seine Handfläche auf meinem Arsch landete, hatte ich das Gefühl, ich hätte es verdient. Natürlich wäre ich in dem Augenblick lieber gestorben, als das zuzugeben."

Sie erreichten ihr Ziel, einen kleinen Teich, gespeist von einem flachen Wasserfall. Carolina half Richard, den Rucksack abzunehmen, und sie breiteten die Decke aus. Sie nutzte den Moment, um ihre Gedanken zu sammeln. „Seit wann hattest du dieses Sehnen in dir? Ich vermute, dass es dir genauso wie mir ging, dass du nicht genau wusstest, was fehlt."

Richard setzte sich und klopfte auf den Platz neben sich. „Eine vage Ahnung hatte ich seit vielen Jahren. Ich habe oft davon geträumt, dich über meinen Schoß zu legen, um dir richtig den Hintern zu versohlen." Richard gab ihr ein Schinkensandwich.

Carolina wickelte es aus der Folie und biss hinein. Sie spülte es mit einem großen Schluck Wasser hinunter und reichte Richard die Flasche. Er nahm sie und sah sie ernst an, nahm einen tiefen Zug und grinste sie an.

„Ich war ein Idiot. Es tut mir leid, dass ich dir das Gefühl gegeben habe, ich würde mich vor dir … ekeln. Mir war nicht bewusst, dass es auf dich so wirken muss. Liam hat mir die Augen geöffnet. Ich war nur so zögerlich, weil du so angespannt warst und ich dachte, du würdest es abscheulich finden, wenn ich dich lecke."

Carolina steckte sich den letzten Happen des Sandwiches in den Mund. Richard holte Schokoladenkuchen aus dem Rucksack.

„Du genießt diese BDSM-Geschichte doch wirklich?"

Darauf gab es nur eine Antwort. „Ja, Master Richard."

„Das freut mich zu hören. Zieh dich aus und spreiz deine Beine für mich, Sub."

„Aber …"

Master Richard packte ihr grob in die Haare, bog ihren Kopf zurück, und sie lag flach auf dem Rücken. Pure Lust jagte ihr durch den Körper.

„Das war keine Bitte." Er fasste unter ihr T-Shirt und öffnete den BH. „Wenn ich jetzt in deine Hose fasse, was finde ich da?"

„Dass ich bereit für dich bin, Master Richard."
„Zeig es mir."
Zugegeben, ihnen war niemand auf der Wanderung begegnet, jedoch sich mitten in der freien Natur einfach auszuziehen, widerstrebte ihrem Schamgefühl.
„Ich bestrafe dich hart, Sub, und esse den ganzen Kuchen allein auf."
Carolina kniete sich hin und senkte ergeben den Kopf. „Diese Strafe wäre zu grausam, Master. Ich würde ein paar Schläge bevorzugen."
Master Richard zog eine Augenbraue hoch, was ihm ein verdammt sexy Aussehen gab. „Ich fordere dich nicht noch einmal auf, Carolina." Seine Stimme war ein drohender Hauch, doch sie sah ihm an, dass er um Fassung rang. Seine Mundwinkel zuckten.
„Bitte diszipliniere mich, Master … falls deine Hand nicht bereits zu sehr strapaziert ist. Ich will dich nicht überfordern."
Master Richards Mimik war preisverdächtig. Carolina sprang auf die Füße, schaffte zwei Schritte, ehe Master Richard sie zu Fall brachte. Er setzte sich auf ihren Po und führte die furchtbarste Strafe aus, die es gab. Er kitzelte sie, bis sie nicht wusste, ob sie lachen oder weinen sollte, sie völlig willenlos unter ihm lag, alles tun würde, nur damit er aufhörte.
„Gehorchst du mir jetzt, du aufmüpfige kleine Sklavin?"
„Gnade, Master Richard."
Master Richard stand auf und kreuzte die Arme vor seiner Brust. Carolina zog das T-Shirt aus, streifte den BH von den Schultern. Sie presste ihre Brüste zusammen, neckte die zarten Spitzen, die es kaum erwarten konnten, dass Master Richard sich ihrer annahm. Wanderschuhe sexy auszuziehen, stellte eine Unmöglichkeit dar, und seine Mundwinkel zuckten erneut.
Mistkerl!
Ihre Performance wurde getrübt, weil sie stolperte, als sie sich der Hose entledigte und Master Richard es gerade noch schaffte, sie vor einem Fall zu bewahren. Vielleicht vermochte sie es, ihn von seinem ursprünglichen Plan abzubringen. Carolina nutzte es aus, dass er sie hielt, und drückte sich an ihn.
„Carolina", knurrte er. Sein Tonfall stand Master Alecs in nichts nach.
Sie lag mit dem Rücken auf der Decke, bevor er womöglich eine Peitsche aus dem Rucksack beförderte. Sein Blick schweifte ihren Leib entlang, der sich sekündlich erhitzte. Master Richard trommelte mit den Fingerspitzen auf seinen Oberschenkel.
„Zeig mir deine Pussy."
Sie nahm einen tiefen Atemzug und spreizte ihre Schenkel, während Schamesröte ihren Körper entlanglief.

„Nach all den Jahren wirst du noch immer verlegen, wenn ich dich betrachten will. Ich weiß diese Emotion zu nutzen, hege sogar das Bedürfnis, sie zu steigern."

Ihr konnte unmöglich noch heißer werden, doch erneute Flammenzungen loderten über sie hinweg, bis sie das Gefühl hatte, ihre Haut wäre zu eng für sie.

„Spreiz deine Schamlippen." Master Richard stand vor ihr und fixierte ihren Blick. Ungehorsam zu demonstrieren, versprach Konsequenzen, die sie durchaus reizten.

Mit zitternden Händen tat sie, was er verlangte. Musste er so verführerisch aussehen? Die Rolle des Masters passte ihm wie angegossen.

Es ist ja auch keine Rolle, Dummerchen, sondern es ist Richard, dein Ehemann und Master, vereinigt in einer Person.

Master Richard räusperte sich und leckte sich die Lippen. „Streichle dich. Und mach es richtig."

Das meinte er doch nicht ernst!

„Hör auf zu denken, und tu es."

Sie brauchte nicht den Finger in ihre Pussy einzutauchen, ihr gesamter Schambereich war feucht, und sie rieb mit dem Mittelfinger der rechten Hand über die lustvoll pochende Knospe.

„Ich habe dir nicht erlaubt, die Augen zu schließen. Heb die Knie an, Richtung Oberkörper."

Inzwischen glich ihr Körper in der Temperatur einem Vulkan. Diese Szene machte sie unglaublich an, obwohl sie gehemmt war und am liebsten im Boden versunken wäre. Ihr Master wusste es. Master Richard kannte sie zu gut, und seine Kreativität hatte längst nicht das Finale erreicht. Sie schluckte bei dem Gedanken, was er noch alles für sie bereithielt, um sie an ihre Grenzen zu zwingen. Master Richard würde es ihr nicht einfach machen, indem er lediglich eine Peitsche zückte. Er strafte viel innovativer und tiefgründiger, konnte zudem auf kundige Berater zurückgreifen. Er nahm neben ihr Platz, bettete ihren Kopf auf seinem Schoß. Seine Erektion drohte, seine Hose zu sprengen. Wollte er sich nicht ausziehen, zu Ende bringen, was er angefangen hatte?

„Stell die Füße auf die Decke, lass die Beine gespreizt."

Sie hielt inne mit der verruchten Handlung, und er schlug ihr auf den Venushügel, nicht mit Wucht, jedoch hart genug, dass sie es schmerzhaft spürte.

„Verzeih mir, Master."

Richard zählte stumm bis zehn; nicht, dass es geholfen hätte. Am liebsten hätte er Carolina umgedreht, ihr befohlen, vor ihm auf alle viere zu gehen, sodass er sich mit ihr vergnügen konnte. Doch für später war die Session mit Alec geplant, und er war keine zwanzig mehr. Er musste ein wenig mit seinen Kräften haushalten. Aber die Szene war so heiß! Es erstaunte ihn, wie gehorsam sich Carolina zeigte. Ungern hätte er sie mit seinem Gürtel gezüchtigt, zum Glück blieb es ihm erspart. Sie hatte heute Abend noch genug vor sich, da wollte er ihr nicht schon jetzt Schmerzen zufügen.

Es war ein schmaler Pfad, auf dem er wandelte, und er wünschte sich, er wäre so erfahren wie David und Alec. Andererseits bereitete es ihm eine Menge Spaß, mit Carolina zusammen diese Art der Lust zu entdecken. Ihr entschlüpfte ein halb ersticktes Stöhnen, obwohl sie sich auf die Unterlippe biss, um es zu unterdrücken.

Die Röte auf ihren Wangen war längst in Lusthitze übergegangen, die nicht nur ihr Gesicht zierte. Sie ahnte nicht, wie scharf sie aussah.

„Du darfst nicht kommen." Er beugte sich über sie, und sie funkelte ihn entrüstet an. Richard nahm den Schokoladenkuchen, den er vorsorglich bereits vor der Wanderung in mundgerechte Stücke geschnitten hatte, und steckte ihr einen Happen in den Mund.

Das Biest zwickte ihn in seinen Finger. „Entschuldigung … Master."

Sie hatte es so gewollt. Carolina erbleichte, als er ihre Kehle umfasste. Er übte keinen Druck aus, streichelte nur die samtige Haut.

„Leg dich über meinen Schoß."

Sie sah ihn dermaßen ängstlich und mit einer offenen Lust an, dass er die Session mit Alec verfluchte. Seine süße Sub gehorchte und rekelte sich frech auf seiner Erektion. Zum Teufel damit. Zur Not könnte er sich ja eine kleine blaue Pille einwerfen. Seine Hand klatschte auf ihren Arsch. Er war sich sicher, ihm tat es mehr weh als ihr. Seine Handfläche brannte furchtbar. Carolina merkte es und lachte lauthals. Er wünschte sich, David oder Alec wären hier, um ihn zu unterstützen. Dann erspähte er ein natürliches Utensil, was ihm ein gemeines Schnauben entlockte. Carolina erstarrte auf ihm, erkannte die Gefahr, in der sie steckte.

Zu spät, Sub.

„Hände auf den Rücken!" Sie tat es dermaßen schnell, dass Richard erneut mit diesem schrecklichen Lachreiz kämpfte. Er umwickelte ihre Handgelenke mit seinem Gürtel, schob sie von seinen Beinen und ging langsam zu den Sträuchern. Ihr Blick folgte ihm.

„Was haben wir denn da?" Er zog ein Klappmesser aus der Hosentasche, betrachtete erst das Grünzeug, dann seine willige Beute. Flehentlich beschrieb Carolinas Ausdruck nicht annähernd. Er schüttelte den Kopf, und sie presste die Lippen aufeinander. Es kostete sie eine Menge, stumm zu bleiben, doch ihre Mimik sprach Bände, und er nahm die Herausforderung an. Der perfekte Zweig war gefunden. Richard schnitt ihn ab und entfernte die Blätter. Er ließ sich Zeit, während Carolina sichtlich um ihre Fassung rang. Das Funkeln in ihren Augen verschwand, stattdessen sah sie ihn mit zunehmendem Entsetzen an.

„Mir scheint, du bist nicht mehr ganz so mutig, Carolina." Er untermalte das Gesprochene, indem er mit dem flexiblen Stock durch die Luft zischte.

Sein splitternacktes Opfer schluckte und setzte an, auf die Knie zu kommen.

„Bleib liegen, oder ich verdopple die Anzahl der Schläge."

Wie viele waren angemessen?

Carolina sank zurück, als hätte ihr jemand die Muskeln gestohlen. Richard ging auf sie zu, hoffte, es wirkte gleitend, überlegen und dominant. Wenn er ihr Erbleichen in Betracht zog, erreichte er den gewünschten Effekt. Er blieb neben ihr stehen, und ihr brach der Schweiß auf dem Körper aus. Ein unglaublich sinnliches Beben lief ihr den hübschen Leib entlang.

„Bitte, Master." Flehentlich sah sie zu ihm hinauf.

„Bitte?" Richard beugte sich zu ihr hinab und folgte mit der Spitze der Rute den Konturen ihres prachtvollen Hinterns.

Carolina versuchte, mit der Decke zu verschmelzen, in sie hineinzusinken, doch sie konnte nirgendwo hin und legte resigniert den Kopf ab. Sie akzeptierte sein Handeln, sehnte es herbei. Er sah es ihr deutlich an. Sie fürchtete und begehrte die Lustqual, die er für sie bereithielt.

„Wie soll ich dein Flehen deuten? Bettelst du mich um Gnade an oder um Unnachgiebigkeit?" Richard schlug ihr leicht mit dem Stock auf die Oberschenkel. Carolina zuckte zusammen, verharrte aber ansonsten unbeweglich.

„Um Unnachgiebigkeit, Master", wisperte sie. „Bitte, Master."

Eigentlich hatte er es nicht geplant, dass ihr Ausflug diese Wendung nahm. Er hatte nicht gewollt, dass sie sich ihm bereits jetzt vollkommen unterwarf, ihn darum bat, dass er ihr starken Schmerz zufügte. Zumal er nicht wusste, ob er dazu fähig war, sie so fest zu züchtigen, dass sichtbare Striemen verblieben, die nicht sofort oder innerhalb von Stunden verblassten.

Ahnte sie, wie heiß sie aussah? Dass der Anblick ihres zitternden Leibes ihm die Selbstbeherrschung raubte?

„Zehn Stück sollten genügen, und du wirst weder ausweichen noch schreien. Mehr als ein Wimmern möchte ich nicht von dir hören."

„Ja, Master."

Richard holte aus, schlug ihr quer über beide Backen. Carolina wimmerte deutlich, verweilte aber ansonsten, wie er es von ihr verlangt hatte. Stumm zählte er bis drei, ehe der nächste Hieb ihren Arsch traf. Er bewunderte sein Werk. Die Strieme zierte sie direkt oberhalb der ersten Rötung. Er holte zum dritten Schlag aus, als er Stimmen hörte.

Verdammter Mist!

Richard entfernte den Gürtel, und Carolina gelang es gerade noch, sich in die Hose und das Shirt zu werfen, als eine Familie mit zwei Teenagern um die Kurve kam. Den Ausdruck auf Carolinas Gesicht würde er niemals vergessen.

Kapitel 14

Carolina sah mit klopfendem Herzen zur Bungalowtür. Gleich würde ihr Master sie holen, zu der Session, die er gemeinsam mit Master Alec abhalten wollte. Eine Vorahnung beschlich sie, dass sie diesmal nicht nur mit Schmerz davonkommen würde. Dazu brauchte Master Richard nicht Master Alec. Seine Pläne lagen woanders. Sie marterte bereits seit einer Stunde ihr Gehirn, was es sein könnte. Master Richard kannte ihre Schwachstellen, und selbst wenn er sie Master Alec nicht mitgeteilt hätte, hatte der Master genügend Gelegenheit gehabt, sie herauszufinden. Ob sie aus dem Fenster klettern sollte, um sich auf dem Grundstück zu verstecken?

Die Tür schwang auf, und Master Richard kam breit grinsend herein. In der Hand hielt er ein Halsband mit einer Leine. „Position zwei, Carol."

Sie schluckte hart, befolgte aber kommentarlos seinen Befehl, weil er viel zu begierig aussah und sich offensichtlich herbeisehnte, dass sie sich ungehorsam aufführte. Was auch immer er mit Master Alec ausgeheckt hatte, erfüllte ihn mit Erregung und Dominanz. Sie sah flehentlich zu ihm hinauf, obwohl sie wusste, dass es sinnlos war. Master Richard ließ sich durch ihren Welpenblick nicht von seinen Handlungen abbringen. Bei Richard hatte er nie seine Wirkung verfehlt, da hatte sie immer bekommen, was sie wollte, sogar den teuren Luxusrasenmäher.

Master Richard zeigte ihr das Halsband, es hatte einen grünen Stein und war mit einem weichen Material unterfüttert. An der Vorderseite war ein Ring eingelassen.

Er verschloss mit sicheren Händen den Verschluss, überprüfte gekonnt, ob es nicht zu eng saß, und befestigte vergnügt die Leine mit einem Karabinerhaken an der Öse. Spöttisch sah Master Richard auf sie herab, und sie umfasste seine Hüften, um sich an ihm hochzuziehen. Es konnte nicht schaden, ihm in den Hintern zu kneifen und sich auf dem Weg nach oben an ihm zu reiben.

„Du bist kecker, als gut für dich ist, Sub." Master Richards Lippen verzogen sich zu einem bedrohlichen Lächeln, das in seiner Wirkung Master Davids in nichts nachstand.

Auf einmal brach ihr der Schweiß aus, allein durch seine Körperhaltung und diesen Blick, der viel zu sehr in sie eindrang. Ein Beben lief über ihren Rücken, das nicht unbemerkt blieb. Er wirkte wie ein Raubtier, das seine Beute in der Falle hatte. Nur wollte er sie nicht fressen, sondern ficken, nachdem er sie bestraft hatte. Carolina schluckte, versuchte sich zu sammeln, doch es änderte nichts an ihrer schrecklich erregenden Furcht.

„Master Alec hat dein Verhalten bereits mit mir diskutiert, und wir werden deine Keckheit gleich näher ergründen, herausfinden, wie tief sie in dir verwurzelt ist."

„Oh, komm schon, Richard."

Großer Fehler.

Master Richards Augen glichen dem polierten Popo einer Devoten, geschmiedet von zahlreichen Masterhänden aus Stahl. Er umfasste mit einer Hand ihre Kehle, drückte sie rückwärts, bis sie die Wand erreichte, mit Po und Schulterblättern dagegenprallte. Carolina atmete heftig, im Gegensatz zu Master Richard, der vollkommene Ruhe ausstrahlte. Äußerst langsam entfernte er seinen Griff, setzte zurück und ließ die Leine los. Sie wusste, was er von ihr erwartete, und sank auf die Knie, senkte den Kopf, kämpfte damit, nicht in Tränen auszubrechen, weil sie Master Richard enttäuscht hatte.

Wann war denn das passiert? Es betrübte sie, dass sie ihm nicht den nötigen Respekt gezollt hatte. „Bitte, Master, verzeih mir", wisperte sie.

Master Richard trat einen Schritt näher, und sie presste ihr Gesicht an sein Bein.

„Es tut mir leid, Master Richard, wirklich", murmelte sie gegen seine schwarze Hose.

„Sieh mich an, Carolina."

Sie schluchzte erleichtert, als ihr Wärme aus seinem Blick entgegenstrahlte. Master Richard reichte ihr die Hände und zog sie auf die Füße.

Richard kämpfte damit, nicht in Jubeln auszubrechen. Es erstaunte ihn, wie Carolina auf seine Handlungen reagierte. Sie auf diese Weise zu packen, sie an die Wand zu drücken, erschreckte und erregte ihn zugleich.

„Carolina, du weißt, du kannst jederzeit eines der Wörter benutzen!"

„Ja, Master Richard", murmelte sie gegen sein T-Shirt.

„Wie lauten sie?"

„Gelb und rot, Master Richard." Sie verlagerte ihr Gewicht von einem Fuß auf den anderen, das tat sie immer, wenn sie nervös war. Sie sah zu ihm auf, mit Tränen in den Augen, und Richard vermochte sich nicht zu helfen, er zog sie in die Arme, fühlte ihr wild pochendes Herz und die Hitze ihres Körpers. Was machten eigentlich Dominante mit ihren Devoten, die in Alaska lebten? Die Subs würden erfrieren, wenn sie fast den ganzen Tag nackt in der Gegend herumlaufen mussten. Er legte die Hände auf ihren Hintern und drückte Carolina fester an sich.

Dieser Tage schien er ständig mit einer Erektion zu kämpfen. Der Gedanke an die Session gestaltete die Sache nicht einfacher. Carolina rekelte sich kichernd an ihm. Ihm fiel ein Stein von der Seele, denn eine allzu unterwürfige Sklavin wollte er nicht.

„Master Richard, könnten wir nicht …"

Er seufzte theatralisch, versuchte sie doch, ihn um ihre prallen Pobacken zu wickeln, mit dem Ziel, der Session mit Master Alec zu entgehen. Ihre Bemühungen waren verflucht verführerisch. Am liebsten würde er sie auf das Bett werfen, ihr den Arsch versohlen, sie mit dem Vibrator …

Richard riss sich zusammen und wickelte die Leine um sein Handgelenk. Er zog leicht daran, und sie folgte ihm bis zu den Flip-Flops, in die sie hineinschlüpfte. Richard schwor, dass er ihren erbosten Blick nicht auf, sondern in seinem Rücken spürte. Sie schnaubte, und er drückte die Schultern durch. Carolina verstummte, und er biss sich auf die Handfläche, um nicht in hysterisches Gelächter auszubrechen; nicht dass Master Alec sich genötigt sah, sowohl die Sub als auch den Dom zu disziplinieren. Bei den ersten Schritten auf dem gepflasterten Weg gelang es ihm, ein wenig von seiner Contenance zurückzugewinnen. Die Flip-Flops machten floppende Geräusche hinter ihm. Ein Prusten entwich ihm.

„Master Richard!"

Er drehte sich um, und es war um ihn geschehen. Richard brach in Lachen aus, bis ihm die Tränen die Wangen hinunterliefen, und je entrüsteter Carolina aussah, desto schlimmer wurde es. Die ganze Anspannung der letzten Monate, die Befürchtungen, dass er das Falsche tat, die Angst, dass er seine geliebte Frau verlieren könnte, alles schoss an die Oberfläche, und seine süße Sub beäugte ihn, als hätte er völlig den Verstand verloren.

Was sollte sie davon halten? Zuerst hatte Master Richard dermaßen wütend ausgesehen, dass sie sich fast in das nicht vorhandene Höschen gepinkelt hätte, und jetzt lachte der böse Master sich auf ihre Kosten halbtot. Master Richard stand nach vorn gebeugt, mit der Leine in der Hand, brüllte vor Lachen, bis ihm Tränen die Wangen hinunterliefen. Vielleicht sollte sie Master Alec vorschlagen, ihm Fassung ins Gehirn zu spanken. Carolina starrte ihren Ehemann an, wusste nicht, was sie als Sub tun durfte, und warf ihm den empörtesten Ausdruck zu, den sie aufbringen konnte. Das machte es nur schlimmer. Master Richard wieherte stärker, grunzte, prustete und zog eine gehörige Portion Aufmerksamkeit auf sich und sie, die splitterfasernackt auf dem Weg verharrte. Zwei Wachen rannten auf sie zu, stoppten abrupt und zogen einvernehmlich die Augenbrauen hoch. Hitze erfasste sie, denn sie ließen die Blicke über Carolinas Körper gleiten, und Amüsement ersetzte die Besorgnis. Sie versuchte, sich hinter Master Richard zu verstecken, was wenig Sinn machte, da inzwischen Wachen sie umzingelten.

Dafür würde sie Master Richard leiden lassen und seine schreckliche Cousine samt der grauenvollen verzogenen Corgis für ein Wochenende einladen.

„Master Richard!“ Sie zog an der Leine, dachte, er würde ersticken, und wäre am liebsten in der Erde verschwunden.

Eine der Kerle, ein dunkelhaariger riesiger Typ, sah ihr direkt in die Augen, mit einer Belustigung, die ihr den Boden unter den Füßen wegzog. Die ganze absurde Situation krachte auf Carolina. Sie trug ein Halsband, war umgeben von Dominanten, und ihr Master wieherte wie ein wild gewordenes Pferd. Sie traf Richards Blick, und es war um sie geschehen. Lachen blubberte aus ihr, hilflos klammerte sie sich an ihren Ehemann und lachte wie in ihrem ganzen Leben noch nicht.

Es dauerte eine Weile, bis sie ihren Weg fortsetzten. Master Richard kommentierte den Ausbruch mit keiner Silbe, und sie folgte ihm wie die gehorsame Devote, die sie nicht war.

Master Richard führte sie den Weg entlang, und Carolina heftete den Blick auf seinen Hintern, der ziemlich knackig in der gut sitzenden schwarzen Hose aussah. Das enge T-Shirt betonte seine breiten Schultern. Bloß nicht darüber nachdenken, dass viel zu viele Menschen ihren Weg kreuzten, die alle bemerkten, dass ihr Busen nicht starr war, sondern bei jedem Schritt wippte, obwohl sie kaum atmete. Wenn sie sich wenigstens hinter ihren Haaren verstecken könnte, aber nein, der gemeine Master hatte ihr befohlen, sie hochzustecken und sicherzustellen, dass ihre Strähnen dort blieben.

Die Erkenntnis donnerte auf sie, dass es andere Gründe haben könnte als ihre Befangenheit. Sie setzte einen Schritt aus und wäre fast gestolpert. Die sicheren Hände ihres Masters fingen sie auf. Master Richard sah ihr lächelnd in die Augen.

„Ich liebe dich, Carolina. Und jetzt komm, wir wollen den Master aus Stahl nicht warten lassen.“

Er legte den Arm um ihre Schultern, und sie kroch förmlich in ihn hinein. Sie erreichten das Haupthaus. Master Richard führte sie durch den Empfang, und ihr Herz machte einen Satz, als sie die Sub erspähte, die mit gespreizten Beinen in einem Geflecht aus Leder hing und der ein Master gerade einen Plug in den Anus einführte. Die Devote sah aus, als wollte sie gleich vor Scham sterben. Master Richard sollte bloß nicht einfallen, etwas Derartiges mit ihr anzustellen. Zu ihrem absoluten Horror steuerte er auf das Paar zu. Carolina verbot sich hinzusehen, tat es dennoch, schämte sich beinahe so sehr wie die Sub.

Der Master schob den Eindringling langsam und vorsichtig tiefer. Carolina erkannte Master Liam, und er wirkte nicht mehr halb so freundlich. Wie konnte er nur!

„Rachel, atme ruhig ein und aus", sagte er weich. Rachel tat das Gegenteil, sie holte unkontrolliert Luft, während ihr Tränen aus den Augenwinkeln rannen.

Carolina bekämpfte den Reiz, sich auf den fiesen Master zu stürzen.

„Kleines, entspanne dich." Er begann, sanft die Klitoris seines Opfers zu stimulieren. Als Carolina genauer hinsah, sah sie die Erregung der Devoten. Auch wenn sie sich bis aufs Äußerste schämte, sie war unglaublich erregt. „Möchtest du eine Augenbinde?"

„Ja, Master Liam."

Ein Master löste sich aus den Zuschauern und legte ihr eine Binde um. Er tat es liebevoll und wischte ihr die Tränen von den Wangen.

Zu ihrer Erleichterung schob Master Richard sie weiter. Carolina merkte bestürzt, dass die Szene sie unangebracht erhitzt hatte, das zeigte ihr die Nässe deutlich, die an den Innenseiten ihrer Schenkel haftete. Und eine leise Stimme donnerte ihr durch das Bewusstsein, dass es Master Richard eine sadistische Freude bereiten würde, sie in eine dermaßen schreckliche Situation zu bringen und er vielleicht genau das mit ihr für diesen Abend im Sinn hatte.

Sie erreichten einen Flur mit einer Reihe Türen. Außer dem Geräusch ihrer Flip-Flops, die am Boden zu kleben schienen, war es absolut still, und das gedämpfte Licht wirkte unheilvoll. Ihr entwich ein Wimmern, als sie vor einer dunklen Holztür stehen blieben, auf der ein goldenes Schild mit der Aufschrift „Raum vier" prangte.

Master Richard umfasste ihr Kinn und zwang sie, ihn anzusehen. „Vertrau mir, Carolina. Dir wird gefallen, was wir für dich geplant haben. Ich verspreche es dir. Bereit?" Er legte die Hand auf die Türklinke und wartete auf ihre Antwort.

„Ja, Master Richard." Ihre Stimme glich einem Hauch, zeigte deutlich, wie sie sich fühlte, gleich eines Schmetterlings, der in einen Gewittersturm geriet und auf den Hagelkörner niederprasselten.

Master Richard drückte die Klinke herunter und zerrte sie halb in den Raum. Sie vermochte sich nicht zu helfen und umklammerte ihn, vergrub die Finger in seinem T-Shirt und starrte auf ihre Füße.

„Komm zu mir, kleine Sub." Der amüsierte Tonfall von Master Alec täuschte sie nicht. Wenn sie nicht gehorchte, erwartete sie eine Bestrafung, die ihre Vorstellungskraft sprengte. Ob es auf der *Insel* jemals passiert war, dass eine Sub aus voller Kehle das Safeword brüllte, noch ehe überhaupt etwas geschehen war? Master Richard gab ihr einen aufmunternden Schubs, der sie fast auf die Knie befördert hätte.

Carolina, reiß dich zusammen! Sie wollen dich nicht fressen. Sie wollen dich nur auf fantasievolle Weise zum Schreien bringen.

Sie sah hoch, bemerkte erleichtert, dass es ein eher kleines Zimmer und zudem nur Master Alec anwesend war. Luft entwich ihren Lungen, als hätte jemand sich auf sie gesetzt. Ihre Befürchtung, dass Master Richard sie zur Schau stellen wollte, erfüllte sich nicht. Die einzigen Möbel in dem Raum waren eine übergroße cognacfarbene Ledercouch mit zwei passenden Sesseln und eine Liege, die mit Beinstützen versehen war. Master Alec saß entspannt auf einem der Sessel und hielt ein Notizbuch in den Händen.

Carolina ging langsam auf ihn zu, versuchte den Moment hinauszuzögern, an dem sie zitternd vor ihm stand. Jeder Schritt war unendlich schwer und führte sie näher ins Verderben. Die Leine baumelte immer noch an dem Ring. Auch wenn ihre Schrittlänge der einer Maus glich, erreichte sie unausweichlich Master Alec. Er beugte sich vor, packte das Leder und zog sie zu sich, sodass sie zwischen seinen gespreizten Beinen stand. Sie spürte Master Richards Atem auf ihrem Nacken wie einen Hauch des Unheils.

„Ist sie dir unterwegs abhandengekommen, Master Richard?"

„Ein kleiner Zwischenfall hat uns aufgehalten."

„Ein Zwischenfall? Das werden wir bei der Session berücksichtigen."

Carolina fühlte sich wie ein Gummiball, der auf- und absprang, um die Aufmerksamkeit des Masters auf sich zu ziehen, ihm entgegenzuwerfen, dass nicht sie den *Zwischenfall* verursacht hatte, sondern Master Richard. Doch der Ausdruck in Master Alecs Augen raubte ihr den Mut zu sprechen. Er tauschte mit ihrem Ehemann ein belustigtes Augenbrauenhochziehen aus, ehe Master Richard das Wort ergriff.

„Stell dich in die Mitte des Raumes, nimm die Grundposition ein."

Sie konnte es sich nicht verkneifen und warf dem verräterischen Master einen Blick zu, der offen ihre Empörung ausdrückte. Master Richards Hand knallte auf die Rückseite ihres rechten Oberschenkels.

„Aber …"

Seine Eisaugen standen Master Alecs in nichts nach. Sie beeilte sich, die geforderte Haltung einzunehmen. Master Richard setzte sich auf dem freien Sessel. Carolina verschränkte die Finger hinter ihrem Kopf und setzte die Füße schulterbreit auseinander. Wenigstens dem Boden konnte sie giftige Blick zuwerfen.

Das war so unfair!

„Ellenbogen weiter zurück", sagte Master Richard in seiner besten Dominantenstimme. „Augen auf uns, das Parkett kann nicht so interessant sein." Er grinste.

Master Alec grinste nicht. Er blätterte in dem Notizbuch, während die Minuten spürbar an ihr vorbeitickten. Die Zeit wurde greifbar, verwandelte sich in Sirup, der sie beinahe erstickte, in ihr den Wunsch erweckte, an jedem anderen Ort zu sein als hier. Master Alecs Blick rammte in sie.

„Sie hat Schwierigkeiten mit der Disziplin, arbeitet mit hinterlistigen Mitteln, Hundeblicken, unerlaubtem Rekeln, solange sie auf dem Schoß ihres Masters liegt und bestraft wird." Seine Mundwinkel zuckten. „Anscheinend lacht sie ein wenig zu gern."

Ihr entwich ein Schnauben.

Sie lachte gern! Wer hatte vorhin einen Lachanfall bekommen? Und was waren das überhaupt für Notizen? Hatte Richard sie analysiert und einen Bericht geschrieben?

So ein fieses Warzenmonster!

„Keinen Ton!", sagten beide einvernehmlich mit absolut eisernen Stimmen.

Master Alec sprang auf, und Carolina wich einen verbotenen Schritt zurück. Verdammt, sie bebte wie Espenlaub, obendrein tropfte Schweiß ihre Wirbelsäule hinab.

„Master Richard, erlaubst du?"

Richard machte eine zustimmende Geste.

„Umfasse meine Taille, ängstliche Sub."

Sie war unendlich froh, die Arme runterzunehmen. Ihre Hände zitterten, als sie sich an dem harten Körper festhielt. Master Alec löste das Halsband, und sie machte einen erleichterten Atemzug.

„Besser, Kleines?"

„Ja, Master Alec."

Richard sog die Szene, die sich vor seinen Augen abspielte, förmlich auf. Er stellte sich hinter Carolina, und sie lehnte sich in seinen Körper, suchte Schutz und Geborgenheit bei ihm.

„Wie lauten deine Worte?", fragte Master Alec. Seine Handlungen beruhigten Carolina, schenkten ihr dringend benötigte Zeit, um durchzuatmen.

„Rot und gelb, Master Alec." Selbst ihre Stimme zitterte.

Richard küsste ihren Nacken, berührte ihren Hals mit seinen Lippen. Ein sinnliches Schaudern erfasste ihren Leib.

„Vertraust du uns, Liebes?"

„Ja, Master Richard."

„Gut, dann gib Alec deine Handgelenke, damit er sie mit Manschetten versehen kann."

Sie legte vertrauensvoll ihre Hände in Alecs, der ein paar Softmanschetten von seinem Gürtel löste und sie anbrachte. Als er sie vor ihrem Körper zusammenhakte, sackte sie gegen Richard, der sie an den Schultern umfasste.

Die Liebe, die er für sie empfand, flutete seine Sinne. Carolina hatte Angst, und doch vertraute sie ihm bedingungslos. Er würde ihr Vertrauen niemals missbrauchen. Sie war so klein, wie sie zwischen ihnen stand, und Alec traf seinen Blick über ihren Kopf hinweg. Der Master amüsierte sich beträchtlich, und dennoch erkannte Richard Sehnsucht in seinen Augen. Alec beneidete ihn um das, was Richard hatte.

„Heb deine Arme an." Alec befestigte die Kette zwischen den Manschetten an einem Haken, der an einem Seil von der Decke hing. „Ich fixiere deine Beine mit einer Spreizstange, Carolina." Alec brachte das Leder um ihren rechten Knöchel an und befahl ihr, die Schenkel zu spreizen. Er hatte eine Stange gewählt, die sie schulterbreit spreizte. Diese nahm ihr die Fähigkeit, sich zu bewegen, hielt Carolina zudem offen für ihre Zuwendungen. Alec streichelte die Innenseiten ihrer Oberschenkel, bis er fast ihr Geschlecht erreichte.

Carolina versuchte instinktiv auszuweichen, stellte jedoch fest, dass es nicht ging, weil Richard in der Zwischenzeit das Seil strammgezogen hatte, sodass sie gerade noch auf den Fußflächen stehen konnte.

Alec packte ihre Hüften und küsste sie erst auf den Bauch, dann auf den Venushügel. Carolina erstarrte zu Beton, und Richard spürte die Hitze, die sie erfasste. Er wusste, dass ihre Wangen tiefrot glühten. Richard legte ihr eine Hand auf die Kehle und presste ihren Kopf sanft nach hinten, berührte mit den Lippen ihre Schultern. Sie überschwemmten ihren Körper mit Sinnesreizen, bis sie sich entspannte und ihre Angst für den Moment vergaß. Richard umfasste ihre herrlichen Brüste und wog zuerst die Fülle in den Händen. Weich und nachgiebig, mit wunderschönen Nippeln, die bereits jetzt geschwollen zwischen seinen Fingern ruhten.

Ein leises Stöhnen entwich ihr, weil Alec an ihrer Klitoris saugte. Alec gab ihm das Zeichen, und sie traten von ihr zurück.

Richard holte den kleinen Tisch aus Edelstahl, der verborgen hinter der Couch stand. Auf ihm lagen Utensilien, die sie benutzen wollten, aber auch solche, die sie niemals bei Carolina anwenden würden, wie die Peitsche oder den Edelstahldildo, mit dem leichte Stromschläge möglich waren.

Die Rollen quietschten unheilvoll. Carolina stieß einen rasselnden Atemzug aus, als sie erspähte, was auf dem Tablett lag. Es war nicht ausschließlich Angst auf ihrem hübschen Gesicht zu sehen, als sie rätselte, wozu die Dinge gut waren.

Richard schenkte ihr sein bestes Masterlächeln, und sie funkelte ihn mit ihrem besten Subieblick an.

Kleines Biest!

Bei der Hälfte des Folterzeugs hatte Carolina nicht die geringste Ahnung, was man damit anstellen könnte. Am meisten entsetzte sie die zusammengerollte Peitsche. Sie konnten doch nicht ernsthaft vorhaben, alles an ihr auszuprobieren, die Klemmen, die Dildos, die Analplugs, obendrein merkwürdig wirkende Handschuhe und Edelstahlgerätschaften, die aussahen, als könnte man seinem Opfer mit ihnen Stromschläge verpassen.

Sie hätte Richard am liebsten das überhebliche Grinsen aus dem Gesicht gewischt, sofern sie nur gekonnt hätte. Die Master betrachteten die Utensilien, als sähen sie sie zum ersten Mal. Die Mistkerle ließen sich Zeit. Ihr blieb beinahe das Herz stehen, als Master Alec einen riesigen Analplug hochhob, der unmöglich bei ihr *dort* reinpasste.

„Sub, wenn du nicht aufhörst, uns anzufunkeln, ziehe ich die Vorhänge auf, und deine Session wird für alle zu sehen sein."

Es dauerte einen Augenblick, bis sie die Tragweite von Master Alecs Worten erfasste. Ihr Blick schoss zu den Brokatvorhängen, die offensichtlich nicht die Aussicht in den Garten verdeckten. Die Liege mit den Beinstützen war Richtung der Fenster ausgerichtet. Master Alecs Mundwinkel zuckten auf diese amüsierte Weise, die sie in die Weißglut trieb. Sie nahm einen tiefen Atemzug und observierte ergeben den Boden.

Die Master hatten ihre Auswahl getroffen und traten an Carolina heran. Beide hielten einen Flogger in den Händen. Master Richard folgte mit den dunkelroten weichen Lederstrippen der Kontur ihres Busens, bis hinunter zu ihren gespreizten Beinen.

Master Alec hielt ihr einen Becher mit Wasser an die Lippen und zwang sie, mehrere Schlucke zu trinken. „Du brauchst die Flüssigkeit, Carolina."

Die Master betrachteten sie intensiv. Master Richard küsste sie sanft auf den Mund. „Gib dich uns hin, kleine Sub."

Die Leidenschaft und der Stolz in seinen blauen Augen strahlten ihr entgegen, es entlockte ihr ein ergebenes Seufzen. Ihre Ängste waren unbegründet, nichts würde geschehen, was Master Richard oder sie überforderte. Master Alec passte auf sie beide auf.

Ihr entwich ein Kichern, weil Master Richard zeitgleich mit ihr tief einatmete. Master Alec blieb vor ihr stehen, Master Richard stand hinter ihr.

Master Alec holte aus, und gebannt starrte sie auf die Riemen, versuchte instinktiv auszuweichen, keuchte bereits, ehe die Lederschnüre ihren Bauch erfassten. Ehe sie Zeit hatte zu realisieren, dass es kaum schmerzte, landete ein weicher Schmerz quer über ihrem Po, von Master Richard ausgeführt.

Sie wusste nicht, was schlimmer war: zu sehen, dass Master Alec ausholte oder die eigentliche Empfindung. Das nächste Mal erreichten die Strippen ihre Brüste und erneut ihren Po. Sie schlugen gleichmäßig zu, erhitzten allmählich ihren Leib. Das, was sich anfangs wie ein Sommerregen angefühlt hatte, verwandelte sich in Hagelkörner, die immer kleiner, feiner und beißender wurden.

Master Alec schlug sie auf den Busen, auf den Bauch und auf die Vorderseite ihrer Oberschenkel. Master Richard traf hauptsächlich ihren Po und die Rückseite der Oberschenkel. Der Flogger landete auf ihren Schultern, und sie verkrampfte sich.

„Nicht, Carolina. Kämpfe nicht dagegen an, akzeptiere die Qual, die dich umschwebt. Lass dich fallen.“ Master Alec platzierte den Hieb auf ihren Nippeln. Einige von Master Richards Strippen erreichten ihre Scham. Die Schläge flossen ineinander über, bis sie die einzelnen nicht mehr auseinanderhalten konnte. Ihr gesamter Körper brannte prickelnd. Master Alec fixierte ihren Blick, und die Schnüre berührten ihre Klitoris. Leicht hatte Master Alec sie getroffen, und doch reichte es tiefer.

Ein schneidender Schmerz setzte ihren Po in Flammen, weil Master Richard das erste Mal scharf zugeschlagen hatte. Pure Agonie traf sie ein weiteres Mal, zeitgleich mit einem weichen Treffer von Master Alec, der erneut ihre Lustperle entflammte.

Carolina fühlte sich seltsam, als hätte sie auf nüchternen Magen fünf Espresso getrunken. Obwohl sie die Augen offen hatte, sah sie nichts mehr, sie spürte nur noch, sehnte und fürchtete gleichzeitig zusätzliche Pein herbei. Brennende Qual, ausgeführt in schneller Reihenfolge, landete auf ihrem Hintern und auf der Rückseite ihrer Oberschenkel.

Das Leder erhitzte ihre Nippel, ihren Bauch, einfach alles. Schweiß floss ihr vom Körper, und sie wünschte sich, die Master würden Erbarmen zeigen, ihr geben, was sie brauchte. Ihre Klitoris pochte gierig, sie merkte es in ihrem gesamten Schoß, ihre Brustwarzen waren geschwollen und schrien förmlich danach, dass einer der Master an ihnen lutschte, den Schmerz mit der Zunge beruhigte und sie fickte.

Master Alec fasste um sie herum und spreizte ihre Pobacken. Ihr Zustand war zu entrückt, um sich zu sträuben, und sie wimmerte, als Gel auf ihren Anus tropfte und Master Richard etwas Glattes vorsichtig hineinschob.

„Bitte … bitte … bitte. Ich brauche …“

Master Richard bewegte den Dildo vor und zurück, während Master Alec ihren Blick fixierte.

„Was brauchst du, Carolina?"

„Ich möchte kommen, bitte, lasst mich kommen."

„Noch nicht." Master Alec beugte sich vor und biss in ihren Hals, derweil er noch immer ihre Pobacken spreizte. „Kommst du unerlaubt, erhältst du zehn Gertenschläge; von jedem Master fünf."

Master Richard fasste nach vorn und fand zielsicher ihre geschwollene, pulsierende Knospe. Master Alec zwickte sie erneut, saugte an ihrer Haut, bis es um sie geschehen war. Sie vermochte es nicht aufzuhalten, wellengleich erfasste sie ein heftiger Orgasmus. Die Master ließen nicht locker, bis die Ekstase abebbte.

Als die Master sie losließen, hing sie in den Fesseln, kaum fähig zu stehen. Master Alecs Sadismus stand ihm klar auf dem harten Gesicht geschrieben. Sie hatte keine Chance gehabt, gegen sie zu bestehen.

„Das war ein unerlaubter Höhepunkt … schon wieder." Master Richard flüsterte ihr die Worte ins Ohr. Sie hörte die Genugtuung in jeder Silbe, es entlockte ihr ein breites Grinsen, das ihr auf den Lippen erstarb, als sie die schwarze Gerte in Master Alecs Hand bemerkte; sie war lang und wirkte ebenso finster wie der Sadist, der sie hielt. Ihre Schultern schmerzten, und ihr Körper war verkrampft. Zu ihrer grenzenlosen Erleichterung legte Master Alec die Gerte zur Seite und umfasste Carolina. Seine Hände lagen direkt unter ihren Brüsten.

„Richard, mach sie los, locker zuerst das Seil, lös dann die Spreizstange."

Sobald die Fixierung nachgab, fiel sie hart gegen Master Alec. „Ich lass dich nicht fallen, ganz ruhig."

Die geringste Bewegung peinigte ihre Schultergelenke, und sie wimmerte, als Master Richard sie von den Manschetten befreite, sodass sie die Arme runternehmen konnte.

Master Alec hob sie hoch, als wäre sie leicht wie eine Feder. Sie kicherte und fühlte sich noch immer entrückt. Er setzte sie auf die breite Couch, drückte sie mit dem Bauch auf die Sitzpolster, auf denen ein großes Handtuch lag. Master Richard träufelte Öl auf ihren Körper. Die Master massierten sie zärtlich, bis die letzte Anspannung aus ihren Muskeln wich, sie beinahe einschlief unter den kräftigen Händen der Männer.

„Jetzt ist sie so weit, ihre Bestrafung zu empfangen, Richard."

Träumte sie? Sie riss die Lider auf, und die Realität krachte auf sie. Der gefährlichste Kerl, den sie kannte, knetete gerade ihren Hintern, und der Mann, den sie seit fünfzehn Jahren liebte, stimulierte mit behutsamen Berührungen ihren Kitzler. Früher vermochte sie Richard wie ein Buch zu lesen. Master Richard hingegen bestand aus kyrillischen Buchstaben, bei denen sie nicht einmal raten konnte, was sie bedeuteten. Richard, das sanfte Lamm, hatte sich in Master Richard, den scharfen Wolf, verwandelt, so mühelos, als hätte er sich ein neues Sweatshirt übergezogen.

„Dreh dich um." Master Richard sah sie liebevoll an und stützte ihren Nacken, während Master Alec ihr ein Glas Cola an die Lippen hielt. Sie wollten sie aufpäppeln, damit sie ihr noch Weiteres antun konnten.

Beide Master bemerkten ihre Furcht, schmunzelten auf diese sadistische Weise, die in ihr den Wunsch erweckte, in der Couch zu verschwinden.

„Falls du ohnmächtig wirst, wecke ich dich auf, um weiterzumachen, also trink." Master Alec lächelte nicht mehr, und sie trank so schnell, wie sie es schaffte.

Master Richard nahm die Gerte in die Hand, streichelte sie liebevoll, betrachtete sie intensiv, um ihre Reaktionen zu erfassen, die sich allzu deutlich zeigten.

„Sieh sie dir an, wie sie bebt. Ihre Augen stellen einen Spiegel ihrer Emotionen dar, die aus einer Mischung aus Panik und Erregung bestehen. Und ihre Pussy ist wieder einmal klatschnass. Riechst du auch ihre Lust, Master Richard?"

„Bis hierhin", sagte ihr Master rau, mit einer Stimme sexy wie die pure Sünde. „Stell dich an die Rückseite der Couch, und leg dich über die Lehne, Carolina. Ich kann es kaum erwarten, deinen Arsch richtig zum Glühen zu bringen."

Deshalb stand das Sofa frei im Raum. Die Master halfen ihr nicht beim Aufstehen, und ihre Beine besaßen so viel Stärke wie überkochte Nudeln. Beide verschränkten die Arme vor der Brust, und sie konnte sich nicht davon abhalten, ihnen einen Blick ungetrübter Empörung zuzuwerfen. Master Richards Mundwinkel zuckten, Master Alecs nicht. „Sieben Hiebe von jedem, und solltest du dich nicht beeilen, erhöhe ich sie auf neun." Jetzt verzogen sich die Lippen des Sadisten. „Neun."

Achtzehn Schläge mit der Gerte! Und die Master ließen es so aussehen, als hätte sie sich das selbst zuzuschreiben. Die Tür lockte wie das Himmelstor. Ehe sie dazu kam, den unsinnigen Gedanken in die Tat umzusetzen, packte Master Richard ihr Haar und beförderte sie auf die Knie.

„Das wolltest du nicht wirklich in Erwägung ziehen, kleine Sub!"

Sie starrte auf die Erektion in seiner Hose.

„Es tut mir leid, Masters."

Master Richard, der Fiesling, lachte weich. „Das glaube ich dir gern, und nach den zwanzig Schlägen wird es dir erst richtig leidtun."

Zwanzig!

„Das wird es ihr, sie wird sich gründlich überlegen, ob sie jemals wieder einen derartigen Ungehorsam zeigt.“ Master Alec legte seine Hände auf ihre Schultern und beugte sich zu ihr herab. „Doch so wie ich sie einschätze, wird ihr der Schmerz besser gefallen, als sie sich jetzt vorstellen kann.“ Master Alec flüsterte ihr die Worte ins Ohr und saugte an ihrem Ohrläppchen.

Master Richard ließ ihre Haare los, die sich aus der Spange lösten und ihr ins Gesicht fielen. Master Alec zog sie nach hinten, sodass sie hilflos in seinen Armen lag. Ohne Umschweife schob Richard ihr einen pinkfarbenen Vibrator in das Geschlecht. „Du bist so nass, so erregt. Sieh mich an!“

Master Alec lehnte sich über sie und biss in ihren rechten Nippel, während er die andere Brustwarze sanft massierte. Es war nicht zum Aushalten! Master Richard schaltete das Sextoy ein, und sie drängte ihm das Becken entgegen. Sie fühlte sich so weiblich, so schwach, ihnen dermaßen ausgeliefert. Es war ein berauschendes Gefühl. Egal wie groß Carolinas Furcht war, das Vertrauen war größer. Jedes Mal wenn sie glaubte, sie würde die Pein auf ihren Nippeln nicht länger ertragen, saugte und leckte Master Alec die Qual fort.

Master Richard führte den Vibrator langsam ein und aus und stimulierte mit dem Daumen ihre Lustperle, bis sie fast kam. Genau in dem Moment hörten sie auf, und der Ausdruck auf Master Richards Gesicht jagte zusätzliche Impulse durch ihren Körper. Sie verbiss sich das Wimmern, weil sie ihr den Orgasmus versagt hatten, der nur einen Wimpernschlag entfernt lockte.

„Steh auf, Carolina“, sagte Master Richard.

Selbst wenn ein hungriger Bär vor ihr auftauchen würde, sie wäre nicht in der Lage, allein auf die Füße zu kommen. Master Richards starke Hände zogen sie hoch, und sie fiel seidenweich gegen ihn. Er lief um die Couch, drängte sie an das Rückenteil und presste sie über die Lehne. Master Alec kniete auf dem Sitzpolster, zog sie an den Armen weiter nach vorn, bis sie den Bodenkontakt verlor. Er hielt ihre Handgelenke, und sie war ihnen erneut vollkommen ausgeliefert. Ihre Klitoris pulsierte, ihre Nippel waren so geschwollen, als würden sie zwischen den Fingern des kundigen Masters liegen.

Schrecklich erregende Angst hatte sie fest im Griff. Master Richard streichelte ihren Po, berührte die Haut, die leicht brannte von den Feuerküssen des Floggers.

„Du hast einen verdammt geilen Arsch, Carolina. Ich wusste schon immer, dass er sich danach sehnt, Pein zu erdulden.“ Richard trat von ihr zurück, nahm die Gerte auf, ging in Position, und der erste Hieb landete quer auf beiden Backen.

Richard hielt eine Dressurgerte in der Hand, die vorsichtig geführt werden musste, besonders von ihm, weil ihm die Erfahrung fehlte. Er bereitete sie nur auf die Qual vor, die sie durch Alec erfahren würde. Richard war erleichtert, dass er sich in das Schlagwerkzeug einfühlen konnte.

Carolina zuckte zusammen, als der erste Flammenkuss sie erreichte, mehr vor Schreck als vor Schmerz. Ein Beben lief durch ihre Muskeln. Ihre offensichtliche Hilflosigkeit befriedigte einen Instinkt in ihm, den er viel zu lange unterdrückt hatte, da er in der modernen Welt keinen Platz besaß.

Es war verrückt, vor wenigen Wochen hatte er darum gekämpft, sie zum Höhepunkt zu bringen, und jetzt war sie so scharf, dass er ihr Orgasmen verbot, die das lüsterne Biest dennoch bekam. Er drückte ihre Oberschenkel auseinander und sog den Anblick ihres geschwollenen Geschlechts in sich auf. Die Spuren ihrer Lust rannen ihr aus der Pussy. Ihr praller Arsch war leicht gerötet von dem Flogger, und der Treffer der Dressurgerte leuchtete in einem hellen Rot. Richard holte aus, platzierte die Gerte direkt oberhalb des ersten Hiebes. Ihr Wimmern fuhr in seinen Schwanz, und er traf Alecs Blick. Die Augen des Sadisten funkelten gierig. Alec nickte ihm zu, deutete ihm stumm an, dass er seine Sache gut machte.

Beim nächsten Feuerkuss war ihr Jammern lauter und unverfälschter. „Schrei ruhig, wenn es dir dann besser geht." Richard schlug fester zu, überzog ihren Po mit Striemen. Bei den letzten beiden Schlägen weinte sie und ließ immer weiter los.

Diesmal nickte er Alec zu. Der Master entledigte sich seiner Hose, ebenso wie Richard. Carolina verblieb dort, wo sie war, unternahm nicht einmal den Versuch, sich zu rühren. Alec packte ihr ins Haar und schob seinen Schwanz in dem Moment zwischen ihre Lippen, als Richard von hinten in sie eindrang.

Ihr Stöhnen wurde durch den Phallus in ihrem Mund erstickt. Richard rief sich in Erinnerung, dass er sich den eigenen Höhepunkt noch nicht erlauben durfte. Sie wollten es hinauszögern. Alec betrachtete sie intensiv, und ein Lächeln umspielte seine Mundwinkel. Richard wusste warum; Carolina genoss es, dass sie sie benutzten, über sie verfügten, doch gleichzeitig war sie entsetzt, genau in der Weise, wie es ein Master und ein Sadist bevorzugten. Alec bewegte sich langsam vor und zurück, und Richard nahm den Rhythmus auf.

Sie war so verflucht heiß, nass und geschwollen. Es juckte ihn in den Fingern, ihre Klitoris zu reiben, in ihrem jetzigen Zustand würde sie sofort kommen, obendrein Alec womöglich in den Schwanz beißen.

Richard umfasste ihre Hüften, gab sich dem Gefühl hin, sie zu ficken und nicht zu lieben. Mit Mühe hielt er stand, die Stöße nicht zu beschleunigen. Ihre Pobacken wackelten verführerisch, und ihre Taille wirkte schmal. Ihr leises Stöhnen und die saugenden Geräusche ihres Mundes stießen ihn fast über die Klippe, sodass er sich ihr entzog. Gott, er atmete so schwer, als wäre er kilometerlang gerannt.

Sie gaben ihr keine Gelegenheit zu reagieren. Richard nahm Alecs Platz ein, packte sie an den Handgelenken, beobachtete, wie der Master die Gerte aufnahm, mit einem dermaßen sadistischen Ausdruck, dass seine Hoden sich fast schmerzhaft zusammenzogen vor Gier.

Sollte er sich schlecht fühlen, dass Carolina gleich Schmerzen erleben würde, die sie nicht kannte? Nein, denn sie wollte es vielleicht nicht, aber sie brauchte es. Master Alec holte aus und traf die rechte Seite ihres Hinterns.

Eine unglaubliche Glut prallte auf ihren Po. Alles ging so schnell, dass sie nicht damit gerechnet hatte. Sie schmeckte noch den Schwanz von Master Alec, und ihre gesamte Pussy pulsierte unerfüllt. Master Richard hatte sie benutzt, sie gefickt, ebenso wie Master Alec ihren Mund genommen hatte. Allein dieses Gefühl hatte sie in den entrückten Zustand versetzt. Die ausstehende Bestrafung hatte sie an den Rand ihres Bewusstseins geschoben. Verflucht, tat das weh. Ehe sie den ersten Schlag richtig verarbeitet hatte, landete pure Agonie auf der linken Seite ihres Hinterns, vermischte sich mit der anderen Seite, sodass die Pein ineinanderfloss. Das konnte sie nicht aushalten, es war zu intensiv. Sie versuchte, sich aus Master Richards Griff zu befreien, doch er hielt ihre Handgelenke mühelos, und seine Erektion zeigte ihr deutlich, dass von ihm keine Hilfe zu erwarten war. Ihm gefiel, was der Sadist mit ihr anstellte. Flehentlich sah sie zu ihm auf, während ihr Tränen die Wangen hinuntertropften. Diesmal traf der Feuerstreich quer auf beide Backen, und sie schrie ihr Leid in den Raum, presste ihr Gesicht gegen Master Richard, suchte Trost und Stärke bei ihm.

Die Gerte brandete auf die Unterseite ihres Hinterns, es war zu viel, der Schmerz zu entsetzlich.

„Gelb … bitte … gelb.“

Master Alec fasste unter ihr Becken, legte einen Finger auf ihre Lustperle, die so pulsierte wie niemals zuvor. Ganz leicht übte er Druck aus, in bedächtigen kreisenden Bewegungen. Sogar das reichte, um sie fast zum Höhepunkt zu bringen. Master Alec entzog ihr die köstliche Reizung. Erneut traf Qual auf ihren Hintern. In schneller Reihenfolge platzierte er die letzten Schläge. Noch als ihr Schrei durch den Raum gellte, umfasste er ihre Hüften und drang in sie ein. Master Richard schob ihr seinen Schwanz in den Mund, sie schmeckte sich selbst auf der zarten Haut, die so viel Stärke enthielt.

Beide fickten sie langsam, beinahe zärtlich, und doch unnachgiebig. Master Richard hielt ihr Haar, in einem unerbittlichen Griff. Master Alec rieb über ihren Po, erweckte die schrecklich schöne Pein zu neuem Leben. Sie jammerte und stöhnte mit dem herrlichsten Knebel zwischen ihren Lippen. Master Richard gewährte ihr keinen Spielraum, sie konnte nicht darüber bestimmen, wie er sie benutzte. Seine Finger verkrampften sich in ihrem Haar und er ergoss sich in ihrem Mund. Erst dann fasste Master Alec unter sie. Zielsicher fanden seine Hände ihre geschwollene Knospe, die er zupfte und massierte, bis ein unglaublicher Orgasmus sie fortriss, den Schmerz, die köstliche Scham und jegliche Bedenken in den Hintergrund katapultierte. Sie kam, während Master Richard ihre Wangen hielt. Master Alec fickte sie schneller, fester. Seine Hüften klatschten auf ihren geschundenen Po, bis er seine Lust in den Raum schrie.

Carolina hing über der Lehne, wusste nicht, was sie empfinden sollte. Sie fühlte sich leicht und unbeschwert, ihr Körper schmerzte, und die moderne Frau in ihr verlangte, dass sie sich schämte. Ein Kloß bildete sich in ihrer Kehle, bis Master Richard sie auf das Sitzpolster zog, sie eingebettet zwischen den Mastern lag, die ihr zärtliche Worte zuflüsterten und sie liebevoll streichelten, sodass sie dankbar akzeptierte, was sie ihr angetan hatten.

Sie war so müde und sehnte ihr Bett herbei. Die Session war vorbei, und sie wollte nur duschen und schlafen.

Kapitel 15

Diese miesen Kröten! Nein, dieser Ausdruck reichte nicht aus. Carolina funkelte den Boden an, wünschte sich, dass die beiden höllischen Kreaturen vor ihr liegen würden, dann könnte sie auf ihnen herumtrampeln, so wie sie es verdienten. Sie hatten ihr etwas zu trinken und einen Müsliriegel gegeben, sie anschließend in einen großen Raum geschleppt. Nicht einmal eine Dusche hatten sie ihr gegönnt. Schweiß und anderes klebten auf ihr, blieben nicht unbemerkt von der nicht endenden Schar an Zuschauern, die entweder vorbeiliefen oder verharrten. Sie kommentierten ihre geschwollenen Schamlippen und wie prall ihre Nippel waren.

Carolina war an eine Art Pfahl gefesselt. Die Warzenmaster hatten ihr die Handgelenksmanschetten umgelegt und sie hinter dem Pfeiler miteinander verbunden. Der einzige Trost war, dass sie nicht allein in ihrer Misere steckte. Rachel, die kurvige Sub, die vorhin von Master Liam gequält worden war, stand an den gleichen Pfahl gebunden. Carolina konnte Rachel zwar nicht sehen, doch sie spürte deren Beschämung, die ihrer nicht nachstand. Rachel zitterte und wimmerte, wenn besonders viele Blicke auf ihnen lagen.

Carolina betrachtete den Punkt vor ihren Füßen. Schwarz polierte Schuhe erreichten ihr Sichtfeld. Oh Gott, sie wollte sterben. Sie hasste Master Richard, und sie hasste Master Alec, mit einer Intensität, die sie beinahe ihre Schmach vergessen ließ.

„Fiorella." Die amüsierte Stimme von Master David. „Falls du noch einmal deine Schenkel zusammenpresst, versehe ich dich eigenhändig mit einer Spreizstange, sodass alle betrachten können, was du zu verstecken versuchst." Er lachte, der Fiesling. „Du siehst auch aus der Entfernung aus, als hätte man dich gut und ausgiebig gefickt."

Rachel schnaubte hinter ihr, ein Laut purer Sympathie, der in ein hektisches Atmen überging, als Master David den Pfahl umrundete und vor der Honigblonden stehen blieb.

„Keiner unserer Gäste darf euch berühren, doch das gilt nicht für mich."

Rachels entsetztes Keuchen ging schnell in etwas Lustvolleres über, und Hitze kroch in Carolinas Körper hoch. Ein erneutes Paar Schuhe, diesmal dunkelbraune, erreichte ihr Sichtfeld.

„Versuchst du den Eindruck zu erwecken, dass es dich nicht anmacht, dass Rachel Master David ausgeliefert ist? Was ihr merklich gut gefällt." Master Liam beugte sich vor, bis seine Nasenspitze fast ihre berührte. „Hast du deine Stimme verloren?"

„Nein, Master Liam."

Rachel stöhnte ungezügelter, und Carolina spürte, dass ihre Pussy mit neuer Lust pulsierte.

„Was, nein? Nein zu deiner offensichtlichen Erregung oder nein zu deiner Stimme?"

„Zu meiner Stimme, Master Liam."

Er lächelte sie warm an. „Master Richard möchte, dass ich dir einen erneuten Orgasmus entlocke." Mit einer Hand umfasste er ihren Nacken, und mit der anderen schaltete er den Vibrator ein und schob ihn ihr in das Geschlecht. Er hatte einen vibrierenden Aufsatz, der genau auf ihrer Klitoris lag. Nach einigen Sekunden war es ihr egal, wer sie beäugte, denn sie sah nur Master Liam an, der ihr einen zügellosen Höhepunkt entlockte.

Nach erledigter Arbeit entfernten sich die Master amüsiert und ließen Rachel und Carolina beschämt zurück.

„Ich will sterben", flüsterte Rachel ihr zu.

„Ich zuerst. Wie lange müssen wir noch ausharren?"

„Zu lange."

Sie schnaubten in geteiltem Leid.

„Meinst du, Master Richard erlaubt dir, morgen mit mir zu frühstücken? Dann können wir uns ein wenig austauschen."

Brauchte sie seine Erlaubnis, um mit ihrer neu gewonnenen Freundin zu speisen? Wohl eher nicht. Ein Plan begann sich in ihrem Gehirn zu formen, der ihr ein Kichern entlockte.

Nach einer gefühlten Ewigkeit traten Master Richard und Master Liam an sie heran, um Rachel und Carolina aus ihrer Misere zu erlösen.

„Du warst ganz schön laut, süße Sub."

Carolina presste ihr Gesicht gegen Master Richards T-Shirt und bekämpfte den Reiz, ihn in die Brust zu beißen. Seine kleinen Nippel hätten es verdient, ihre Zähne zu spüren. Allerdings waren seine Brustwarzen nicht besonders robust.

Carolina bewegte sich langsam, darauf bedacht, Master Richard nicht zu wecken, fasste unter das Bett und tastete nach den Handschellen, die sie dort deponiert hatte. Der Master war nachlässig gewesen und hatte die geheimnisvolle Truhe vorgestern unverschlossen gelassen, als er duschen ging. Sie hatte zwei Minuten widerstanden, bis die Neugierde siegte. Die Handschellen hatte sie aus einem Impuls heraus an sich genommen und sie zuerst unter der Matratze auf ihrer Seite versteckt. Wie ihr Herz geschlagen hatte, vor Angst, dass Richard sie bei ihrer Tat entdecken könnte. Er lag im Tiefschlaf auf dem Rücken und hatte einen Arm zurückgeworfen. Ein wenig erschöpft, der Master. Sie grinste breit, sie gewährte ihm eine Stunde zusätzlicher Ruhe. Als sie sich die Zähne geputzt hatte, war sie bei jedem Geräusch zusammengezuckt aus Furcht, Master Richard könnte aufwachen. Es geschah ihm nur recht, dass sie ihm einen Denkzettel verpasste. Ihre Wangen erwachten allein bei der Erinnerung mit Gluthitze zum Leben, wie Master Liam sie auf Master Richards Bitte hin vor einer Horde Fremder zum Orgasmus gezwungen hatte, nachdem alle sie begutachtet hatten, als wäre sie eine Stute, die zum Verkauf bereitstand. Der Wunsch nach Rache unterdrückte den Anflug von schlechtem Gewissen. Master Richards Schlaf war tief, er würde selbst dann nicht erwachen, wenn eine Herde Büffel durch das Zimmer trampelte.

Dennoch zitterten ihre Hände, als sie die Schelle um sein linkes Handgelenk klickte, danach um die Querverstrebung des Kopfteils. Er würde außer sich vor Zorn sein, wenn er bemerkte, was sie getan hatte. Aber es würde ihm guttun, am eigenen Leib zu erfahren, was Hilflosigkeit bedeutete. Sie wollte schnell mit Rachel frühstücken. Eine Stunde brachte ihn nicht um.

Sie kicherte, als sie die Bungalowtür hinter sich verschloss und sich auf die Suche nach Bungalow Nummer sieben machte, in dem Rachel residierte. Bei jedem Dominanten, der ihr begegnete, hatte sie die Befürchtung, sie sähen ihr an, was sie angestellt hatte. Zum Glück brauchte sie nicht weit zu gehen, sie war nicht scharf darauf, Master Alec über den Weg zu laufen. Er würde nur einen Blick auf sie werfen …

Sie klopfte, und Rachel riss, reichlich zerknautscht, die Tür auf. „Carolina, da bist du ja. Ich habe schon Brötchen geholt." Rachel fiel ihr um den Hals, und es tat gut, eine Leidensgenossin zu umarmen. Carolina wollte dringend mit Rachel reden, da gab es eine Menge an diesem verrückten BDSM, was ihr zu schaffen machte, vor allem die eigenen Reaktionen.

Rachel führte sie auf die rückwärtige Terrasse. Der Tisch war eingedeckt, und Carolina setzte sich mit Bedacht auf einen der gepolsterten Korbstühle.

„Schmerzen?" Rachels Mimik drückte reine Sympathie aus, auch sie nahm vorsichtig Platz. „Mein Hintern brennt höllisch. Master Liam war gestern sehr gründlich." Ihre Wangen entflammten, und Carolina war froh, dass Rachel ebenso wenig ihre Emotionen zu verbergen vermochte wie sie.

Rachel sah sie an, holte tief Luft. „Ich hoffe, du hasst mich nicht, doch Master Richard hat an mir geübt." Die Worte platzten aus ihrem Mund.

Carolina starrte sie an, bis sie begriff, was es bedeutete, und wartete darauf, dass sich Eifersucht einstellte. Richard hatte ihr erzählt, dass er einmal mit einer Sub geschlafen hatte. Missgunst blieb aus, stattdessen stellte sich ein Gefühl der Erleichterung ein.

„Gott sei Dank, ich dachte schon, er hätte diesen perfekt aussehenden Männertraum gewählt, die mich verachtend anfunkelt, wann immer er mich sieht."

„Du meinst Sue." Rachel grinste breit. „Die Master haben sie Master Richard angeboten, aber er hat sich für mich entschieden."

Carolina trank einen Schluck Orangensaft, und Rachel kicherte zuckersüß.

„Ich weiß, warum du froh bist. Mein Arsch ist üppiger als deiner."

„Du hast mich durchschaut."

Sie blickten sich in die Augen und brachen in albernes Gekicher aus, als die Absurdität ihrer Unterhaltung über sie hereinbrach. Carolina wusste, wieso Master Richard die süße Rachel gewählt hatte: Sie war unglaublich lebendig und versteckte ihre Emotionen nicht, und vielleicht hatte Master Richard sie all die Jahre nicht angelogen, dass er pralle Popos bevorzugte.

Carolina griff nach einem Brötchen, belegte es mit Schinken und Salatblättern. „Seitdem ich hier bin, könnte ich immerzu essen. An seine Grenzen zu gehen, ist verdammt anstrengend."

„Und befreiend. Ich war noch nie so glücklich wie jetzt, obwohl ich in ständiger Angst lebe, was als Nächstes geschieht. Nach meiner ersten Session dachte ich, ich wäre völlig durchgeknallt, obendrein pervers." Rachel starrte an ihr vorbei, die Augen geweitet, und sie erbleichte dermaßen, dass frisch gefallener Schnee im Vergleich dazu farbig erschien. „Du hast doch Master Richard um Erlaubnis gebeten?"

„Nicht direkt, ich habe ihn ans Bett gekettet."

„Dann hat Master Richard offensichtlich den Panikknopf gedrückt."

Panikknopf?

„Master Alexander und Master Alec kommen auf uns zu. Angepisste hungrige Alligatoren sehen dagegen freundlich aus. Du steckst bis zu den Augenbrauen in Schwierigkeiten", wisperte Rachel. Sie wirkte, als würde sie es vorziehen, mit Honig eingeschmiert vor einer Horde Bären wegzurennen.

Carolinas Überlebensinstinkte setzten ein, und sie war im Begriff aufzuspringen, als zwei stahlharte Hände sie an den Schultern packten, sie förmlich aus dem Stuhl rissen.

Rachel kniete bereits auf der Terrasse, derweil Master Alec sich über ihr aufbaute.

„Hast du davon gewusst?" Master Alecs Stimme war eisig und enthielt gleichzeitig eine Spur Belustigung; äußerst beunruhigend.

„Hat sie nicht, du Testosteronteufel. Lass Rachel in Ruhe."

Drei paar Augen bohrten sich in sie, das blaue war entsetzt und die anderen beiden schabten ihr die Haut von den Knochen. Der Wunsch, sich vor den Mastern auf den Boden zu werfen, während sie um Gnade flehte, lockte. Doch sie gewährten es ihr nicht, sie packten sie.

„Dich erwarte ich um zwölf in meinem Zimmer, Rachel." Master Alec grinste sie teuflisch an, und Rachel sah aus, als wollte sie auf der Stelle tot umfallen.

„Aber …"

„Keinen Ton, Rachel!", sagte Master Alexander schrecklich sanft.

Die Master trugen Carolina mehr, als dass sie lief. Mit jedem der weit ausholenden Schritte der Master starb sie ein Stück. Sie erinnerte sich an die Worte von Master David, der ihr prophezeit hatte, dass sie viele kleine Tode sterben würde. Der, den sie gerade erlitt, war gewaltig.

Die Master schleppten Carolina ins Haupthaus, erreichten Raum eins, stießen die Tür auf, und Carolina stand mitten in einem Klassenzimmer. Master David saß hinter dem Lehrerpult. Master Richard lungerte neben, ihm mit einem langen Holzlineal in der Hand, das er gegen seinen Oberschenkel trommelte.

Die Master ließen sie einen Meter vor Master David los.

„Zieh dich aus und nimm Position zwei ein." Master Davids Blick rammte in sie, genauso wie das Verlangte. Carolina sah zu Master Richard, diesmal stellte seine Mimik die von Master David in den Schatten.

Oh Gott!

Sie dachte nicht einmal daran, ungehorsam zu sein, entledigte sich mit zitternden Gliedern ihres spärlichen Outfits. Carolina faltete die Shorts und das Top zusammen und deponierte beides auf einer der Schulbänke. Sie nahm die gewünschte Haltung ein, während sie bereits jetzt mit den Tränen kämpfte.

Master David stand dermaßen schnell auf, dass sie am ganzen Körper zusammenzuckte. Er blieb vor ihr stehen. „Sieh mich an."

Sie legte den Kopf in den Nacken. Es unterstrich die hilflose und demütige Lage, in der sie sich befand.

„Erklär mir, warum ich dich bestrafen muss, Carolina."

„Ich habe meinen Master an das Bett gekettet", wisperte sie.

„Nicht nur das, du hast eine der wichtigsten Regeln auf der *Insel* gebrochen und eine fixierte Person sich selbst überlassen. Du hast das Leben von Richard aufs Spiel gesetzt."

Das war übertrieben.

„Ihr habt mich auch allein gelassen, an meinem ersten Abend, als ihr mich im Badezimmer an die Stange gefesselt habt."

„Nein, Carolina, ich war die ganze Zeit bei dir." Master David berührte ihren Kopf. „Das war unverantwortlich von dir, zudem äußerst respektlos deinem Master gegenüber."

„Es tut mir leid, Master David." Dieses verfluchte Zittern, dem sie hilflos ausgeliefert war, setzte erneut ein. „Master Richard, bitte verzeih mir."

Die Master verblieben stumm, und sie wünschte sich so sehr, dass Master Richard sie in seine Arme ziehen würde, ihr zuflüsterte, dass er ihr verzieh, sich im Geheimen über ihren Streich amüsierte. Alles, was sie hörte, war ihr Herzschlag und das Schlagen des Lineals gegen Master Richards Bein. Sie ahnte, was sie erwartete: eine reine Strafe. War Master Richard dazu in der Lage? Aber das brauchte er nicht zu sein. Es standen genügend Dominante zur Verfügung.

„Ich führe deine Bestrafung persönlich aus. Sag mir, warum."

„Weil du der Herr der *Insel* bist, Master David." Mist, eine Träne löste sich aus ihrem Augenwinkel und tropfte auf ihren Oberschenkel.

„Das ist nicht der einzige Grund."

Eisige Finger packten ihre Kehle, nur so konnte sie sich den Laut erklären, der ihren Lippen entwich. Master David würde sie mit einer Härte züchtigen, die Master Richard unmöglich war.

„Es ist eine Disziplinierung, keine Session. Ein Safeword darf ich nicht benutzen", wisperte sie mit tonloser Stimme.

Master David ging vor ihr in die Hocke und umfasste mit ruhiger Hand ihr Kinn.

„Du akzeptierst deine Strafe, Fiorella."

Er konnte sich sein Kosewort sonst wohin stecken. Sie hasste sich dafür, dass sie weinte, zitterte und die Maßregelung innerlich annahm, es einsah, dass sie die Regeln, die innerhalb der *Insel* herrschten, verletzt hatte. Ein einfaches *Ja* würde ihm nicht reichen. Sie schluckte den Stolz hinunter, der ihr nur im Weg stand.

„Bitte bestrafe mich, Master David." Ihr verblieb nur die Hoffnung, dass er ihr nicht zu viel zumutete, dass sie immer noch in Sicherheit war, egal wie schmerzhaft es wurde. Sie vermochte nicht zu widerstehen und suchte Richards Blick, nicht den von Master Richard, aber es war der Master, der ihr intensiv in die Augen sah. Sein Ausdruck war warm, und doch funkelte etwas in den Tiefen seiner Pupillen, das sie aufschluchzen ließ. Master Richard wirkte gespannt. Erst jetzt erfüllte sie die Wahl des Zimmers mit Beklommenheit.

Master David reichte ihr die Hände und zog sie auf die Füße. Zu ihrer Erleichterung entdeckte sie keine Gerte oder Peitsche. Nur das lange Holzlineal füllte ihr Bewusstsein. Master David lächelte sie zuversichtlich an.

„Du hältst aus, was wir mit dir vorhaben. Ich benutze nur meine Handfläche bei dir. Sie sollte genügen, um dir ausreichend Reue zu entlocken."

Master David setzte sich auf einen Stuhl und sah sie abwartend an. Mit einem Seufzer drapierte sie sich über seinen Schoß.

„Versuche nicht, von meinen Knien zu entkommen, Carolina, egal wie schlimm es wird, sonst sehe ich mich gezwungen, die Züchtigung mit einem Rohrstock zu wiederholen. Entspanne dich, Fiorella." Master David lachte beunruhigend. „Master Alexander, wärst du so nett und lässt die Klasse an unserer Unterrichtsstunde teilnehmen."

Bitte nicht! Carolina presste die Lider zu, doch sie erfasste, dass eine Reihe männlicher Stimmen den Raum füllten. Sie hielt es nicht länger aus und hob den Kopf in den Nacken, wünschte, sie hätte es nicht getan, denn pure Dominanz saß auf den Bänken. Wenn sie nicht bereits gelegen hätte, wäre sie wie ein Stück Seide auf den Boden geflossen.

„Master Richard, unterrichte die Master über ihre Verfehlungen."

„Sub Carolina hat unerlaubt in meinem Besitz herumgeschnüffelt, Handschellen an sich genommen, mich an das Bett gefesselt und sich entfernt, um zu frühstücken."

Ein hysterisches Kichern kroch aus Carolinas Kehle. Das war absurd! Master David wickelte ihr Haar um seine Hand und zog ihr grob den Kopf in den Nacken. Er hielt Master Richards Anschuldigungen anscheinend nicht für überzogen.

„Da sie unerfahren ist, haben wir uns für die klassische Strafe entschieden, ein ordentliches Spanking sollte sie zu Genüge bereuen lassen, was sie getan hat." Master Richard räusperte sich, und sie wünschte sich, er würde explodieren. Das pure Amüsement schwang bei jeder Silbe mit. Sie hasste ihn mit Vehemenz.

„Hat einer der anwesenden Master Einwände und besteht auf die reguläre Bestrafung durch die Peitsche?"

Totenstille umfloss sie, und ihr Vergehen krachte auf sie.

„Sie hat einen entzückenden Arsch, der ein wenig blass daherkommt. Das altbewährte Hinternversohlen hat noch keiner Sub geschadet", ertönte eine tiefe Stimme.

Master Richard, das Schwein, lachte leise. „Da stimme ich zu. Master David, sei doch so gut und stelle sicher, dass die Farbe ihres wunderbaren Popos der ihrer Wangen nicht mehr nachsteht."

Irgendwie fühlte sie sich diesmal anders, richtige Angst packte sie, und sie verkrampfte sich, obwohl sie wusste, dass es den Schmerz intensivierte. Wenn es eine normale Session wäre, hätte sie das Safeword gerufen.

Sie verkrallte ihre Finger in Master Davids Hose, versuchte ein wenig Halt zu finden. Carolina wusste nicht, wieso sie jetzt von schrecklicher Furcht geplagt wurde, die nichts mit Erregung zu tun hatte.

„Bereit, Carolina?“ Master David erwartete keine Antwort, seine Handfläche knallte auf ihren Po, und Carolina biss sich auf die Unterlippe, um den Schrei, der sich den Weg aus ihrer Kehle suchte, zu unterdrücken. Es misslang ihr bereits bei dem vierten Flammenkuss, der sie erreichte, weil der fiese Master die Treffer auf dieselbe Stelle positionierte. Er gab ihr nicht die Gelegenheit, sich in die Qual einzufinden, sondern erfüllte seine Position als Oberhaupt der *Insel* mit Nachdruck. Zuerst sträubte Carolina sich innerlich gegen den Schmerz, jedoch war er zu intensiv, zu tiefgreifend, um nicht nachzugeben. Mit zunehmender Agonie entfernte Master David ihre Angst, so widersprüchlich das auch erschien.

„So ist es gut, Fiorella.“

Carolina atmete erleichtert aus. Sie hatte keine Ahnung, woher er wusste, was in ihr vorging, aber es war ein beruhigendes Gefühl. Ihr gesamter Hintern und die Rückseite ihrer Oberschenkel brannten lichterloh. Tränen liefen ihre Wangen hinunter, längst fehlte ihr die Energie, um zu schreien. Ihr Kopf wurde leicht, ebenso ihr Körper, und in diesem Moment hörte Master David auf. Sie lag schweißgetränkt über seinen harten Muskeln, hoffte, dass es jetzt vorbei sei. Sie hatte ihre Lektion gelernt und würde sie niemals vergessen.

Das Blut rauschte ihr in den Ohren, und ihre Haut schien zu eng für sie zu sein. Sie sehnte Eis herbei oder kaltes Wasser, um das grässliche Brennen zu besänftigen.

„Master Richard, hilf ihr auf und beuge sie über das Lehrerpult, sodass die Master den Anblick der tiefroten Backen genießen können.“

Sie würde auch das überstehen. Carolina klammerte sich an Master Richard fest, nicht nur, weil sie sonst zu Boden gegangen wäre, sondern weil sie seine Berührung brauchte und dass er ihr verzieh. Master Richard schenkte ihr ein paar Sekunden, ehe er sie auf das Pult drückte. Bevor sie wusste, wie ihr geschah, brachte Master Alec eine Spreizstange an ihren Knöcheln an, die sie weit spreizte. Sie war zu erschöpft, um sich zu wehren.

Master Richard umfasste ihre Handgelenke, und Master David gab ihr etwas Wasser zu trinken.

„Atme gleichmäßig, Kleines.“

Wieso?

Sie erfasste, dass einer der fremden Master hinter ihr stand. Master David reichte ihm das Holzlineal.

„Nein, bitte Master Richard, es tut mir leid, bitte …“ Ihre Stimme erstarb. Sie presste ihr Gesicht gegen ihren Master, in dem Versuch, in ihn hineinzukriechen.

„Du bist stark, Carolina. Die Master haben das Recht, dich jeweils mit einem Schlag zu bestrafen. Du kannst es aushalten, und du wirst es aushalten." Master Richard klang nicht mehr ganz so gefestigt. Er ließ ihre Handgelenke los, umfasste ihren Kopf und drückte sie an sich.

„Halte dich an mir fest, Kleines. Wir stehen es zusammen durch."

Sie hatte das Gefühl, dass seine Hände zitterten.

Das Holzlineal landete auf ihrem armen, armen Po. Der Master, der den Streich ausgeführt hatte, musste Mitleid mit ihr haben, denn es war ein leichter Hieb, der dennoch schrecklich auf der erhitzten Haut brannte. Sie biss in Richards T-Shirt, und es war ihr egal, was die Master von ihr dachten, sie hielt nichts zurück, weinte genauso verletzt, wie sie sich fühlte.

„Schhhh." Master Richard presste sie weiter an sich.

Erst nach einigen Augenblicken bemerkte sie, dass erneute Pein ausblieb und Master David ihre Knöchel befreite.

„Richard, gib sie mir, bitte."

Master David zog sie in die Arme und sah sie ernst an. „Die Master erlassen dir den Rest der Strafe, aber sei gewarnt, benimm dich niemals wieder respektlos gegenüber deinem Master und handele nie wieder auf diese unüberlegte Weise." Er wischte ihr ein paar Haare aus der verschwitzten Stirn. „Das nächste Mal erwartet dich die Peitsche."

Master Richard schlug ihm auf den Rücken. „Ich danke dir, David."

Master David hatte nicht ihr die Strafe erlassen, sondern Master Richard.

Master Alec legte ihr einen Morgenmantel um die Schultern und küsste sie auf die Nasenspitze. „Beruhige dich, Kleines. Entschuldige dich bei Richard und David für dein Vergehen, und wir reden nie mehr darüber."

Richard versuchte, den Klumpen in seiner Kehle hinunterzuschlucken. Er war unglaublich dankbar, dass David nicht auf die Durchführung der Bestrafung bestanden hatte, schließlich war Richard am Ende seiner Kraft angelangt. Carolina hätte die Züchtigung mit dem Lineal überstanden, vor allem, da keiner der Männer zu fest zugeschlagen hätte. Doch er hatte es nicht ertragen. Er hielt ihre bebenden Hände, als sie ungelenk auf die Knie sank, froh, dass Alec sie in einen Morgenmantel gehüllt hatte. Alec war nicht halb so sadistisch, wie Richard anfangs angenommen hatte, sondern er lebte seinen Sadismus nur aus, wenn der devote Part es aushalten konnte. Es hatte Richard das Herz zerrissen, als sie auf dem Pult gelegen und dermaßen geweint hatte, dass ihr ganzer Körper zitterte. Jeder der Master hatte mit ihr und ihm gefühlt, er sah es ihnen deutlich an.

Carolina presste ihr Gesicht gegen sein Bein, und er legte ihr eine Handfläche auf das verschwitzte Haar.

„Es tut mir so leid", stammelte sie kaum verständlich.

David schlug ihm auf den Rücken, mit einer Kraft, die ihn beinahe stolpern ließ.

„Richard, du hast die letzte Prüfung mit Bravour bestanden. Carolina ist bei dir in fähigen und sicheren Händen. Du weißt, wann eine Grenze erreicht ist. Jetzt schnapp dir deine kleine Sub, wasche sie und spende ihr den Trost, den sie nötig braucht.“ Er nickte Alec zu.

Der Master half Richard, sie in den Bungalow zu bringen, und verabschiedete sich mit einem ernsten Gesichtsausdruck. Anscheinend war auch dem harten Kerl die Szene sehr nahe gegangen.

„Möchtest du lieber baden, Citronella, oder duschen?“

„Baden, Master Richard.“ Sie warf sich ihm um den Hals. „Kann ich später ein Eis bekommen, für meinen Po und welches zum Essen?“

„Alles, was du willst, Sweety.“

„Wieso hat Master David die Bestrafung abgebrochen?“

„Weil ich das Safeword rufen wollte. Ich konnte es nicht länger ertragen, dich weinen zu sehen. Es war ein Test von ihm.“

„Ein Test?“ Carolina zitterte noch immer, und er zog sie dichter an sich.

„Ich wusste es bis zu dem Moment nicht, bis ich es nicht mehr aushalten konnte. David geht nicht leichtfertig bei der Ausbildung von Dominanten vor.“

Sie hob ihr hübsches Gesicht zu ihm hoch. Gott, sie hatte keine Ahnung, wie verführerisch sie in ihrer Hilflosigkeit aussah, mit den Tränenspuren auf den Wangen und ihren Augen, die klar zeigten, wie verletzlich und durcheinander sie war. Seine Beschützerinstinkte loderten lichterloh.

„Wenn ich nicht bestanden hätte, hätte David mich höchstpersönlich bestraft.“ Er schnaubte amüsiert. „Obwohl ich glaube, Alec wäre ihm zuvorgekommen.“

Er drückte sie auf die Kissen des Bettes und ging hinüber ins Bad. Er wählte ein nach Rosen duftendes Schaumbad aus und stellte die Temperatur des Wassers ein. Die Bestrafung hatte ihm mehr abverlangt als ihr. Erst jetzt hörten seine Hände auf zu zittern.

Er half Carolina in die Badewanne und ließ sie allein, als er erkannte, dass sie ein wenig Privatsphäre benötigte. Richard bestellte beim Roomservice ein ausgiebiges Lunch und orderte ein paar DVDs. Die Anspannung fiel von ihm, da ihm immer klarer wurde, dass Carolinas Züchtigung ihn nicht nur beunruhigt hatte, sondern ihm im Nachhinein Sicherheit vermittelte, weil er es nicht ausgehalten hatte. Seine Angst, dass er zu weit gehen könnte, war unbegründet. David hatte erneut gewusst, was in ihm vorging, intuitiv entschieden, die Bestrafung auszudehnen, obwohl er nie beabsichtigt hatte, sie durchzuführen. Das hatte Liam ihm deutlich gezeigt, als er ihren Po mit dem Lineal streichelte.

Es klopfte an der Tür. David persönlich brachte das Essen und die Filme vorbei.

„Stell das Eis ins Gefrierfach, und gönnt euch einen ruhigen Tag.“ David drehte sich um. „Ach, Richard, Carolinas Wunsch geht nächste Woche in Erfüllung, komm nachher in die Masterlounge, wenn sie schläft, und wir besprechen die Details.“

Sein Freund und Boss sah ihn intensiv an. „Alles in Ordnung, mein Freund?“

„Ja, und ich danke dir für die Sicherungsleinen, die du mir immer wieder zuwirfst.“

„Gern geschehen. Sei besonders zärtlich zu ihr. Ihr beide braucht es … dringend.“ David lachte weich. „Benutze die Lotion, die in dem Korb liegt, ihr Arsch hat es nötig.“

Richard hörte David immer noch lachen, als er den Weg entlanglief. Er deckte den Tisch auf der rückwärtigen Terrasse ein, schmunzelte, als er die Zitronenlimonade und die Zitronentarte entdeckte.

„Master Richard.“ Carolina kam spitzbübisch grinsend auf ihn zu. „Darf ich den Morgenmantel behalten?“

Sie wirkte dermaßen hoffnungsvoll, dass sich trotz seiner Bemühungen ein Lächeln auf sein Gesicht schlich. Sie würde heute alles von ihm bekommen, egal worum sie ihn bat. „Komm her, meine Schöne.“

Ihre Augen leuchteten auf, als sie das Essen beäugte.

„Noch nicht, Carolina, ich möchte deinen Po eincremen.“

Sie lag jammernd über seinen Knien. „Du bist ein böser Master.“

Er hatte eine gewaltige Erektion, in erster Linie war er ein Mann und danach ein Master. Ihre heißen Backen fühlten sich so verführerisch an. Aber er beherrschte sich und rieb die kühlende Lotion in die Haut. Mit einem wohligen Seufzer übergab sie sich seinen Bemühungen.

Sie genossen zusammen den Lunch auf der Terrasse. Richard hatte niemals zuvor ein Sandwich belegt mit Roastbeef, Salatblättern und Radieschen dermaßen gut geschmeckt. Carolina verschlang die Tarte.

Sie kam zu ihm und setzte sich auf seinen Schoß, rekelte sich auf ihm, küsste ihn, zuerst schüchtern und dann mit zunehmender Leidenschaft.

Eng umschlungen gingen sie in das Schlafzimmer. Er legte sie aufs Bett und liebte sie zärtlich. Richard schämte sich seiner Tränen nicht, als sie den Orgasmus gemeinsam mit ihm erreichte.

Ein perfekter Moment.

Kapitel 16

Absolute Dunkelheit und Stille pressten auf Carolina nieder. Ihr Herz pochte wild, und das Rauschen in ihrem Kopf ersetzte das ohrenbetäubende Nichts. Sie hatten ihr die Sinne geraubt, mit Ohrenstöpseln und einer Augenbinde. Der Stoff, der ihr die Sicht stahl, war undurchdringlich, und sie war froh, dass es eine Binde war und kein Sack, der ihre Panik gesteigert hätte. Es war so plötzlich geschehen. Richard und sie hatten die letzten Tage beinahe wie ein *normales* Urlaubspaar verbracht, sodass sich ihr Körper und ihre Seele von der Bestrafung erholen konnten. Insgeheim glaubte sie, dass Richard die Pause nötiger gehabt hatte als sie. Carolina hätte es für unmöglich gehalten, aber durch das Erlebnis liebte sie ihn mehr als jemals zuvor.

Sie waren bereits seit drei Wochen auf der Insel, es kam ihr einerseits wie eine Ewigkeit vor und andererseits, als hätte sie lediglich zwei Atemzüge genommen.

Sie kämpfte mit dem Reiz zu schreien, doch dem Drang nachzugeben wäre sinnlos, ein Knebel steckte in ihrem Mund. Außerdem jagte Angst durch ihre Adern, dass es die Master anlockte, die sie bestrafen würden.

Carolina lag seitlich auf dem Holzfußboden. Ein weiches Seil fesselte ihre Handgelenke hinter ihrem Rücken, ebenso wie ihre Fußgelenke. Sehr umsichtig von den Mastern, anscheinend sollte sie nur Verletzungen von ihren Händen erfahren. Und sie waren fähig, eine Menge Pein auszuteilen, die einer Sklavin das Letzte abverlangte.

Die Fesseln besaßen Spielraum, und sie ahnte, das war keine Nachlässigkeit der Master. Sie wollten, dass sie sich befreite, dann könnte die Jagd beginnen. Die Master würden sie aufspüren und sie züchtigen, all die Dinge mit ihr tun, die sie sich gerade bis ins Detail ausmalte. Ihre Fantasie war in der Hinsicht weitaus kreativer, als sie es vor einigen Wochen gewesen war.

Sie hatte es sich selbst zuzuschreiben, dass sie in dieser Situation steckte. Ihr unbedacht geäußerter Wunsch lag verführerisch und schrecklich erregend auf ihr.

Mist! Schweiß brach ihr auf dem ganzen Körper aus, und das T-Shirt und die Shorts, die sie trug, klebten ihr auf der Haut. Für einen Sekundenbruchteil lag sie bewegungslos, spielte mit dem Gedanken, einfach auszuharren, den Mastern nicht zu geben, was sie ersehnten. Doch der Fluchtreflex war zu groß, und wenn sie verdammt war, wollte sie ihnen wenigstens einen Kampf liefern. Nach einigen Versuchen rutschte das Seil über ihre schweißnassen Gelenke. Sie riss sich die Augenbinde ab, blinzelte gegen das Licht an, während sie Ohrenstöpsel und Knebel herausnahm. Sie war nicht allein in der Hütte. Rachel lag einen Meter von Carolina entfernt, und Tessa wand sich in ihren Fesseln. Sue verweilte erstarrt wie eine Statue. Carolina löste die Fessel um ihre eigenen Fußgelenke, kroch zu Rachel und berührte sie an der Schulter. Die Kleine schrie auf, bevor sie versuchte wegzurutschen.

„Rachel, ich bin es."

Was war sie blöd, die Honigblonde konnte sie nicht hören. Carolina zog ihr vorsichtig die Binde vom Kopf und nahm die Stöpsel aus Rachels Ohren. In den blauen Augen standen Tränen, und das gleiche grüne Outfit, das auch Carolina trug, klebte an ihren hübschen Kurven. Carolina befreite Tessa und Sue, obwohl sie Letztere am liebsten ihrem Schicksal überlassen hätte. Sie mochte die schöne Frau nicht, was nicht an ihrem Aussehen lag, sondern an ihrem Charakter. Sue war eine richtige Schlange, auch wenn Rachel ihr beteuert hatte, dass die Blonde mit ihren eigenen Dämonen kämpfte. Carolina brauchte mehrere Anläufe, bis sie die Knoten gelöst hatte. Sie waren viel effektiver gefesselt und hätten sich unmöglich allein befreien können. Die Master überließen nichts dem Zufall. Rachel stürzte sich auf die Wasserflaschen, die in der Ecke standen, und reichte Carolina eine. Rachel trank in großen Schlucken und hielt sich an der Flasche fest, als gäbe sie ihr Halt.

Sue warf einen Blick in die Runde, der vor Unsicherheit sprühte. Es war nicht einfach, die Dorfzicke zu sein. Die zierliche Tessa zupfte nervös an ihrem roten Outfit. Sie alle starrten gebannt zur Tür, als ob sie ihnen die Lösung aus der Misere entgegenschreien würde.

Es hinauszuschieben schenkte ihnen keinen Vorteil. Carolina umfasste Rachels Hand und drückte den Türgriff nach unten. Es erstaunte sie nicht, dass die Tür unverschlossen war. Die Jagd konnte beginnen.

„Wir bilden zwei Gruppen", sagte Sue. Sie stellte sich dichter an Tessa, das war Carolina nur recht. Die Tür schwang knarrend nach außen. Ein Pfad führte geradewegs in den Wald. Carolina rannte los, und nach den ersten hundert Metern hörte sie die Verfolger, die nicht den Versuch unternahmen, leise zu sein. Sie wollten, dass die Sklavinnen vor Furcht erstarrten, während die Jäger näher kamen. Es war nur eine Frage der Zeit, bis sie ihre Hände auf die weichen Körper der Frauen legten, um ihren Opfern unvorstellbare Dinge anzutun.

Carolina beschleunigte, doch Rachel kam nicht mit, und Carolina war nicht bereit, sie zurückzulassen.

Die Master zögerten das Spiel hinaus, gewährten den Sklavinnen einen trügerischen Abstand, um sie zu erschöpfen, bevor sie ihre Gerten schwangen.

Carolina raste den Pfad entlang. Die Häscher waren ihnen dicht auf den Fersen. Sie mussten den Mastern entkommen, sonst würden sie als Sklavinnen enden, deren Daseinsberechtigung nur darin bestand, die Lust ihrer Peiniger zu befriedigen.

Rachel rannte neben ihr, keuchte ebenso laut wie sie und wurde langsamer. „Pause", japste sie. „Bitte."

Carolina packte Rachels Hand und zog sie mit sich. Ihre Kräfte nahmen ab. Wieso nur hatte sie diese blöde Idee gehabt? Es war so realistisch, und sie fühlte sich wirklich wie eine Sklavin auf der Flucht. Rachel ging es genauso, sie sah es ihr deutlich an. Rachels Reserven waren fast aufgebraucht, und sie verließen den Pfad und liefen querfeldein, sprangen über einen Baumstamm und suchten hinter einem Gebüsch Schutz. Sie beide röchelten dermaßen, dass ihnen auch ein Unsichtbarkeitstrank keine Sicherheit geboten hätte.

„Hast du den Ausdruck in Master Alecs Augen gesehen?", würgte Rachel heraus, während sie sich vornüberbeugte.

Master Alec war nicht der, den Carolina am meisten fürchtete, es war Master Richard. Er spielte seine Rolle so gut, dass ihr Herz ihr beinahe aus der Brust hüpfte, wenn sie daran dachte, wie er sie angesehen hatte, als er sie nach dem Frühstück überwältigt hatte.

„Sie müssen hier irgendwo sein", brüllte Master David. Die Sklavenjäger waren viel zu nah. Carolina biss in ihre Hand, um ein Aufkeuchen zu unterdrücken. Rachel verlor die Nerven und sprintete aus der Deckung wie ein aufgescheuchtes Reh. Carolina bekam sie zu fassen und zog sie hinter sich her, doch Rachel stolperte, flehte sie an, sie loszulassen. Sie entzog Carolina die Hand und schlug panisch einen Bogen. Master Liam sprang hinter einem Baum hervor. Rachel schrie, als tauchte der Leibhaftige vor ihr auf. Zog Carolina den Gesichtsausdruck von Master Liam in Erwägung, lag sie mit ihrem Vergleich richtig. Die arme Rachel wurde von Master David und Master Liam verfolgt. Ihre Flucht dauerte keine zwanzig Schritte, da brachte Master Liam sie zu Fall. Carolinas Hoffnung, dass sie von Master Richard und Master Alec nicht bemerkt würde, löste sich auf, denn Master Richard kam geradewegs auf ihr Versteck zugelaufen. Master Alec wechselte die Richtung, um ihr den Weg abzuschneiden.

Sie drehte sich um, verfluchte sich augenblicklich für den fatalen Fehler.

Eines musste sie ihrem Ehemann lassen, er war verdammt gut in Form, dank des blöden Laufbands, das er sich im letzten Jahr gekauft hatte. Obwohl sie Rachel innerlich verwünscht hatte, reagierte sie genauso panisch. Carolina rannte los, als wären zwei Höllenhunde hinter ihr her. Master Richard lachte triumphierend, und Master Alec verblieb stumm. Sie wusste nicht, welcher von beiden ihr mehr Angst einjagte. Es war nur eine

Frage von Sekunden, bis sie Carolina einfangen und sie für ihre Flucht bestrafen würden.

Rachel kreischte, ob vor Schmerz oder Freude, vermochte Carolina nicht zu sagen. Gott, was taten die Master ihr an?

„Bleib stehen, Sklavin.“ Master Richard war wenige Meter von ihr entfernt, und sie beschleunigte, bis sie glaubte, ihre Lunge zerplatzte. Verdammt, Master Richard kam immer näher. Sie hörte seine schweren Schritte. Sie schlug einen Bogen, doch er bekam sie am T-Shirt zu fassen, und seine andere Hand packte ihre linke Schulter. Er warf sie auf den weichen Waldboden und setzte sich auf ihre Oberschenkel, japste nach Luft, ehe er triumphierend schnaubte. Er zog ihr die Shorts über den Po, und ein maskulines Geräusch kam aus seiner Kehle. Sie wusste, wieso, denn sie war feucht für ihn, konnte es kaum erwarten, dass er sie vernaschte. Er schob seine Hände unter ihren Busen, knetete ihn und zwickte sie grob in die Nippel. Pure Lust jagte in ihr Geschlecht. Die eigene Gegenwehr steigerte das Verlangen.

„Soll ich sie für dich festhalten, Richard?“ Die tiefe Stimme von Master Alec lief ihren Körper entlang. Es erschien wie ein Versprechen, wozu er fähig war. Er packte ihre Handgelenke, und Master Richard löste sich von ihr, sodass sie Carolina umdrehen konnten. Unverfälschte Gier leuchtete ihr entgegen. Sie erstarrte für einen Sekundenbruchteil, ehe sie sich an ihre Rolle erinnerte, gleichzeitig nach Master Richard trat und ihren Kopf drehte, um Master Alec in den Arm zu beißen. Falls möglich, stachelte ihr Aufbegehren die Sklavenjäger weiter an. Master Richard hielt sich nicht mit Nebensächlichkeiten auf, er riss ihr die Shorts ganz herunter, spreizte ihre Beine, zog seine Hose ein Stück herunter und drang mit einem Stoß in sie ein. Er beugte sich hinunter und küsste sie leidenschaftlich, nahm ihren Mund genauso in Besitz wie ihren Schoß.

Gott, war das ein aufregendes Spiel. Sie hob ihr Becken an, um ihn tiefer zu empfangen, während das berauschende Gefühl sie fest im Griff hatte. Master Alec umfasste mit einer Hand ihre Handgelenke, es steigerte ihre Erregung. Sie biss Master Richard leicht in die Unterlippe.

Master Alec lehnte sich vor und kniff abwechselnd in ihre Nippel, blickte ihr mit purer Lust in die Augen. „Bring sie auf die Knie“, flüsterte er rau.

Richard löste sich keuchend von ihr, und sie zwangen sie in die gewünschte Haltung. Alec zog seine Hose über die Hüften und steckte ihr ohne Umschweife seinen geschwollenen Phallus in den Mund. Ein Schaudern lief Carolinas Körper entlang. Richard fasste um sie herum, massierte ihre Klitoris mit wenig Druck, gerade genug, um ihre Gier zusätzlich zu schüren. Das erstickte Geräusch, das aus ihrer Kehle kam, ließ ihn mit Alec einen vielsagenden Blick austauschen.

Richard drang erneut in sie ein, und sie drängte ihm den Arsch entgegen. Eine äußerst willige Sklavin befand sich unter ihrer Gnade. Alec schüttelte leicht den Kopf, und Richard packte ihre Hüften. Die kleine Wilde hatte sich noch keinen Höhepunkt verdient, den ersten von vielen würde sie später erhalten. Musste sie dermaßen heiß und nass sein? Ihre Vaginalmuskeln zuckten um seinen Schwanz, und völlig unvorbereitet spürte er, dass sie einen Orgasmus bekam.

„Sklavin. Du bist höchst ungehorsam." Alec griff in ihr Haar, obwohl er mit einem Lächeln kämpfte, das wahrscheinlich auf ihrem empörten Gesichtsausdruck zurückzuführen war.

Carolina ließ sich nicht davon beirren und stöhnte um Alecs Phallus herum und drängte sich Richard entgegen.

Verdammt!

Nach wenigen Sekunden war es um ihn geschehen, sein einziger Trost war, dass Alec nicht viel länger durchhielt. Das würde die Sklavin später bereuen. Von weiter vorn hörte er Rachel entzückt schreien, danach das klatschende Geräusch einer Handfläche, die auf einen Po aufprallte.

Carolina atmete schwer und blieb in der Position, presste ihr Gesicht gegen Alecs Bauch. Der Sadist strich ihr über das Haar, gewährte ihr den wichtigen Moment, ehe er sich zurückzog und seine Hose richtete. Richard tat es ihm gleich. Alec nahm ein Halsband aus seiner Hosentasche, und Richard löste ein paar gepolsterte Handschellen von seinen Gürtelschlaufen.

„Hände auf den Rücken, Sklavin", sagte Master Richard mit einer absolut bedrohlichen Stimme.

Carolina versuchte, sich von dem Gefühl loszureißen, dass sie der Orgasmus völlig unvorbereitet gepackt hatte. Die Jagd hatte ihre Barrieren eingerissen. Gott, sie hätte Master Alec beinahe in das beste Stück gebissen.

Was darauf wohl für eine Strafe stand?

Master Richards Handfläche knallte auf ihren Po, und Master Alec umklammerte ihr Kinn, während er ihr den Sadistenblick in die Augen bohrte. Sie war zu perplex, um sich unterzuordnen.

Master Richard klickte die Handschelle um ihr rechtes Handgelenk. Er umfasste ihre Kehle. „Gehorche, oder ich bestrafe dich an Ort und Stelle."

Widerwillig führte sie die Hände hinter ihren Rücken. Carolina zuckte zusammen, als die zweite Schelle zuschnappte. Auf dem Rücken gefesselte Hände versetzten sie in einen Zustand von erregender Hilflosigkeit. Als ob das noch nötig wäre, dieses Spiel war aufreizend genug. Der Sadist legte ihr das Sklavinnenhalsband um, und Master Richard wickelte sich die Leine um die Hand, ehe er ihr auf die Füße half. Master Alec gab ihr einen aufmunternden Klaps auf das Hinterteil, was ihr ein empörtes Keuchen entlockte.

„Carolina." Dieses furchtbar angsteinflößende Lächeln umspielte wie ein Hauch des Todes seine Mundwinkel. „Du hast deine Lektion nicht gelernt. Einen Master anzufunkeln, hat schmerzhafte Konsequenzen."

Master Richard zog an der Leine und sie stolperte halb nackt durch den Wald, während ihre Fantasie in Welten eintauchte, die nicht halb so erregend sein konnten wie die Realität. Den ganzen Weg spürte sie den Sadisten in ihrem Rücken, und doch war es Master Richard, der ihre Furcht weitaus mehr anfachte. Sein Gang war so entschlossen, seine Schultern so breit und sein Arsch so knackig.

Warum hast du so riesige Hände?

Damit ich dir besser den Popo versohlen kann.

Ein paar Meter vor sich entdeckte sie Rachel, die hinter Master Liam herstapfte. Master David trieb sie mit einer Rute an, die er ihr in unregelmäßigem Abstand über den Po zog. Arme Rachel. Viel zu schnell erreichten sie das Haupthaus, und die Master beförderten sie in einen großen Saal. Ihr stockte der Atem, denn das römische Interieur wirkte echt. Eine Sklavin war an ein Kreuz gebunden, eine andere hing mit dem Kopf nach unten auf einer Schaukel und wurde von zwei Mastern benutzt. Tessa und Sue kauerten in einer Ecke, bewacht von finster aussehenden Kerlen. Einer von ihnen war Master Joe. Sein Anblick jagte Carolinas Puls hoch. Der Wachposten hatte einen bleibenden Eindruck bei ihr hinterlassen, und sie hoffte, dass er sie niemals anrühren durfte. Er machte ihr noch mehr Angst, als Master Alec es bei ihrer ersten Begegnung getan hatte. Master Richard brachte sie zu den anderen Sklavinnen, löste die Leine. Sein Blick reichte, um sie auf die Knie zu zwingen. Rachel rückte so dicht an sie heran, dass sich ihre Arme berührten. Carolina schmunzelte, da Rachel Master Liam mit den Augen verfolgte.

Die Master trieben eine Reihe weiterer Sklavinnen in den Raum, die Sekunden später in der Sklavinnenecke knieten. Die Wächter gaben ihnen Wasser zu trinken. Mit steigender Furcht beäugten die Frauen das Podest. Carolina begann sich auszumalen, was gleich geschehen würde. Rachel lief ein Beben über den Körper, und Carolina wünschte sich, sie könnten sich aneinander festhalten.

Eine große Tafel schmückte eine Seite des Zimmers. Kissen lagen verteilt auf dem Boden, und überall waren Ringe, Ketten und Manschetten angebracht. Carolina vermochte sich nicht zu entscheiden, ob sie frieren oder schwitzen sollte, bei der Vorstellung, dass Master Richard und Master Alec sie an diesem Ort in die Lust zwangen. Doch als Sklavin durfte sie keinen Protest äußern. Sie verbot sich, darüber nachzudenken, was die Master mit ihr tun würden, wenn sie es dennoch versuchte. Selbst Sue zeigte eine Reaktion, sie presste die Lippen aufeinander.

Master David betrat den Raum, und die Gespräche der Männer verstummten. Der Kerl besaß aber auch eine Ausstrahlung. Er brauchte nicht zu schreien oder sich aufzuplustern, seine Dominanz passte ihm wie eine seidige Haut. Master Richard stand neben Master Alec. Seine Veränderungen erstaunten sie aufs Neue. Richard war ein Master, und ihr Herz machte einen Satz, als er ihren Blick fixierte, während dieses verdammt sinnliche Lächeln seine Mundwinkel umspielte. Seine gesamte Haltung war ein stummes Versprechen, dass sie unter seinen fähigen Händen herrlich leiden würde.

Sie liebte ihn. Das Gefühl erhitzte sie ebenso wie die Vorfreude auf das weitere Spiel. Das Schmunzeln gefror ihr auf den Lippen, weil Master David direkt vor ihr stehen blieb, zwei Finger unter das Halsband schob und sie auf die Füße zog.

„Freunde, die Auktion ist eröffnet. Wir beginnen mit dieser hier."

Ihre Beine fühlten sich wie Fremdkörper an, die ihr den Gehorsam versagten und dennoch erreichte sie schlussendlich die Plattform. Sie besaß die Aufmerksamkeit aller Anwesenden. Instinktiv versuchte sie, sich hinter Master David zu verstecken. Jemand packte sie, enthakte die Handschellen, und sie fand sich im Griff von Master Joe wieder.

Oh, bitte nicht.

„Froh, mich zu sehen, Sklavin?"

Konnte denn nicht einer von diesen Kerlen ein wolliges Knuddeltier sein? Aber nein, Wolverine war ein Hamster im Vergleich zu ihnen. Master Joe hakte die Fesseln vor ihrem Körper zusammen, befestigte einen Karabiner an der kleinen Kette, und ihre Arme wurden nach oben gezogen. Sie ließen ihr Freiraum, der nicht erleichternd wirkte. Jede Handlung der Master besaß einen triftigen Grund.

„Wir haben hier ein widerspenstiges Exemplar, das Zähmung bedarf." Master David trat schmunzelnd an sie heran, blickte ihr tief in die Augen und hob die Augenbrauen an, ehe er sich der Menge zudrehte.

„Wenn man die Röte auf ihren Wangen in Betracht zieht, könnte man meinen, sie wäre scheu. Doch sieht man auf ihre Schenkel, trifft man auf das Offensichtliche. Die Sklavin war so heiß, dass die Master sich ihrer noch auf dem Weg in die Halle annehmen mussten. Sie hat wenig Kontrolle über sich und ihre Orgasmen."

Carolina weigerte sich wegzusehen und blickte geradeaus, obwohl sie am liebsten mit den Holzdielen eine Allianz eingegangen wäre. Master Richard fixierte ihren Blick, und es gab ihr den nötigen Halt, ungeachtet dessen, dass sie ihn in die tiefste Hölle verwünschte. Ganz so amüsiert müsste er nicht aussehen. Und auch nicht so gierig.

„Master Joe, wärst du so freundlich, uns die Vorzüge der Sklavin zu präsentieren? Die Käufer sollen wissen, was sie erwerben."

Käufer!

Dieses verdammte Beben setzte ein, dass sie zu fürchten gelernt hatte.

„Sei still", raunte Master Joe ihr zu, der in ihrem Rücken lungerte. „Sonst bekommst du auf der Bühne meine Gerte zu spüren."

Master Richard, der fiese Arsch, grinste breiter. Carolina biss sich auf die Zunge, andernfalls wären ihr unbedachte Worte über die Lippen gesprudelt. Die Hitze, die Master Joe ausstrahlte, erfasste ihre Rückseite, obwohl er sie nicht berührte.

Noch nicht!

„Lasst uns feststellen, ob ihre Nippel empfänglich für die Zuwendungen eines Masters sind. Master Joe!"

Carolina spannte den Körper an, um sich nicht auf den Master einzulassen, den Zuschauern kein Schauspiel zu bieten. Der Master streichelte ihren Nacken, an ihren Schultern entlang, und sie spürte die zärtliche Berührung in ihrem ganzen bebenden Leib. Seine Hände glitten nach vorn und raue Handflächen umfassten ihre Brüste, hoben sie an und neckten die empfindlichen Spitzen, die auf der Stelle auf die Bemühungen reagierten. Gekonnt rollte er sie zwischen den Fingerkuppen und zupfte an ihnen, bis sie die Anspannung in ihren Muskeln nicht mehr zu halten vermochte und gegen ihn sackte.

Master Richards Augen schienen sie zu verglühen, und ihr entwich ein ungewolltes Stöhnen. Ihr *Ehemann* leckte sich die Lippen, und als sie tiefer schaute, konnte sie seine Erektion nicht übersehen.

„Meine Herren, an der Sensibilität ihrer Knospen besteht kein Zweifel." Master Davids dunkler Blick bohrte sich in sie. „Spreiz die Beine, Sklavin, oder ich tue es für dich."

Sie funkelte Master David an, und ein unglaublich flammender Schmerz zischte über ihren Po.

Master Joe hatte sie mit einer Gerte geschlagen. „Deine letzte Chance, Sklavin", knurrte er.

Sie senkte die Lider und tat, was sie verlangten. Das Spiel war bestimmt gleich vorbei, Master Richard würde sie *kaufen,* und sie würden eine anregende Nacht verbringen. Master Joes Atem kitzelte ihre Nacken, während die Sekunden an ihr klebten.

„Spreiz ihre Schamlippen, sodass die potenziellen Erwerber ihre hübsche Pussy besser betrachten können."

Master Joe lehnte sich an ihre Rückseite, was sie dankbar annahm, fasste um sie herum, und kalte Luft streichelte über ihre erhitzte Scham.

„Ihre Klitoris ist geschwollen." Master David lachte weich. „Wer immer der Glückliche sein wird, braucht sich nicht besonders anzustrengen, um sie zu erregen." Master David machte eine Bewegung mit den Händen. Master Joe drehte sie. Jetzt wusste sie, wieso sie ihr Spielraum mit der Fessel gelassen hatten.

„Sklavin, schieb deine Hüften nach hinten und beug dich etwas vor, damit sich die Herren davon überzeugen können, dass du einen Arsch besitzt, der die Bemühungen seines Herrn zu schätzen weiß."

Sie würde auch das überleben. Am allerschlimmsten war ihre Lust, die ihr fast aus der Pussy tropfte. Carolina beugte sich vor. Ehe sie ahnte, was Master David vorhatte, umfassten seine starken Hände ihre Backen und zogen sie auseinander. Master Joe nutzte die reichliche Nässe und schob ihr einen Finger in den Po. Wenn sie gekonnt hätte, wäre sie vor Beschämung gestorben. Doch ihr Körper besaß seine eigenen Absichten, er reagierte auf die Reizung, und sie lehnte sich unbewusst weiter vor. Master David lachte fies, und sie entzogen ihr die Stimulation. Master Joe drehte sie zu den Zuschauern.

„Meine Herren, die Gebote können beginnen." Master David grinste sie an.

Ihr Herz machte einen Satz, denn langsam dämmerte es ihr, dass der Abend eine überraschende Wendung nehmen würde. Ungläubig hörte sie die Stimmen der Männer, die sich gegenseitig überboten, und Master Richard sagte nicht eine Silbe. Schlussendlich ersteigerte ein gemein aussehender Hulk sie, und sie konnte nicht einmal protestieren, weil Master Joe sie geknebelt hatte. Sie schrie sich dennoch die Seele aus dem Leib, und Master Richard stand unbeweglich da, mit diesem amüsierten Ausdruck auf seinem blöden Gesicht.

Sie hasste ihn.

Dunkelheit umfing sie, weil ihr neuer *Besitzer* ihr einen Sack über den Kopf stülpte, ehe er ihr die Hände auf den Rücken fesselte. Zu zweit führten sie Carolina ab, und sie war so zornig und verunsichert, dass sie sich nicht wehrte, aber selbst wenn sie es getan hätte; was hätte es ihr genutzt? Ihre Hoffnung, dass der andere Kerl Master Richard war, erfüllte sich nicht, es war eine fremde Stimme.

Warum tat ihr Master ihr etwas Derartiges an? Und Master David, dem sie genauso vertraute! Der Schock ließ nach, sodass sie sich gegen den Halt der Männer stemmte. Der Hulk lachte nur, hob sie hoch und warf sie über seine Schulter. Falls sie Master Richard zu Gesicht bekam, würde sie ihn in Grund und Boden stampfen.

Das hier geschah nicht wirklich. Sie konnte nicht einschätzen, wohin der Troll lief. Er legte seine Handfläche auf ihren nackten Po und trug sie mühelos. Der blöde Typ keuchte nicht einmal. Kalte Nachtluft umschwebte ihren Körper. Er brachte sie in seinen Bungalow, um Gott weiß was mit ihr anzustellen. Übelkeit überwältigte sie. Das ging eindeutig zu weit. Panik verdrängte den Zorn, und sie spürte Tränen, die hinter ihren Lidern lauerten. Sie verstand nicht, wieso Richard ihr das antat.

Sie hörte das Öffnen einer Tür. Eiseskälte umklammerte ihr Herz. Hulk stellte sie auf die Füße, und seine Schritte entfernten sich von ihr. Unsicher verharrte sie. Warme Hände umfassten ihre Schultern, und sie wimmerte in den Knebel. Er streichelte über ihren Hals.

„Ah, meine neue Sklavin." Die vertraute Stimme von Master Richard drang an ihre Ohren. Carolina hätte beinahe vor Erleichterung geweint, wo sie ihn doch viel lieber angebrüllt hätte.

Dieser verdammte Schuft, nein, Dreckskerl traf es besser. Wie konnte er es wagen, sie so zu verunsichern?

Master Richard zog ihr vorsichtig den Sack vom Kopf, umrundete sie und blieb vor ihr stehen. Der Bungalow war in romantisches Licht getaucht.

„Wie du mich anfunkelst, meine kleine Beute." Master Richard sah ihr tief in die Augen. „Ich entferne jetzt den Knebel. Du solltest dir gut überlegen, was über deine Lippen kommt, denn du gehörst mir in dieser Nacht." Mit sicheren Händen löste er den Knoten und hielt ihr ein Glas an den Mund. „Langsam."

Sie trank mehrere Schlucke von dem kalten Weißwein. Master Richard trat von ihr zurück und verschränkte die Arme vor der Brust, sah sie abwartend an, bis sie den Blick senkte und sich hinkniete. Der Wein rauschte ebenso durch ihre Adern wie die Vorfreude auf das Spiel. Carolina sank auf den Boden.

„Bitte bestrafe mich, Master." Es tat unglaublich gut, die Worte zu sagen. Es erfüllte sie mit Stolz.

„Womit soll ich dich züchtigen, Sklavin?"

„Mit deinem Gürtel, Master."

Er zog eine Augenbraue nach oben. „Du möchtest es etwas fester, Liebes? Striemen, die dich noch eine Weile schmücken werden, sodass du dich an mich erinnerst, selbst wenn ich nicht bei dir bin." Stumm forderte er sie auf zu sprechen.

„Ja, Master", murmelte sie der Beule in seiner Hose zu.

„Wie viele Schläge sind für dein Misstrauen angemessen? Dass du es deinem Master zugetraut hast, dich unangemessen zu behandeln?"

Sie holte tief Luft. „Zehn, Master."

Er streichelte ihr mit ruhiger Hand über die Haare, während sie vor ihm bebte, sich nach der herrlichen Lustqual verzehrte, die er ihr zu schenken vermochte und die sie mit einer solchen Freiheit und Liebe zu ihm erfüllte, dass ihre Empfindungen gleich einer heißkalten Welle durch ihren Körper rasten. Sie lehnte ihre Wange gegen sein Bein.

Master Richard half ihr auf die Füße. „Mach dich frisch."

Sie wusch sich in Rekordgeschwindigkeit und betrat das Schlafzimmer, plötzlich von Scham und Hemmungen durchdrungen. Master Richard schenkte ihr ein gefährliches Lächeln.

„Knie dich vor das Bett, und leg deinen Oberkörper auf die Matratze. Warte in dieser Position auf mich."

Wieder einmal tickten die Sekunden an ihr vorbei, während Master Richard duschte. Sie hegte den Verdacht, dass er sich besonders lange Zeit ließ, um die köstliche Furcht zu steigern. Es wirkte. Endlich hörte das Rauschen des Wassers auf. Master Richard kramte in der Truhe, blieb hinter ihr stehen, und sie bekämpfte den Drang, sich umzudrehen, um zu sehen, was er in den Händen hielt.

„Du rührst dich nicht!"

Sie wünschte sich, er hätte sie gefesselt, ihr die Fähigkeit der Gegenwehr geraubt, denn so war es viel schlimmer, sich auf den Schmerz einzulassen, sich ihm mit ihrem ganzen Sein hinzugeben, so wie er es verlangte. Als etwas auf ihren Po zischte, wusste sie, dass es das Lederpaddel war. Den Test hinsichtlich ihres Vertrauens hatte sie verfehlt, das hier würde sie bestehen. Er hielt nach vier Treffern inne und streichelte die Qual fort. Sie drängte sich seiner Handfläche entgegen, berauscht von den gegensätzlichen Reizen.

„Ich tue dir gleich sehr weh, Kleines. Möchtest du dein Safeword sagen?"

Seine sanft gesprochenen Worte entlockten ihr ein Schmunzeln, da sie das Gefühl beschlich, dass er die Absicherung stärker brauchte als sie. In diesem Moment erkannte sie, dass er ebenso viel Vertrauen in sie bei einer Session setzte wie sie in ihn. Dass es ihn zerstören würde, als Master und als Richard, falls sie sein Vertrauen missbrauchte.

„Nein, Master Richard. Ich will den Schmerz, weil ich ihn brauche und dir vertraue."

Seine Handfläche verließ ihren Po, und erneute Flammenglut durchdrang sie, bis ihr Po ausreichend für den Gürtel glühte. Er umrundete das Bett, sah ihr in die Augen, während er sich das Leder äußerst bedächtig um die

Hand wickelte. Sie schluckte, denn der Gürtel war schmal, bedrohlich, schmerzvoll und würde eine Menge von ihr verlangen.

„Ich erwarte nicht, dass du zählst.“ Er lachte weich. „Das wäre grausam, du wirst genug damit zu tun haben, in der Position zu bleiben.“

Er trat hinter sie, und der Gürtel zischte durch die Luft und traf brennend auf ihren Po. Bereits der erste Hieb entriss ihr einen Schrei. Schweiß brach ihr auf dem Körper aus, und sie krallte sich in der seidigen Decke fest, ein Kontrast zu der Hitze auf ihrem Gesäß. Master Richard schenkte ihr ein paar Sekunden, ehe er erneut zuschlug. Der Schmerz landete direkt oberhalb des letzten Treffers, der danach unterhalb. Die Pein schmolz über ihre Haut, sickerte ein und erfasste ihr Dasein. Sie wusste nicht, wieso, doch sie reckte ihm den Hintern entgegen, begierig, die Qual zu erdulden. Denn sie verband Carolina mit ihrem Master. Er platzierte einen Schlag quer auf ihre Oberschenkel, und sie schrie ihre Agonie in den Raum. Alles floss zusammen und trug sie auf Schwingen fort, die so herrlich schmerzten und sie dennoch mit Lust und Zufriedenheit erfüllten.

Master Richard kniete hinter ihr, zeichnete die Male mit den Fingerkuppen nach, ehe er ihre Schenkel spreizte und ihr Geschlecht berührte.

„Meine kleine lüsterne Sklavin. Starker Schmerz scheint dir sehr zu gefallen. Ich glaube, wir müssen demnächst Master Alec aufsuchen, um zu erkunden, wie viel wir beide aushalten.“ Er tauchte mit einem Finger in ihre Feuchtigkeit. „Wage es ja nicht, ohne meine Erlaubnis zu kommen.“ Er biss ihr in den Po.

Carolina vergrub ihre Zähne in der Decke, um zu widerstehen, doch Master Richard wusste genau, was er tat. Er fasste unter das Bett und holte etwas hervor. Erleichtert atmete sie aus, da er seine sinnliche Massage ihrer Pussy für den Moment beendete.

„Zieh deine Pobacken auseinander.“

Was?

„Ich frage nicht erneut freundlich, Sklavin“, knurrte er an ihrem Ohr.

Richard betrachtete ihren roten Po, auf dem die Striemen sichtbar leuchteten. Es war das erste Mal, dass er dermaßen unerbittlich zugeschlagen hatte, und Carolina hatte es ertragen, mit einer Grazie und einer Demut, die ihn nicht nur als Master faszinierte, sondern auch als Mann. Er unterdrückte das amüsierte Schnauben, als ihr Körper sich bei seiner Bitte anspannte. Richard war dicht davor, sie zu ficken und sich seiner Lust hinzugeben. Doch er wollte es hinausziehen, bis er sich besser unter Kontrolle bekam. Jetzt wäre es ein kurzweiliges Vergnügen. Ein

Beben lief ihr den Rücken entlang. Mit einem Seufzen fasste sie an ihre Pobacken und zog sie auseinander. Richard schloss die Augen, zu verführerisch wirkten ihre Unterwerfung, ihr Vertrauen, ihre Begierde, die ihre Oberschenkel benetzte und die er in jedem Muskel erkannte.

„Wie gehorsam du sein kannst." Der Tonfall war nicht halb so gebieterisch, wie er es gern gehabt hätte. Er befahl seinem Schwanz, an etwas anderes zu denken – nicht dass der Versuch von Erfolg gekrönt gewesen wäre. Seine Hoden schmerzten fast vor Gier.

Konzentrier dich, Richard.

Er tropfte Gleitgel auf ihre intimste Stelle und lächelte, weil er ihre Reaktion kannte.

„Bitte mich darum, dir *dort* einen Dildo hineinzuschieben. Und wage es ja nicht, die Dinge unbenannt zu lassen."

Carolina holte erschreckt Atem und murmelte etwas in die Bettdecke, was sich wie „Du mieser Arsch!" anhörte. Richard biss ihr erneut fest in den Po.

„Bitte schiebe mir einen Dildo in den … Anus", wisperte sie in die Matratze.

„Keine Angst, Kleines, er ist nicht besonders groß." Richard schob ihn vorsichtig hinein. Das Gel erleichterte das Eindringen. Carolina lief ein Schaudern über den sexy Körper. Richard bewegte das Toy langsam auf und ab, bis sein williges Opfer gierig stöhnte. Es war an der Zeit, sie an ihre Grenzen zu bringen. Er streichelte an den Innenseiten ihrer geschwollenen Schamlippen entlang, bis er die pochende Perle fand. Ein langgezogenes Seufzen kam aus ihrer Kehle, gefolgt von einem Geräusch purer Lust. Anale Stimulation gefiel seiner süßen Sklavin. Richard lächelte bei dem Gedanken, was er ihr in dieser Hinsicht noch alles antun könnte.

„Richard … Master Richard, bitte lass mich kommen."

Er lachte sadistisch. „Nein."

„Das ist nicht dein Ernst!" Strampelnd versuchte sie, sich zu befreien.

Richard zog den Dildo heraus, warf ihn in die bereitstehende Schale und wickelte sich ihre Haare um die Hand. Erbost machte sie ihrem Unmut Luft. Richard zerrte sie grob auf die Füße. Wie sie ihn anfunkelte! Und hatte sie ihn gerade wirklich einen tyrannischen Mistmaster genannt? Das Biest grinste ihn zuckersüß an, bevor sie ihm in den Arsch kniff. Ihre Pupillen weiteten sich. Ihr ganzer Körper roch nach Sex und Lust. Sich ihm zu widersetzen erregte sie, ebenso wie ihn. Bislang kundschafteten sie das Terrain aus. In einer guten SM-Beziehung hörte dieser Zustand niemals auf, hatte ihm David erklärt, der innovative Subs bevorzugte.

Richard setzte sich auf die Bettkante, hielt sie noch immer an den Haaren und drapierte sie über seinem Schoß, als hätte er nie etwas anderes getan.

Zuerst strampelte sie und beschimpfte ihn, doch mit jedem Schlag, der sie traf, wurde sie ruhiger, seine Handfläche heißer, bis sie schluchzend ihre Wange an sein Bein presste. Gott sei Dank, viel länger hätte seine Hand nicht mehr durchgehalten. Er stand auf, nahm sie bei der Bewegung mit und warf sie aufs Bett. Sie war zu ergriffen, um zu reagieren. Mit Leichtigkeit fesselte er ihr rechtes Handgelenk an das Kopfteil. Er platzierte sich kurzerhand auf ihrem Becken, um ihr Strampeln zu unterbinden, und ihr linker Arm erlitt das gleiche Schicksal. Richard beugte sich zu ihr herab, küsste sie hart, biss ihr leicht in die Unterlippe und zwang ihren Mund auf. Sie schmeckte nach salzigen Tränen und Begierde, erwiderte den Kuss leidenschaftlich. Richard sah ihr tief in die Augen, umfasste zärtlich ihr Kinn und wischte ihr die verschwitzten Haare aus der Stirn. Mit einem Grinsen holte er zwei Nippelklemmen unter dem Kopfkissen hervor. Carolina starrte sie an, als hielte er Zangen in der Hand.

„Es sind eher sanfte Klemmen. Du kannst sie aushalten, und du wirst sie aushalten." Im Gegensatz zu Carolina liebte er diesen Spruch. Sie versuchte, ihn abzuwerfen.

„Wie du willst." Richard löste sich von ihr, und sie ahnte, was er im Sinn hatte. Das Biest trat nach ihm, doch schlussendlich lag sie wie ein verführerischer Seestern auf dem Bett, offen für alles, was er mit ihr vorhatte. Er saugte ihre Nippel, zwirbelte sie, bis sie pochend zwischen seinen Fingerkuppen lagen. Sie keuchte, als er die erste Klemme anbrachte, schrie bei der zweiten. Er positionierte ein hartes längliches Kissen unter ihrem Becken und nahm das letzte Utensil, das er benutzen wollte, in die Hand.

„Da du so gern kommen möchtest, wirst du es, so oft ich es verlange." Zuerst senkte er den Kopf und entlockte ihr mit Zunge und Mund einen Orgasmus, den sie ihm bereitwillig schenkte. Noch während ihre Klitoris pulsierte, schaltete er das Sextoy ein und schob es ihr ins Geschlecht. Sie zog an den Fesseln, stöhnte und zappelte. Er zog den Vibrator raus, der mit ihren Säften benetzt war, hielt ihn an ihre Lustperle und stellte ihn eine Stufe höher. Sie konnte nichts tun, außer sich zu ergeben. Zuckend kam sie. Richard drang mit einem Stoß in sie ein. Er sah die Erleichterung auf ihrer Mimik. Sie dachte, es wäre vorbei. Richard vögelte sie langsam, hielt die pulsierende Spitze des weichen Spielzeugs an ihren Kitzler, bis erneute Lust sie unweigerlich überkam. Mit einem sadistischen Grinsen löste er die erste Klemme, beruhigte den Schmerz mit seiner Zunge. Carolinas Vaginalmuskeln zogen sich um seinen Phallus. Mit den Augen bettelte sie ihn an. Er befreite den anderen Nippel und saugte hart, bis sie den Rücken durchbog. Diesmal weinte sie, als sie den Höhepunkt erreichte. Richard entzog sich ihr und schob ihr den Schwanz in den Mund. Bereitwillig leckte und lutschte sie ihn, brachte ihn beinahe zum Orgasmus, doch im Gegensatz zu ihr bestimmte er, wann er so weit war.

Er entfernte die Fesseln. „Leg dich mit dem Bauch über das Kissen." Richard tropfte Gel auf ihren Anus, führte zuerst einen Finger ein. Sie stöhnte, und er hielt inne, wartete, bis sie ausatmete.

Carolina auf diese Weise zu erobern, war unglaublich persönlich.

„Alles in Ordnung, Kleines?" Auf keinen Fall wollte er das Vertrauen, das sie ihm entgegenbrachte, zerstören. Zu lange hatte er sich auf diesen Akt gefreut.

„Ja, Master, es ist … ohhhh … so animalisch und … ohhh … erregend." Sie schluckte. „Ich liebe dich, Richard."

Er führte einen zweiten Finger ein, und sie presste ihm den Po entgegen.

Perfekt. Vorsichtig zog er sich zurück, ging hinüber ins Bad und wusch sich gründlich die Hände und lief lächelnd auf sie zu.

Er rieb seinen Schwanz mit dem Gel ein, führte die Eichel an ihren Anus. „Drück dein Becken nach oben, dann ist es leichter."

Carolina atmete tief durch, und er eroberte sie langsam und vorsichtig. Sobald sie sich verkrampfte, hielt er inne und massierte ihre überempfindliche Lustperle. Ein Geräusch kam aus ihrer Kehle, eine Mischung aus Lust und Schmerz.

„Gelb, Master, bitte. Es brennt."

Er zog sich ein Stück zurück, fasste um sie herum und massierte ihre geschwollenen Nippel so hart, dass sie den Rücken durchbog und laut stöhnte. Sie merkte gar nicht, dass er tiefer eindrang.

„Ich bin ganz drin. Wie fühlt es sich an, Carolina?"

„Absolut geil, Master Richard. Es ist so verboten, so intim."

Diese enge Hitze war ein unglaubliches Gefühl.

„Nimm den Vibrator, schalte ihn auf die höchste Stufe und lege ihn unter deine Klitoris." Er bewegte sich zuerst behutsam, erspürte ihre Reaktionen. Sie machte ein Geräusch tief in ihrer Kehle, und er erhöhte die Geschwindigkeit. Ihr Orgasmus traf sie ebenso unvorbereitet wie ihn, er spürte, dass sich die verborgene Passage um seinen Schwanz zog. Die Reize waren zu viel. Richard verlor den Kampf, sich länger zurückzuhalten. Carolina zuckte und schrie, als er seiner Lust nachgab, gefangen in einem Höhepunkt, der ihr alles abverlangte. Keuchend blieb er auf ihr liegen.

„Master Richard?"

„Sprich, Sklavin."

„Ich kann nicht mehr, Master Richard. Du hast mir Gehorsam eingeorgasmet." Sie brach in ein Kichern aus, das in einem Lachen endete.

Richard zog sich vorsichtig aus ihr zurück, sie drehte sich ihm zu, und er küsste sie sanft auf den Mund.

„Ich liebe dich, Carolina."

Sie duschten gemeinsam und fielen danach in einen erschöpften Schlaf.

Kapitel 17

Richard drehte sich auf die Seite und beobachtete Carolina, die sich nicht rührte. Er strich ihr ein paar Haare aus der Stirn. Sie sah so friedlich aus, zufrieden und spiegelte seinen emotionalen Zustand. Die Rolle des Masters fiel ihm einfacher, als er sich das vorgestellt hatte.

Und Carolina … sie war eine geborene Devote. Doch die enorme Verantwortung stellte keine anspruchslose Bürde dar. In diesem Moment schlug Carolina die Augen auf.

„Was möchtest du heute unternehmen?“ Er fragte nur aus Höflichkeit, für den Abend hatte er eine Session geplant, um Carolina mit ihrem schamhaften Verhalten zu konfrontieren. Ihr Urlaub war fast um, und zu Hause wurde es ihm nicht so leicht gemacht, sie zur Schau zu stellen.

Sie sah ihn misstrauisch an, und ihren Versuch, sich aufzurichten, unterband er, indem er seine Handfläche auf ihren Brustkorb presste. Carolina riss bereits den Mund auf, um zu protestieren, doch sein Anblick ließ sie verstummen.

Anscheinend besaß er mehr Masterqualitäten, als er angenommen hatte. Fast bedauerte er es, dass sie ihn nicht herausforderte.

„Eine Wanderung und danach ein Picknick“, hauchte sie.

Das wäre die perfekte Einleitung für das Spiel, das er sich gemeinsam mit David ausgedachte hatte.

„Einverstanden, Kleines.“ Er nahm die Hand von ihr, und sie sah ihn enttäuscht an. Die süße Sub liebte seine Handfläche auf ihrem Arsch viel zu sehr.

Sie sprang aus dem Bett, wackelte aufreizend mit den Hüften, sodass ihre Brüste bei jeder Bewegung wippten, im Einklang mit ihrem Körper. Die aufmüpfige Sklavin starrte zufrieden grinsend auf seine Körpermitte.

„Freche Sub, später wirst du deine Handlungen bereuen.“

Ihre Pupillen weiteten sich, und sie verschwand im Bad, mit einer Schnelligkeit, die ihm ein Lachen entlockte.

Was für ein herrlicher Tag. Carolina hob das Gesicht der Sonne entgegen und genoss die Wärme auf ihrer Haut. Ein paar Minuten lenkte sie der Blick in die Natur von ihren wild umherspringenden Gedanken ab. Die Aussicht in die Schlucht war atemberaubend. Sie presste sich dichter an Richard, der sie sicher in seinen Armen hielt. Nicht eine Silbe hatte er verraten. Ihre Subie-Instinkte liefen auf Hochtouren. Master Richard hatte etwas vor, und das war bestimmt nicht das Picknick.

Wie gelang es ihm, alles für sich zu behalten? Sie wäre eine grässliche Mistress, sobald ihr eine Überraschung einfiel, schaffte sie es unter keinen Umständen, dichtzuhalten.

„Gucken wir heute Abend *From Dusk Till Dawn*?“

Er lachte leise. „Netter Versuch. Aber ob du dazu in der Lage bist, nachdem ich dir unaussprechliche Dinge angetan habe?“ Richard festigte seinen Griff und berührte mit den Lippen ihren Nacken. Dieser Tage reichte das, um ihren Herzschlag zu beschleunigen. „Ich verrate dir eine Kleinigkeit. Vor dem Picknick gehen wir ins *Leather & Whips* und suchen uns ein paar Spielzeuge für zu Hause aus. Und eins, das ich nachher bei dir ausprobieren werde.“

Master David hatte einen gut ausgestatteten Laden auf der *Insel*, angefüllt mit Dingen, die das Herz jedes Dominanten höher schlagen ließ und das Herz jeder Devoten in einen Sprint versetzte.

„Die Zeit ist unheimlich schnell vergangen.“ Einerseits war Carolina froh, Heim zu fahren, andererseits hatte sie ihre Neugierde auf BDSM lange nicht befriedigt. Auf der *Insel* gab es unzählige Utensilien, die sie noch nicht benutzt hatten. Und sie vermisste Rachel, Tessa und vor allem Master Alec bereits jetzt. Das würde sie dem Sadisten aber nicht verraten.

„Ich kann kaum glauben, dass ich mich wie ein neuer Mensch fühle. Keine vier Wochen hast du dazu gebraucht, Master Richard.“

„Mir geht es genauso. Es ist, als ob alle Stücke von mir endlich an der richtigen Stelle sitzen.“

Schweigend gingen sie zurück. Es war eine angenehme Stille. Sie lächelte in sich hinein, als das BDSM-Resort auftauchte. Die *Insel* strahlte Ruhe aus, und Carolina dachte daran, wie sie sich das erste Mal gefühlt hatte, sobald sie den Zaun und die Wachposten erblickt hatte. Auch jetzt klopfte ihr Herz, aber nicht vor Angst, sondern weil sie sich auf den restlichen Tag mit ihrem Ehemann freute. Sie hatte eine Ahnung, dass Richard sich nach dem Picknick in Master Richard verwandeln würde, vielleicht sogar eher.

Wie war sie nur in diese Lage geraten? Carolina verwünschte Master Richard in die tiefste Hölle. Sie biss auf den Knebel, der in ihrem Mund steckte, und wünschte sich, es wäre der Finger des Mistkerls.

Sie stand mitten im Raum, mit der Vorderseite an ein gespanntes Netz gebunden, konnte sich nicht rühren, und ihr war nicht einmal eine Augenbinde gewährt worden.

„Augen auf mich, Sub.“

Sie traf den Blick von Master Alec, und augenblicklich wurde sie ruhiger, blendete die Anfänger aus, die hinter ihr saßen und die Session in vollen Zügen genossen.

Carolina verdrängte den Gedanken an den Schmerz, der sie erwartete. Sie hörte das Pfeifen, noch ehe der Rohrstock auf ihren aufgewärmten Po prallte.

Die Pein war unglaublich intensiv. Dann fühlte sie Master Richard, der über ihren Po rieb, einen Moment wartete, bevor er erneut zuschlug.

Die Welt um Carolina herum verblasste, während köstlicher Lustschmerz sie forttrug, bis sie ihren Master erreichte, seelisch und körperlich, und sie zueinander fanden, vereinigt in grenzenloser Liebe.

Ende

Linda Mignani, Jahrgang 1965, geboren in Kirkcaldy (Schottland), lebt glücklich verheiratet mit ihrem Mann italienischer Herkunft im Ruhrgebiet. Den britischen Pass ziert ein grauenvolles biometrisches Passfoto. Inspiration holt sie sich beim Malen ihrer Acrylbilder. Sie liebt Regen und stürmisches Wetter, besitzt nur eine Handtasche aber unzählige Turnschuhe. Neben Büchern zählen Wandern, Joggen und Rad fahren zu ihren Leidenschaften. Damenschneiderin und Industriekauffrau sind die Berufe, die sie erlernte. Ihr Motto: Das Leben ist zu kurz, um sich zu ernst zu nehmen.

Website: lmignani.blogspot.com
Facebook: Linda Mignani
Facebook-Fanseite: Fans des Federzirkels

Weitere Romane von Linda Mignani:

Verführung und Bestrafung – Federzirkel 01
Zähmung und Hingabe – Federzirkel 02
Vertrauen und Unterwerfung – Federzirkel 03
Feuerperlen – Federzirkel 04
Kriegsbeute
Mitternachtsspuren
Mitternachtserwachen *(erscheint Herbst 2013)*
Touch of Pleasure *(erscheint Herbst 2013)*

Cornelia Eden
Rausch der Unterwerfung
ISBN Taschenbuch: 978-3-86495-037-7
ISBN eBook: 978-3-86495-038-4

Anne folgt der Einladung eines Fremden, ihm drei Tage lang als Sklavin zu dienen. Miguel scheint der Richtige zu sein, sie in die Welt der tabulosen Lust einzuführen. Doch schon kurz nach ihrer Ankunft wird Anne klar, dass der unnahbare Bondage-Künstler mehr von ihr erwartet, als sklavischen Gehorsam. Was als erotisches Abenteuer beginnt, entwickelt sich schnell zu einem Tanz auf dem Seil, der zunehmend gefährlicher wird, nicht nur für Annes Herz.

Ivy Paul
Masken der Begierde
ISBN Taschenbuch: 978-3-86495-059-9
ISBN eBook: 978-3-86495-060-5

Ein düsterer Familienfluch zwingen Lucas St. Clare und seine Schwester Allegra zu einem luxuriösen, aber abgeschiedenen Leben im Lake Distrikt. In diese Einsamkeit dringt Violet Delacroix ein, als sie auf der Flucht vor ihrer Vergangenheit den Posten als Allegras Gesellschafterin übernimmt. Schnell wirbelt Violet zu Allegras Begeisterung das öde Leben der St. Clares auf. Für Lucas St. Clare ist die energische Violet jedoch eine Unruhestifterin, die er gern wieder loswerden würde - so sehr er sich auch von ihr angezogen fühlt. Nach leidenschaftlichen Liebesnächten erkennen beide jedoch, dass sie mehr füreinander empfinden, als bloße Lust. Doch da sind die dunklen Geheimnisse, die beide sorgsam hüten und die eine Zukunft unmöglich erscheinen lassen.
Dann entdeckt Violet ein mysteriöses Tagebuch. Liegt darin der Schlüssel zu Lucas‘ Familiengeheimnis?

Vivian Hall
Family Affairs – Verbotenes Verlangen
ISBN Taschenbuch: 978-3-86495-039-1
ISBN eBook: 978-3-86495-040-7

Hemmungslose Lust verbindet Chloe und Ryan seit dem Moment ihrer ersten Begegnung. Ein verbotenes Verlangen, denn es stellt sich schon bald heraus, dass Ryan der Verlobte ihrer Mutter Leanne ist.
Zwischen Chloe und Ryan brennt die Luft, als sie einander „offiziell" vorgestellt werden, und vor allem Chloe versucht verzweifelt, dem charismatischen Künstleragenten zu widerstehen.
Doch das Verlangen nach Ryan brennt wie ein Fieber in ihr und sie stürzt sich kopflos in eine leidenschaftliche Affäre. Schon bald fühlt sie mehr als nur reine Lust, während es Ryan scheinbar nur um das Ausleben seiner sexuellen Wünsche geht.
Erst das Auftauchen des ebenso attraktiven wie undurchsichtigen Ross Turner verändert alles: Ryan reagiert mit verzehrender Eifersucht und zeigt das erste Mal Gefühle, die über puren Sex hinausgehen. Chloes wohlgeordnetes Leben gerät derweil immer mehr aus den Fugen. Während jede Faser in ihr danach lechzt, Ryan ganz für sich allein zu haben, zieht sich das unsichtbare Netz aus Lügen und sorgfältig gehüteten Geheimnissen immer enger um sie zusammen …

Diane Oliver
Karneval der Lust
ISBN Taschenbuch: 978-3-86495-030-8
ISBN eBook: 978-3-86495-031-5

Venedig 1498: Giuliana und ihr Vater, der bekannte Mosaikleger Il Sasso, ziehen nach Venedig, um im Palazzo Bragadin ein Mosaik zu legen. In der Öffentlichkeit tritt Giuliana als Junge verkleidet auf und nennt sich Giulio, denn ihr Vater sieht nicht mehr gut und sie hilft ihm bei der Arbeit. In Venedig ist gerade die Zeit des Karnevals und Giuliana schleicht sich nachts aus dem Haus, um ein Karnevalsfest zu besuchen. Sie lernt dabei den Patrizier Amadeo Bragadin kennen und ist von seiner männlichen Ausstrahlung fasziniert, aber auch von der Wirkung verwirrt, die er auf ihre Gefühle hat.
Zu ihrer Überraschung ist es der Palazzo von Amadeos Familie, in dem sie das Mosaik legen sollen. Amadeo durchschaut ihre Verkleidung als Giulio und erpresst sie, ihm zu Willen zu sein. Zwischen beiden beginnt ein erotisches Spiel, in dem Amadeo sie in mehreren Lektionen in die Liebe einführt. Giuliana könnte glücklich sein, läge nicht die Last der Verkleidung auf ihr und gäbe es da nicht Amadeos Erzfeind Pietro Zianello. Dieser lässt sie entführen und auf ein Schiff nach Konstantinopel schaffen, wo sie als Sklavin verkauft werden soll.
Amadeo folgt ihnen nach Konstantinopel um Giuliana zu retten ...